大鱼

有爱的青春陪伴者

那天一时贪心握住了你的手，
从此以后都不想再放开。♥

甜桃乌龙

Sweet

peach

樱慕松 著

浙江工商大学出版社
ZHEJIANG GONGSHANG UNIVERSITY PRESS
·杭州·

图书在版编目（CIP）数据

甜桃乌龙 / 樱慕松著. —— 杭州：浙江工商大学出版社，2022.3

ISBN 978-7-5178-4784-7

Ⅰ.①甜… Ⅱ.①樱… Ⅲ.①长篇小说-中国-当代 Ⅳ.①I247.5

中国版本图书馆CIP数据核字(2021)第281039号

甜桃乌龙
TIANTAO WULONG

樱慕松 著

策划编辑：郑　建

责任编辑：范玉芳　郑　建

责任校对：熊静文

特约编辑：雪　人　廖唯佳

封面设计：蔡　璨

内页设计：蔡　璨

责任印制：包建辉

出版发行：浙江工商大学出版社

　　　　　（杭州市教工路198号　邮政编码310012）

　　　　　（E-mail：zjgsupress@163.com）

　　　　　（网址：http://www.zjgsupress.com）

　　　　　电话：0571-88904980，88831806（传真）

排　　版：长沙大鱼文化传媒有限公司

印　　刷：长沙鸿发印务实业有限公司（长沙黄花工业园三号 邮编410137）

开　　本：880×1230mm 1/32

印　　张：9

字　　数：249千字

版 印 次：2022年3月第1版　2022年3月第1次印刷

书　　号：ISBN 978-7-5178-4784-7

定　　价：39.80元

目录
contents

目录
contents

第一章

1

行了，凉哥来救你了

兴城的初秋总是带着一丝暑气，干燥炎热的风吹着苏桃的脸颊，她有一种立于现实的不真实感。等到坐在理发店里时，她的思绪才一点一点真实回炉。

"小姑娘，要剪成什么样的啊？"理发师摆弄着苏桃的头发，随口问道。

苏桃看着镜子里那个十几岁的稚嫩少女，眨了眨眼睛，坚定地说："剪短，越短越好。"

理发师笑了声："那也不能剪成男孩子那样的。"

苏桃倒是想，但那样她妈非得按着她把头发接回来不可，不划算。

理发师很靠谱，不出多时就利落地给苏桃剪好了头发，齐齐的刘海遮住光洁的额头，还把和下巴平齐的微翘发尾，用直板夹了下去。

苏桃整个人看着乖巧又可爱。

"妥了。"理发师把手上的剪子转了个圈，然后落到腰间的袋子里，看起来他十分满意自己的杰作。

苏桃拿出手机，却在找支付码的时候猛然想起，兴城还没有全民使用手机支付，大多数的商贩还是习惯用现金。

她抿了抿嘴唇，问了价钱。

理发师潇洒一摆手，说道："不用，你是北北的朋友，也就算我半个妹子，不收你钱。"

不知道这些"社会人士"是不是都这么仗义，苏桃还是给了个市场价，道谢之后走出店门。

白北北远在家里心有所感，给苏桃发来了消息。

北方一枝花："桃子，剪完了吗？怎么样，我哥技术还不错吧？他是不是长得还很帅？"

苏桃看着消息就已经想象得出白北北拿着手机笑着八卦的样子，她不由得翘了嘴角。

一颗酷桃子："挺好的。"

也不知道说的是技术还是长相。

哥哥被夸就等于白北北自己被夸，她趴在床上瞄了眼在屋外做饭的母亲，噘着嘴给苏桃回复消息。

北方一枝花："要不是之前我作弊被抓，现在就能出去找你玩了。"

北方一枝花："等上学了，我一定要好好捏捏你在医院长胖的脸！"

苏桃终于笑出了声。

白北北似乎永远都是这个样子，乐观开朗，没有什么事情能够打败她。

甚至曾经她和苏桃因为突如其来的暴雪被困，车子打滑坠向山下，她为了安慰苏桃，还开玩笑说要是能重来一次一定还和苏桃做姐妹。

结果白北北死在了雪里，苏桃存活了。

苏桃一醒来就发现自己回到了十六岁，醒来后的很长一段时间里，她都不能相信这个事实，她不能接受年轻的白北北永远留在了那个寒冷的陌生国度。

如果不是因为她，白北北就不会死。

苏桃在超市买了白北北最喜欢吃的草莓，决定上学的时候给白北北带过去。她挑挑拣拣了好久，出来已经是黄昏，余晖洒向大地，到处泛着金光。

她拎着草莓走在街上，目之所及都是熟悉又陌生的景象。

她忽然有些感慨。

多了这个机会，她一定不能再像以前一样浑浑噩噩，她要重新开始，也要保护好白北北，不能重蹈覆辙。

前面有一条小巷，是一些不良学生经常聚集的地方。苏桃为了抄近路回家，不得不经过这里。

走到巷口，她听到了一些吵闹的声音，苏桃开始有些心神不宁，心中忐忑不安，加快了脚步。可还没走几步，突然有什么东西从巷子里飞了出来，"砰"的一声，被自行车撞了，脚边扬起的灰尘呛得苏桃直咳嗽。

她后退几步低头一看，是一个穿着三中校服的学生，不知道被谁打得浑身是伤。

苏桃两世加起来也没见过这种场面。她还来不及反应，余光就瞥到一个身影自小巷中踱步出来，从阴影处走到光亮下，披着阳光却周身冷淡，眉眼淡漠，像是从地狱来的使者。

苏桃认得他。

祁凉。

重点高中的校霸，名声传遍兴城所有学校的狠戾少年，苏桃不知道从白北北嘴里听过多少他的"丰功伟绩"。

祁家家境好，祁凉又是独生子，做得再过分也有人撑腰，没人敢惹他，连学校都因为他家里的权势和他能维持的表面成绩放他一马，勉强留住这个叛逆学生。

别说苏桃，整个兴城的学生都怕他。

以前祁凉只活在别人口中，这一次反倒意外和她正面相对，苏桃努力降低自己的存在感，大气都不敢出。

祁凉像是没注意到旁边还有苏桃这个人，他从带血的校服衣兜里拿出一盒薄荷糖打开，往嘴里倒了两颗。

夏风阵阵，苏桃甚至闻得到祁凉身上的血腥味和薄荷味。

她很慌张，不想自己回来不久就被这人盯上，急中生智，目视前方、眼神呆滞，伸出脚踢了踢挡在地上的人，果不其然地上的人发出一声哀号。

她在心里默默道歉，但表面装作吓了一跳的样子，侧头小声问道："你好，地上有东西吗？"

为了装得更像一些，苏桃伸出手在虚空中摸了摸，刚要收回，一只微凉的手忽然握住了她，惊得她心中一跳。

她睁大眼睛，努力让自己更像一个盲人——我看不到，你就不能将我"灭口"。

祁凉握着苏桃的手捏了捏，冰冷的目光落到苏桃身上，刺得她浑身不舒服。长久的沉默后，当苏桃以为祁凉已经识破了她的小伎俩时，祁凉牵着她的手往前带了带，淡淡地提醒："抬脚，步子迈得大一些。"

......

苏桃心惊胆战，心想您都这么暴力了还关爱盲人吗？

她抿着嘴唇，尽量让面上不动声色，按着祁凉说的抬起脚大步迈了过去。

祁凉还帮她稳了下身子。

苏桃松了唇，微微笑开："谢谢。"

祁凉不在意地收回手插在兜里，"嗯"了一声算是回应。

苏桃稳住气息，摸索着往前走，继续把戏演下去，一步一步远离这个可怕的地方。

祁凉身后还站着几个人，目睹了自己老大这出配合的戏码，憋笑憋得不行，在苏桃走后终于忍不住爆发出震耳欲聋的笑声。说实话，这女生的演技确实不怎么样，哪有盲人自己出门不带拐杖的。

这真是货真价实的"该配合你演出的我演视而不见"。

陆天笑着笑着，突然想到什么，笑容渐渐消失，望着苏桃的背影，不

确定地说："这女生怎么看着有点像三中那个告白失败的妹子啊？"

此话一出，其他人也注意到了。

纪末修说："是啊，好像是。"

吏遥问道："向高程告白的那个？不是说她长得特丑吗？这……还不错啊。"

陆天翻了个白眼说："哼，就高程那货，眼睛放天上了，能看上她？"

纪末修说道："他看上了校花，可惜校花看上了咱们老大！"

说着，几个人又开始不正经起来。

陆天摸着下巴凑到祁凉身边，打趣道："哎，老大你不是撞了人家吗？怎么没对她负责啊？"

祁凉望着苏桃离去的方向咬碎了薄荷糖，瞬间释放的薄荷味冲散开来在口腔里碰撞，薄荷的清凉让他舌尖发麻。

他一脚将地上早就没声的人踢远，冷冷地说："送医院吧。"

祁凉迈着步子走了和苏桃相反的方向，察觉身后有人跟来，他回过头，十分不耐烦地说："别跟着我。"

几人硬生生止步，面面相觑，不知道哪里又让祁凉生气了，都不敢再往前。

苏桃在拐弯后见他们没追上来才敢快步跑回家，到自家楼下才松了口气，她拍拍胸脯，看来以后还是走大路安全。

苏父正躺在床上玩手机，自家姑娘回来了也没个反应，听到声音才象征性地问了句："回来了啊？"

苏桃换了鞋应了一声，苏父便再无动静。

苏桃回到自己房间拿出课本，翻看一会儿便皱起了眉，自己有段时间没有接触高中知识，学起来怕是比之前要更加困难一些。

苏桃想了想，拿出手机和白北北发消息。

一颗酷桃子："北北，周末去买练习册吧。"

白北北几乎是秒回。

北方一枝花：“好！”

其实她买了也不会做。

白北北趴在床上对着作业发愁，无比羡慕苏桃住院休学不用做作业，她索性把作业推到一边，拿着手机打开了游戏界面。

或许是身体刚刚恢复需要睡眠，苏桃一夜无梦，直接睡到了闹钟响起。

外面天刚亮，灰蒙蒙的天空看起来很是压抑。她眼睛还没睁开，循着本能穿衣洗漱，收拾好东西后看了眼没起床的父母，自己背着书包出了门。

快到学校门口的时候，人多了起来，到处都是穿着校服的学生和卖早点的小贩，旁边银杏树的叶子落了满地金黄。

苏桃正琢磨着要不要给白北北带份早饭，身后突然传来一阵急促的车铃声。

她来不及回头，下意识地往旁边一避，一脚踏进了路边的水坑里，溅起的水滴落到洁白的布鞋上，几个黑点染在鞋面，向周围洇开。

自行车擦着她的身子飞快骑过，带着晨风阵阵和微凉的薄荷味道。她不悦地抬起头，只看到了一个穿着重点高中校服的清瘦背影。

旁边有学生小声议论：

“那个是祁凉吧？”

“好像是他，好帅啊！”

“天啊，怪不得邹颜喜欢他！”

“喜欢有什么用，你没听说他转学的事情吗？”

“就是他把方家那个学霸撞成傻子的？”

“可不是嘛，结果赔点钱就了事了……”

苏桃想起了那天被她踩在脚下的同学，真是有些可惜，她当时为了脱身还轻轻踢了两脚……

她又在心里郑重道了歉，低头看向自己的鞋子，无奈地叹了口气。

苏桃在楼梯口就听见了班里的吵闹声，她走到教室门口，拉着书包带子平稳呼吸，踏进了教室。

吵闹无比的教室在她进去的那一瞬间安静了下来。

苏桃无视所有人好奇和看热闹的目光，径直走到自己的位置上坐下。

书桌被人泼了脏水，水干之后还剩一些碎泥渣子，上面还用粉笔写了"贱人"两个字，如果她记得没错的话……

她把手伸向桌膛，果不其然，拿出了被撕得破烂不堪的课本。

她以前也是这样，后来才转了学。

大概是她的表情让始作俑者十分满意，教室前方发出了几声嘲笑。

苏桃望过去，陆婷佳和几个女生聚在一起笑个不停，见她看过来立刻瞪回去。

"看什么看！"

"哎呀，人家这是嫉妒你呢，表白刚失败，你就成了正主，人家能不气嘛！"

随即又是一阵笑。

陆婷佳一直喜欢高程，也是她存心要看苏桃出丑，逼苏桃向高程告白，又联合别人一起欺负苏桃，最后导致苏桃心态崩塌，出了校门就被迎面而来的自行车撞倒，头部着地差点撞成脑震荡，在医院住了大半个月。

苏桃抿了抿嘴唇，掏出所有被撕掉的课本和一些被塞进来的垃圾，起身走到陆婷佳身边。

陆婷佳的好姐妹叶瑶看了苏桃一眼，阴阳怪气地说："哎呀，我就说今天教室里怎么这么脏呢，谁家垃圾丢出来了啊？"

陆婷佳也有些意外，冷笑道："怎么，你有意见？"

苏桃挑眉，大声说："有。"

说完，她抬手把手里的东西砸到了两个人身上。

教室里鸦雀无声，大家都睁大眼睛看着这场闹剧，似乎没反应过来苏桃的行为。

这也正常，以前的苏桃受到这种欺负，一直是本着忍忍就过去了的心态，默不作声地承受下来，不可能反击，于是也助长了对方的嚣张气焰。

但这次，她是不会容忍了。

片刻后，陆婷佳才发出一声尖叫："苏桃，你脑子有病啊！"

苏桃微微扬起下巴说："对啊，拜你所赐，我脑子撞坏了，不知道会做出什么事情来。以后你们……"她停顿一下，在教室里扫视一圈，有很多人都避开了她的视线，"做事情之前都想清楚了。"

苏桃说完就回了自己位置，并不在意身后的人是什么表情。

陆婷佳气得说不出话，胸膛急速起伏，最后不甘心地拍了下桌子。

叶瑶小声说了句"神经病"后，安慰陆婷佳。

过了好一会儿，班里的人才渐渐重新开始小声议论，还时不时看向苏桃。

四面八方的声音传来，苏桃像是没听见一样，自顾自拿出书包里的东西。

可只有她自己知道，她的手还在发抖。

但是，凡事总要开头的。

她绝对不会再任由别人欺负了。

苏桃的同桌是个清秀的男生，对苏桃这么做十分震惊。见到苏桃回来，他沉默了一会儿后，拿出一张湿纸巾递给她。

苏桃一愣。

她记得他叫赵洋，但以前接触不多，没什么太大的印象。

苏桃接过纸巾，笑着道了谢。

赵洋挠挠头，有些害羞，又有些抱歉地说："对不起啊，以前没能帮到你。"

他说的是以前陆婷佳欺负苏桃的时候他都避得远远的，不敢靠近。

苏桃知道赵洋也容易被人欺负，当初那种情况，不落井下石已经是在帮她了。

她摆摆手，说道："没事。"

赵洋这才松了口气，把自己的书推到两人中间。

白北北踩着早自习铃声进来，并没有注意到今天的教室比往常要安静一些。她飞快地跑进来，钻进自己的位置，避开了巡逻的教导主任才放下心。

"桃子！"白北北抬头看到了苏桃的背影很惊喜，她以为苏桃还要过一段时间才能回来，"你头好些了吗？"

苏桃早就把书桌收拾干净了，她回过身点了点头，从书包里拿出前一天买的草莓递给白北北。

白北北更开心了，也不洗，伸手拿了一个就往嘴里送。

"不卫生啊。"

苏桃拦了下来，用矿泉水把草莓冲了冲，才重新递给白北北。

白北北咬了一口，真甜！

她把手在校服外套上抹了抹就去揉苏桃的头，说道："你这发型真可爱，特别像我哥给我买的那个芭比娃娃。"

苏桃抿唇笑了笑，把草莓收了起来："下课洗了再吃。"

草莓淡淡的甜香引诱着白北北，她望眼欲穿，眼见着苏桃把草莓收起来才失望地转过头来。

白北北知道苏桃是为她好，失望了一会儿又重新活跃起来。

"凉哥让我跟你道个歉。"

"什么？"

"祁凉，他不是骑车撞到你了吗？"

苏桃想起那日在巷子里的清冷少年，没来由打了个冷战，觉得他这个道歉应该没多少诚意。

白北北和祁凉混在一起的事情苏桃早就知道，以前白北北没有因为祁凉出什么事情，苏桃也就没有在意。但为了规避风险，苏桃还是拉过白北北的手语重心长地嘱咐道："你以后还是少跟他在一起玩吧，不安全。"

"没事。"白北北在触及苏桃担心的眼神后讨好地笑笑，"好啦，我

知道了。"

白北北心想：出去玩的时候不告诉你就是了。

苏桃见她答应下来才放心，两个人又聊了些别的，早自习转眼就过去了。

下课后，苏桃把草莓洗干净，才重新放到白北北桌上。草莓都是新鲜的，个个红润饱满，一口咬下去都是汁水，甜丝丝的。

苏桃看白北北吃得开心，自己心里也好受些。

第一节课下课，高程才被一群男生簇拥着进来。白北北当时就暗骂了一句，下意识地看向苏桃，没承想苏桃眼都没抬，专注地给白北北画重点。

白北北心里有些欣慰：看样子是不在意了。

高程看到苏桃诧异了一下，路过后才发现是苏桃换了发型，想了想还是什么都没说，抱着篮球直接回了座位。

他刚坐下陆婷佳就跑过来，委屈着一张脸，拽着高程的衣袖不撒手。

"高程，苏桃欺负我。"

苏桃写字的手一顿，当作没听到。

白北北拿过同桌的清洁剂喷了喷："哎呀，天还热着，什么苍蝇都出来嗡嗡。"

"白北北，你什么意思？"陆婷佳当即变了脸。

白北北把清洁剂一丢，站起来大声说："我什么意思？那你什么意思啊？你说我们桃子欺负你，要不要脸啊？平时都是谁欺负谁？你还好意思告状，真是跛驴配着破口袋，呸，都不是好东西！"

被牵连的高程愣了愣。

陆婷佳咬了咬牙，又扯了下高程的衣袖，说道："你看她们还组团欺负我！"

白北北听了她撒娇的声音翻了个白眼，恶心死了。

高程不愿意管她们女生的事情，他望向低头写字的苏桃——短发下的

脸因为大病初愈显得格外白皙，摘下眼镜的眼睛更加明亮，抿着的嘴唇透着点点粉嫩。

不知道是不是他的错觉，苏桃似乎比以前顺眼多了。

他不耐烦地拨开陆婷佳的手，说道："白北北说得没错，你欺负苏桃还差不多。"

陆婷佳做的那点事情，高程不是不知道，他就是看陆婷佳好看才跟她在一起，没上几分心，也懒得管。

"所有人都看到了！"陆婷佳不可思议地看着高程，没想到他会帮苏桃说话，"高程，你到底是跟谁一边的啊？"

然而陆婷佳仗着自己好看，又是班花，平时在班里耀武扬威，很多人都对她有意见，这时候叶瑶又不在，班里没一个人站出来帮她说话。

她在班里看了一圈，冷笑一声："你挺会收买人心啊！"说着，伸手就要扒拉苏桃的头。

没承想她的手还没触到一根发丝，就被苏桃"啪"一声挡开，陆婷佳娇嫩的手泛红发麻，眼眶瞬间湿润，红着眼睛大叫："高程你看，她还打我！"

高程的确没想到苏桃会"打人"，惊讶得一时没回过神。

苏桃抬起头冷冷地瞥了陆婷佳一眼，语气轻快："真是不好意思，没看到。"

陆婷佳：……

她真是不知道苏桃哪里来的这么大的胆子，难道真是脑子撞坏了？

白北北"扑哧"一声笑了出来，又装出严肃的样子警告陆婷佳："别碰桃子，桃子可是有凉哥罩着的。"

陆婷佳仿佛听到了一个天大的笑话："白北北，编瞎话也要有点逻辑，祁凉知道苏桃是谁吗？"

"你别不信，凉哥撞了桃子非常愧疚，跟我说以后桃子就是他罩着了。敢欺负桃子就等于欺负他，必诛之！"

白北北也是随口扯的，她用祁凉的名号用习惯了，一时嘴没把门就说

出来了。

但她的话也有几分可信度。

祁凉撞了苏桃的事情有不少人知道，陆婷佳也知道白北北和祁凉是好哥们，而现在苏桃好像换了个人似的，都敢反抗了，显然是有人撑腰。

陆婷佳半信半疑地瞪了她们两个半天，在上课铃打响后不甘心地回了座位，嘟囔道："喊，没劲。"

白北北坐回位置上，苏桃已经画好了重点，她看着苏桃清秀的字迹心里美滋滋地说："桃子，你刚才做得对，就不能惯着她们！"

"嗯，你以后不用理她们。"苏桃语气平淡，听不出什么情绪。

白北北以为她还在因为高程难过，劝道："你也别单恋那一根草了，改天我带你去见帅哥啊。我哥你见到啦，帅吧？"

苏桃抿了抿嘴唇说："我现在一心只有学习。"

白北北眨眨眼，又晃了晃腿，说道："那姐妹带我学习呗。"

苏桃这才笑开："好。"

想到白北北刚才的话，苏桃有些担心地问："你随便用祁凉的名号没事吗？"苏桃才不相信那个把人踩在脚下随便碾压的人会仅仅因为撞了她就帮着她，又想起他扶着她的那只手——修长有力，骨节分明，带着少年天生的冷冽气息。

苏桃的心跳猛然间空了一拍。

白北北摆摆手说："没事，大佬名号好用啊。"

苏桃瞧着白北北这副不在意的样子，就知道白北北果然没有把之前让她离祁凉远些的话当真，以后还是看紧她的好。

白北北不知道苏桃的内心活动，继续没心没肺地说："而且凉哥很快就要成为我们的同学了，到时候我跟他说一声，一样罩着你。"

"同学？"苏桃想起早上在校门口听见的八卦，"他真的要转学？"

"对，不出意外应该还是咱们班。我跟他说的，有事可以来找我……"

白北北后面说了什么，苏桃并没有听清，她握紧了手里的笔，紧张又

疑惑。

她不记得曾经祁凉有转学啊，万一他发现了她不是盲人，还目击了打架现场，他会不会找她麻烦？

下午的时候，班主任董明把苏桃找了出去，大概关心了一下后，装作不经意提起早恋的事。

苏桃知道董明是在试探自己，她向高程告白的事情被陆婷佳传得沸沸扬扬，老师肯定也知道了。

苏桃向董明做了保证，以后绝对一心学习，不会再想其他的事。

苏桃平时老实乖巧，董明也比较相信她，又说了几句就让她回去了。

回到学校的第一天，苏桃过得还算顺利。

她病刚好，老师帮她申请免除了早晚自习。

五点半一下课，苏桃收拾书包准备回家。

白北北咬着笔杆羡慕不已，说道："要不然我逃课吧，咱俩去吃木桶饭，学校附近刚开的一家，特好吃……"

苏桃打断她的喋喋不休："不行。你不许逃课，老实上完晚自习，把历史作业写完，明天要交的。"

苏桃是历史课代表，她负责收作业。

白北北对自己闺蜜这么敬业很是头痛："你就不能放我一马？"

"不行，"苏桃背上书包，"必须写完。"

她什么都可以迁就白北北，唯独学习不行。

白北北晃着同桌的胳膊发出哀号。

苏桃知道陆婷佳还会发难，可没想到来得这么快，一出校门就被人堵住了。

"你就是苏桃？"

邹颜没有穿校服，但苏桃认识重点高中的校徽。

邹颜身后站着几个女生，其中还包括陆婷佳和叶瑶，估计是白北北早上说的话被陆婷佳传给邹颜了。

邹颜是重点高中的校花，她喜欢祁凉也是众所周知的事情。可惜祁凉这个人很冷淡，别人求着的美人他连一个眼神都没给，邹颜想方设法在他面前展示自己的时候，他也只有一句"不好意思，让一下"。

别说邹颜，兴城三所高中这么多女生，除了白北北跟祁凉是哥们一样的关系，就没见他跟哪个女生走得近。

苏桃看了眼她们的人数，不由得攥紧了书包带子。

也不知道她们这些人跟谁学的先礼后兵，邹颜居高临下，先跟苏桃讲道理。

她听说过苏桃的事情，将苏桃上下打量了一下，就知道苏桃是班级里最不起眼的那种小透明，丢在犄角旮旯都找不到的那一种。

在邹颜眼里，像苏桃这样的人，想出名获得别人关注很正常，也很不自量力。

邹颜不自觉摆出高姿态，说道："小妹妹，上学就上学，别整天朝三暮四、着三不着两的，知道什么叫别人家的东西别碰吗？别以为祁凉撞了你就得对你负责，你不算什么。"

陆婷佳在旁边添油加醋："学姐，这臭丫头可会演戏了，连高程都被她给骗了！你快收收拾拾她！"

邹颜也是要面子的，既然她拦住了苏桃，就不能这么放苏桃走。陆婷佳和她打配合，给她台阶下，于是她抬了抬手。

苏桃一直在找机会逃跑，她们人数多，公然敌对胜算不大，她趁她们不注意，指着她们身后大喊了一句："凉哥救我！"

这句话确实给苏桃争取到了不少的时间。邹颜知道祁凉肯定是会逃课的，也就被苏桃一下子蒙住了，但很快意识到自己被骗。邹颜终于维持不了表面的客套，带着人追了上去。

这小丫头还挺机灵。

苏桃身体本就不好，跑了好远最后还是体力不支被她们抓住。

邹颜撑着膝盖喘气："你跑啊！你倒是继续跑啊！"

陆婷佳看着苏桃被抓特别解气，上前就要给苏桃几个耳光——还真敢反了天了，不收拾她真当自己是吃素的？

苏桃没有实战经验，但以前被欺负的那段时间，白北北不能整天保护她，便给她讲怎么以弱胜强，还教了她怎么防身。

陆婷佳过来的时候，苏桃一抬脚，直接踹中了陆婷佳的小肚子。她不敢停下，转身又踩了抓住她的叶瑶一脚，用胳膊肘顶了下叶瑶的胃，顺手捡起地上的书包朝邹颜的脸砸过去。

邹颜最在意自己这张脸，被沾了尘土的书包砸中，也顾不了什么情敌不情敌，连忙整理自己的仪容。

她们这边打着，落在别人眼里就是小孩子过家家，看个热闹。

陆天趴在自行车上笑着说："女生打架都这么弱的吗？果然白北北她不是个女的吧？"话音刚落，就被从天而降的书包砸中了头。

他摸了摸被砸中的地方，回过头问道："凉哥，砸我干吗啊？我们要不要帮忙啊？"

祁凉把自行车支在路边，半倚在上面玩着打火机，火光忽明忽暗。

纪末修觉得陆天的问题有点意思："帮谁？校花还是小姑娘？"

"那铁定是校花啊，她那么漂亮，还对咱们凉哥情根深种。"陆天这人没什么本事，就是"怜香惜玉"，喜欢美女。

纪末修十分看不惯他这破毛病，呸了一声："看上的是凉哥又不是你，你上赶着凑什么热闹？"

吏遥眯了眯眼睛，观察战局后，说道："要不然还是帮苏桃吧，她就一个人。"

"哎哟，连人家名字都知道了，你小子该不会是偷偷喜欢人家吧？"

陆天说着揽住吏遥的脖子，凑到他耳边大声说，"人家喜欢的可是高程那浑蛋！"

吏遥别开他的手："胡扯什么，她是我们学校的好吧。"

祁凉冷淡地瞥了眼他们，纪末修立刻给他们一人端一脚，都老实了。

祁凉"咔嗒"一声合上打火机，吐出一个字："帮。"

"凉哥，你说帮谁？"陆天特兴奋，别管帮谁都是帮女生，他就这点出息。

祁凉望了眼孤军奋战却意外能打的苏桃，冲他们仨扬扬下巴，说道："你们猜拳，谁赢了帮谁。"

啥？还能这么玩？

他们三个人对视一眼，纷纷蹲在地上开始石头剪刀布。

邹颜也没想到苏桃一个人能坚持这么长时间，这小丫头还挺倔。她摆摆手，决定暂时叫停，用智取。但苏桃才不听她的，也不给她机会，抬脚再次踢中陆婷佳，这次踢的是小腿，陆婷佳彻底起不来了。

苏桃头发凌乱，不停地喘着气，毫无形象可言。她也不在乎这些，随手把脏了的书包甩在肩上，抬手抹下额头的汗，把嘴里的血沫吐出去。

"我告诉你们，祁凉他就是罩着我了！我打架就是他教的！"

苏桃本来只是想随口吓唬一下邹颜她们，没想到话一出口，她们就变了脸色，那眼神甚至可以用惊恐来形容。

苏桃正疑惑着，忽然身后一股凉气靠近，她一转头就撞上了一个坚硬的胸膛。

苏桃捂着鼻子抬起头，对上祁凉冷淡的双眸，吓得倒吸了一口凉气。

邹颜她们以肉眼可见的频率抖了起来，陆婷佳和叶瑶更是大气都不敢喘，脸憋得通红，苏桃瞧着都怕她们背过气去。

平时小打小闹打着祁凉女朋友的名号也就算了，这次被他撞见，邹颜既欢喜又害怕："凉……祁凉。"她尽量让自己的声音听起来温柔可人。

祁凉却根本没看她。

他低头瞅着那双惊慌失措的眼睛，抬起了手，苏桃吓得闭上了眼睛。

头顶传来重量，苏桃睁开眼睛，觉得大佬可能并不明白"摸头杀"要轻一点。

她的脑震荡都要复发了！

"行了，凉哥来救你了。"祁凉淡淡的一句话，让邹颜不敢相信地抬起头。

祁凉竟然真的和苏桃有关系？

陆天在祁凉身后狠狠地打自己的右手，都是它不争气啊！谁能想到那两个孙子都要帮苏桃，也不知道这小丫头有什么值得帮的。

祁凉颇为嫌弃地将苏桃从上到下扫视一遍，刚摸了对方头的手又拍了拍她的脸颊，跟拍小狗一样。

他咬着薄荷糖问："我就是这么教你打架的？"就这两下子，说出去丢死人了，他祁凉的名号要不要了？

苏桃被薄荷味扑了满脸，说话前没忍住先打了个喷嚏。

祁凉：……

苏桃心想：我现在跑还来得及吗？

祁凉盯着苏桃看了半天，不耐烦地扯过陆天的校服给她擦了擦鼻子。虽然全程苏桃觉得自己是在被虐待，但这或许已经是大佬最高级的待遇了。

祁凉从兜里掏出薄荷糖倒进嘴里两颗，含混不清地问："谁的主意？"

邹颜赶忙辩解："祁凉，是陆婷佳跟我造谣苏桃的事情，我太在意你，就相信了，对不起……"

瞧瞧，什么是"绿茶"的最高级别，陆婷佳那两下子根本没法比，邹颜这句话既推脱了责任，又表达出喜欢祁凉的意思，一箭双雕。

奈何祁凉耐心不好，并不想听邹颜那些废话。

他皱着眉抬起头，视线从几人身上扫过去："谁？"

陆婷佳不知道被谁推到了最前面，她腿软，一下子没站稳摔在了地上。

苏桃掸了掸灰，觉得陆婷佳有点可怜，都抖成筛子了。

想了想，苏桃抬手扯了祁凉的袖子，说道："要不然……算了吧？"

祁凉偏头用漆黑的双眸盯着她。

苏桃一下子就不知道自己要说什么了，她定了定神才坚持把话说完："我打都打完了……"差不多就行了。

祁凉显然误会了她的意思，挑了半边眉毛，问道："嫌我来得晚？"

苏桃差点给大佬跪下。

祁凉盯着苏桃，那双柳叶眼里满是惊慌，怯生生抬眼看向他时又清澈得不像话。

半晌，他扯唇笑了笑，可是这笑容苏桃怎么看怎么觉得后背发凉。

陆天他们都是早早跟着祁凉的，深知他的脾性，见状赶紧冲那几个女生摆手，说道："还不快滚！"

女生们忙不迭跑走了。

苏桃望着陆婷佳和叶瑶一瘸一拐的背影，心想：她们以后应该是不敢欺负自己了吧。

正想着，苏桃耳边响起了祁凉低哑的声音："你能看到啊？"

苏桃蒙了。

她竟然忘了这个。

女生们走了，剩下该收拾的就是自己了。苏桃整个人僵在原地，脑海中飞快地思考该怎么脱身。

她下意识第一反应就是跑，还没迈开腿，书包就被扯住了，随后一股力量带着她往后一撤，再次撞上了祁凉。

祁凉"嘶"了一声："你怎么这么喜欢往我怀里撞？"

苏桃从他语气中听出了怒气，不敢言语，被他拎着书包跟个小鸡崽一样站着。

祁凉嫌她书包脏，还重，松开后伸手往陆天衣服上抹了抹。陆天瞅了眼自己衣服上的几个黑块，估计晚上会被老妈收拾得不轻。

"问你话呢。"

大佬目前十分不悦。

苏桃正想办法怎么跑，哪有工夫去回应祁凉的话，她意外瞥到祁凉身旁的自行车，脑海中灵光一现，往旁边撤开一步，突然对着自行车鞠了个躬。

祁凉愣了愣。

苏桃万分诚恳地对着自行车道歉："对不起，上次撞到你了！"

祁凉：……

陆天：……

纪末修：……

吏遥：……

苏桃趁着几人发愣的时候撒腿就跑，比刚才邹颜她们快多了。要是让她去参加个什么比赛，说不定能拿个奖回来。

祁凉盯着那兔子一样的背影，眼睛黑亮，蓦然嗤笑了声。

刚才不是还挺倔强的吗？

真行。

陆天还傻愣愣的，用脏校服擦了擦脸上的汗，问道："凉哥，这妹子是不是被你撞傻了啊？"

纪末修踹了他一脚，示意他往远处看："跑了。"

陆天：……

这什么操作？

声东击西？

玩战术性策略啊？

吏遥等苏桃跑远了才问："凉哥，追回来吗？"

祁凉不咸不淡地看了他一眼，拍了拍他的肩膀，转身抬腿跨上了自行车。

"不用。"

跑到天涯海角，不还得回学校上学吗？

第二章

1

你帮她出头?

苏桃毕竟是第一次打架，又刚病愈，活动筋骨后的第二天浑身酸疼，连起床都有些费劲，她揉着肩膀走出卧室。苏母瞥了她一眼，把碗放下喊她过来吃饭，然后就起身回屋了。

苏桃没有直接坐下，洗漱完毕后才出来静静喝粥。白粥升着袅袅热气，配着简单的小咸菜，房间里安静得仿佛只有她一个人。

吃完饭，苏桃背上书包，苏母听到声音，从屋里出来叫住了她。

"到学校好好学习，别再想那些乱七八糟的事情。"

苏桃摸摸刘海下的创可贴，淡淡"嗯"了一声，出了门。

白北北今天没有迟到，苏桃来的时候她正在教室后面偷吃包子，整个后排都弥漫着牛肉包子的香气。

刚从食堂回来的路和坐在白北北身边，书都看不进去。

苏桃瞧白北北吃得狼吞虎咽，把来时买的草莓牛奶放在她桌子上，还贴心地插上了吸管，小声劝她："你吃慢点。"

白北北三口塞进一个包子，拿过牛奶猛吸了几口摇摇头："不行，刘老铁满教学楼乱窜，再被他抓到我就要当着全校的面吃包子了。"

......

教导主任刘挺，因为在一次抓学生聚众打架中用头顶弯了外校学生带来的劣质棒球棍，被学生们戏称为"刘老铁"，大家都认为他的头硬如铁。

苏桃有些不明白，问道："那你为什么不在食堂吃完？"

白北北理直气壮地说："在教室才吃得香啊！"

......

似乎真是这样，越禁忌越会让人想要挑战，苏桃无力反驳。

每个学校都会有那么一两条奇葩校规，比如重点高中女生不许留长发，男生剃寸头——当然，祁凉是个例外；又比如二中不许男女生同桌，甚至不许同桌吃饭；而苏桃他们学校，则不许在食堂和超市台阶范围外的地方吃东西，包括教室。

说起这个，白北北就来气，修整校容校貌也不能靠这个啊！

白北北又从桌膛里拿出一个包子递给苏桃说："你肯定没吃饭。"

苏桃抬头看了看挂在教室后面的时钟，距离第一节课上课还有两分钟，于是她摇摇头，推了回去："吃了。"

白北北在她身后皱起了眉，心想：你妈妈一周能早起一次做饭就不错了。

白北北趁老师没来，把包子对准苏桃的桌子一扔，"咚"的一声，包子落在课桌上顺着轨迹滑行了一段。班主任恰好进门，苏桃连忙把包子捞进桌膛。

包子上还附带了一张便利贴，白北北的字迹和她本人相反，清秀工整，是白父在她小时候监督的成果。

"吃了再吃点！你太瘦了！"

苏桃心想，分明是你自己吃不完了吧。

第二节课下课是大课间，苏桃因为身体缘故暂时免去了做操。

天气炎热，伴着燥热的风。从教学楼里望出去，整片天空都像是染上

了靛蓝色的颜料，几朵棉花糖一样的云缓慢飘在空中，像极了动漫里的场景。

苏桃做完前一节课剩下的作业已经出了一身的汗，她脱了校服外套，穿着白色半袖趴在窗边百无聊赖。吹来的风鼓动窗帘，也吹凉她的后背。

她习惯性在人群里寻找高程的身影，又一触及即离，看向他旁边的白北北。刘挺正站在白北北身边盯着她做操，做错一个动作扣一分。

白北北僵直的动作在楼顶看得清清楚楚，苏桃没忍住笑。

视线转移，不经意看到一个清瘦身影。

她愣了愣。

祁凉被一个女人带着往教学楼里走，走到楼下的时候，不知道是不是感觉到什么，他忽地抬起头，只看到被风吹出窗外的白色窗帘。

祁母见他没有跟上来，回身叫他："小凉。"

祁凉收回视线，跟上去进了教学楼。

白北北做完操最先跑回教室，后面跟着走在队列前面的男生。

她迫不及待地和苏桃吐槽刘挺的"恶行"，苏桃全都看在眼里，只默默听着，白北北的嘴角向上翘起，表达着对刘挺的不满。

"你还笑！"

"好啦，谁让你做操的时候总踢到高程？"

高程听到自己的名字，抬起了头。

苏桃侧脸温柔，纤细的手指把碎发挽在耳后，露出了小巧的耳朵。他一时没回过神，直到同桌对着灰掉的屏幕发出号叫："高程，你怎么回事，死了？"

……

等同学们陆续都进来，教室里瞬间炸开了锅。苏桃听到他们提到了祁凉的名字，估计也是看到了祁凉被人带进了教学楼。

白北北对此倒是不怎么在意，在路和叽叽喳喳说了祁凉一大堆可怕行为后，大姐大一般挥挥手，说道："你们这些肤浅的人，永远都不知道凉哥的好。"

"我们不知道，那你知道？"路和翻了个白眼，"真不知道你怎么这么忠心，你该不会是喜欢祁凉吧？"

路和话音未落就挨了白北北一顿捶："你想死？"

白北北收拾完路和，转头对上苏桃怀疑的目光，顿时觉得六月飘雪千古奇冤，拉过苏桃的手戏精一般开始抹眼泪，搞得苏桃哭笑不得。

"我没有，我不是，我就是个小跟班！桃子，以后凉哥转过来，你就知道凉哥的好了。"白北北还附赠了不太成功的 wink（眨眼）。

苏桃：……

其实她也并不想知道。

午自习一下课班里热闹起来，高程和同桌从教室前面闹到后面，一不小心撞到了苏桃的书桌。"咣当"一声响，桌边摆得高高的书全都倒下，有几本还砸到了苏桃的头上。

高程回头看了眼，马上说道："对不起啊。"

苏桃刚有些睡意就被吵醒，她压下烦躁，回了句："没事。"

高程一愣。

没想到她会这么冷淡，这几天也不像之前一样视线总追着他，有事没事找借口和他说话了。

高程心里说不出什么滋味，瞧着苏桃弯腰把书一本本捡起来，似乎是有些过意不去，弯腰帮她捡了一本。

苏桃也没有特别的情绪，接过他手里的书道谢。

"谢谢。"

两个字，客气又疏离。

高程看着自己空了的手，觉得心里有些不太得劲。

陆婷佳发现高程有些落寞的表情，气得用笔戳书："贱不贱！贱不贱！"

叶瑶是怕了苏桃，直拽着陆婷佳让她小声点。

陆婷佳又想起前一晚的事情，更生气了。

上课前，董明带着祁凉进了教室。

高大的身影一进门，立刻引起了所有人的注意，刚刚午休结束的学生一下子都清醒过来，多少有些紧张。

这可是大佬啊！惹不起的人啊！竟然就要成为他们的同学了！

这以后是套近乎好，还是离远点好啊？

还有一些女生在下面窃窃私语，尤其是叶瑶，低着头拽陆婷佳，小声叫唤："佳佳，你快看啊！祁凉好帅啊！"

陆婷佳正在气头上，恨得牙痒痒："你昨天没见到啊？"

"那我……不是害怕，没敢看嘛。"

"瞧你这点出息！"

……

叶瑶不太开心地放开陆婷佳的衣服，心想：不是说跟高程就是玩玩吗？那这么生气干什么，有本事再去找苏桃麻烦啊！

祁凉站在董明身后，倚在门边懒散地站着，目光随意在教室里扫视了一圈，掠过一脸兴奋的白北北，落在了低着头的苏桃身上。

她整个人都要趴在课桌上了，在所有人都抻长脖子的教室里分外显眼，阳光照过去，温和却不炽热。祁凉眯了眯眼睛，能够看到空气中浮着的微小尘埃。

祁凉这样的学生，没必要过多介绍。董明什么也没说，直接在教室里给他找位置。看了一圈，似乎只有讲台边上还能坐人，董明又想起来校长的嘱托，说道："祁凉，你就坐在……"

董明的手刚指出去，祁凉已经拎着不知道从哪里搞来的椅子路过讲台，径直走向教室最后。

过道狭窄，祁凉将椅子拎在半空中，也不知道是不是故意的，刚好半人高。

大佬气场强大，一言不发，周身散发着寒气，给整间教室都降了暑。

因为怕打到自己，他路过时每个人都下意识低头，又在他走过后掸去身上落下的灰。

同学们表情各异。

苏桃就是怕祁凉发现自己，趴在桌上试图把自己埋起来，耳朵却竖着，她久久没听到董明接下来的话，疑惑地抬起头时，头顶掠过一个阴影。她几乎瞬间矮了下去，却还是能够感觉椅子腿从自己头上很轻地擦了过去。

……

吓死了。

苏桃有些后怕地摸了摸头顶，这要是没低下去……她不敢想后果，祁凉可不像是个会怜香惜玉的人。

后面传来"咣当"一声，祁凉把椅子丢到苏桃后桌旁边，嗓音淡淡的："让一下。"

路和哪敢不从，立刻收拾东西抱着椅子就跑到前面讲台边了。祁凉把椅子往里面踹了踹，坐了下去。

全班一点声音都没有，董明也有些尴尬，但碍于祁凉家里的面子，不好发作。祁凉也没做什么违纪的事情，只好任由他先坐着，等考试结束再重新安排。她又说了几句稳定学生们情绪的话就把教室让给上课老师了。

上课二十分钟后，班里的人进入了学习状态，大概只有白北北还兴奋着，她瞄了眼刚来的政治老师，凑到祁凉身边，小声喊道："凉哥！"

祁凉"嗯"了声。

"你是特意来找我的吗？"

"不是。"

白北北就疑惑了："那你为什么不去理科班啊？"

祁凉在重点高中就是读理科班，成绩名列前茅，要不是他太过桀骜难以管教，或许会成为另一个传说。

祁凉盯着眼前纤瘦的背影，咬着薄荷糖拖了个长音："嗯，你猜。"

这她上哪儿猜去！

白北北在祁凉看不到的地方翻了个白眼，拿出手机开始打游戏。

开玩笑，大佬的心思，她还敢猜？

苏桃全程听得到他们说话，也感觉得到祁凉盯着自己的视线。她不自觉挺直了脊背，缓慢又小心地把椅子往前挪了挪，又挪了挪，直到和祁凉的桌子相距一手宽的缝隙才作罢。

政治老师正在写着冗长的板书，苏桃拿出笔正打算画重点，突然感觉椅子被勾住，下一刻连人带椅被猛地往后一带，重新贴上了祁凉的课桌。

……

苏桃感觉得到自己的椅子被踩住，她不敢回头也不敢再动，生怕祁凉再做什么。

白北北被响声吓了一跳，手下一滑，游戏结束。这关她已经玩了快小半个月，就是过不去，此时又是一个失败，她有些烦躁地弄乱了头发。

"凉哥你干什么？"

祁凉吐出两个字："睡觉。"

……

祁凉的到来并没有给三班增加什么负担。

他基本不来上课，来了也是趴在桌子上睡觉，十分安静，连白北北和他说话都不怎么爱搭理。

苏桃的生活也没什么变化，除了祁凉来了以后，她往前的椅子会重新贴上他的桌子。她也不知道祁凉哪里来的那么多耐心，几次下来，她只好认输，没有再挪动。

秋季转凉似乎就在一瞬间。兴城连续下了几场雨，豆大的雨点砸在地上，气温骤降，前一天还能穿着短袖大汗淋漓，第二天就不得不翻找出秋冬的衣服多裹两层。

白北北和苏桃吐槽这破天气的时候，苏桃只照着书回了她一句"一场秋雨一场寒"，听得白北北脑仁疼。她是发现了，最近苏桃真的是心无旁骛地学习，还时不时督促自己认真听课。

为了防止苏桃提到上次考试成绩，白北北连忙把话题扯远。

"你知道吗？高程和陆婷佳分开了。"她语气里是掩盖不住的幸灾乐祸。

"分开？"苏桃摇摇头，她哪里有空管那些事情，最近历史老师找了她好几趟，有意让她参加历史竞赛。

她的几个科目里除了语文，就剩下历史还说得过去了。

"就前几天，我倒垃圾的时候看到他们在吵架，陆婷佳哭得梨花带雨的，真是解气！桃子，这就叫'恶人自有恶人磨'！"

苏桃无奈道："北北，这话不是这么用的。"

"是吗？不重要。"

......

说曹操曹操就到，高程手里拎着个袋子，走到苏桃身旁。

他开学后就没剪的头发有些长了，微微盖住眼睛，垂着头有些可怜。但苏桃知道，他这个人并不是像表面上那样无害的。

"苏桃，对不起。"

高程把袋子放在苏桃桌上，里面是面包、牛奶，还有擦伤药。

这是知道她被撞了。

苏桃说不出心里是什么滋味，起码以前高程是从来没看过她一眼的，哪怕后来她被欺负成那个样子，他也照样神态自若地路过，甚至还让陆婷佳小心手。现在他刚分开就凑过来做出一副关心的样子，苏桃不傻，知道他想干什么。

再说，这都过了多久了，才想起送药，也太虚伪了些。

苏桃没说话。

白北北以为她是难受，作为姐妹自然是要帮着教训渣男，想都没想，便咋呼道："高程，你有病没病？现在道歉是不是太晚了？"

高程不知道和祁凉有什么仇，连带着看白北北也不顺眼，没好气地说："我没和你说话。苏桃，你别什么人都跟着玩，万一把你带坏了怎么办？"

"高程，你什么意思？"

他们的声音有些大，一时间吸引了全班的目光。身在吃瓜前线的三班群众纷纷放下了手里的作业和笔，连最不喜欢八卦的学习委员都往这边看了几眼。

苏桃本来不想理，听到高程说白北北才有了反应，她把袋子往外面推了推，说道："高程，我不用。"

"你早上没吃饭，身体受不了的。"高程不去看暴怒的白北北，语气温柔，和之前冷漠拒绝苏桃的样子判若两人，他想了想又补充一句，"以后我每天都给你买。"

白北北都要吐了，这是什么恶心东西，真想操起手里的椅子砸过去为民除害。

"不用，"苏桃说得一本正经，"空腹不可以喝牛奶，再说论伤势，陆婷佳比我重得多，你该把药给她。"

白北北在后面笑弯了腰。

高程皱了皱眉，这什么歪理论？

"苏桃，你别生气了，佳佳……陆婷佳我已经说过她了，她不会再来找你麻烦了。"

"高程，"苏桃打断他，平淡的目光望过去，盯得高程有些发凉，"你误会了，我没有喜欢你。之前告白是因为陆婷佳欺负我逼我说的，我出车祸是因为那天发烧头晕，也不是因为你。"

意思就是，你不要自作多情了。

白北北暗中给苏桃竖了个大拇指。这才对，不温不火收拾渣男，不然他还真以为自己了不得，谁都喜欢他呢！

高程脸上一阵红一阵白。

苏桃形象大改，性格温和好说话，比起任性的陆婷佳强得不是一星半

点，再加上苏桃喜欢自己，向自己告白的事情又尽人皆知……兄弟一怂恿，高程就动了点心思，想把她弄到手。

反正这些看着就乖的好学生本来就很好骗。

可没想到苏桃会是这么个态度。

班里同学都在看着，高程被这么直接地拒绝，丢了面子太下不来台，他想了想，拿起袋子一把握住了苏桃的胳膊就想往她手里塞。

隔着几层衣服，她的手臂还是很细，十分柔软。

"苏桃……"

高程心里有些荡漾，刚想开口，手中忽然一轻，袋子形成一条白色弧线，"咚"的一声进了教室门口的垃圾桶。

班里同学目瞪口呆。

这么准！

祁凉不知道什么时候来的，站在高程面前，比高程高了半个头，满脸写着我心情不好。

祁凉站得歪歪扭扭，单手把空书包搭在背后，一副刚睡醒起床气浓重的模样，冷冷道："滚开。"

高程倒是不怕他，张嘴就骂："祁凉你有病啊！我跟苏桃说话碍着你了吗？"

祁凉掀开眼皮瞅高程一眼："你挡路了。"

过道宽度只能容纳一人，高程站在这个地方确实挡住了祁凉回座位的路，但他也不打算让，挑衅道："我还以为你被退学了，原来还知道来上课啊。"

祁凉也不想来。

要不是家里祁母又开始装可怜指桑骂槐，骂着祁父整日不着家，儿子不孝顺开始哭，哭得他烦死了，他也不会来，还要一大早被吵醒。

祁凉也不跟高程废话，直接一推。

高程被祁凉推得猝不及防，后退几步撞上旁边座位上的人，桌椅碰撞

之间发出响声，当即他脸就黑了："祁凉，你想打架吗？"

祁凉把书包扔在桌上，理都没理，趴着就睡。

高程咽不下这口气，还要发难，被胆小识相的同学拽住。

开玩笑，这要是真打起来还得了？

上课铃及时响起，董明和其他老师笑着过来，一进门就冷了脸。

"高程，你干什么呢？"

高程暗骂一声，心有不甘地回了自己座位。

第一节课是董明的英语课，她在课前多说了几句，无非是什么都高二了要专心学习不要早恋之类的话，目光还时不时往苏桃那里瞟，什么意思显而易见。

苏桃专心背单词，当作没看到，倒是白北北磨了磨牙。

英语课下课，苏桃又被历史老师叫了过去，拖动椅子的声音把祁凉吵醒。他伸手理了理睡乱的头发，转头问白北北："她去干什么了？"

"历史老师叫她吧，好像想让她参加什么竞赛。"白北北专心游戏，没细究祁凉问题的目的性。

祁凉没再说话，又重新趴在桌上睡了。

历史老师叫陶元亮，和陶渊明一个姓，是个三十岁就有啤酒肚的中年男子，上课基本不管纪律，操着一口西北口音，总给学生们讲书本外的故事，讲着讲着就扯远了，但同时也增加了上课的趣味性。三班的学生都挺喜欢他的，上课也给足他面子，不吵不闹。

他把苏桃叫到办公室，喝了口搪瓷茶缸里的茶水，用拿着盖子的手示意苏桃坐下。

"苏桃啊，你考虑得怎么样了？"

苏桃还是有些不明白："老师，班里那么多同学为什么找我去参加竞赛啊？"

"你不是历史课代表吗？总得给你点特权，这竞赛要是得到前三名可

有奖金呢！"

苏桃知道。

上一次陶元亮和她说过后，她就去公告栏看了宣传海报，前三名奖金分别是五百元、一千元和两千五百元。

她是有些心动的。白北北快过生日了，她平时没有零花钱，要是得到了奖金，她就能给白北北买礼物了。

但是她没有太大信心。

陶元亮也看出她的心思，拿出了几本习题册。

"这里有往年的竞赛题，也有一些比较难的，你回去做一做试试。名我就帮你先报了，没得奖也没事，重在参与！"

苏桃拿过那几本练习册，沉甸甸的，点头道："老师，我会尽力不给你丢脸的。"

陶元亮又喝了口茶说："没事。"

苏桃走到门口的时候，陶元亮又叫住了她，想了半天才犹豫开口："苏桃啊，你对学习上点心，现在才高二，以后到大学还会有特别多帅小伙！"

……

这帮老师怎么这么八卦？

"我知道。"

陶元亮是真喜欢苏桃这孩子，乖巧又懂事，这年头有个热爱历史的孩子可不容易，苏桃每次向他问问题他都特开心。

"等你上大学了，老师把我那个外甥介绍给你，作是作了点，但长得好看。"

"好……"苏桃有些哭笑不得。

陶老师哪里都好，就是有些太热心了。上次白北北用失恋作为考试考砸了的借口，他也没生气，还说等高考完介绍外甥给她。

陶老师的外甥也是有点惨。

趴在桌上的祁凉忽然打了个喷嚏，白北北手下一抖，"Game over"出

现在屏幕上。

……

她以后玩游戏还是离祁凉远点吧。

下课吏遥来找祁凉，两人也没走远，就站在教室门口说话，话题从隔壁一中的新晋女神聊到上次考试成绩的惨不忍睹。

忽然，吏遥笑着问："苏桃干什么呢？"

祁凉顺着看过去。

苏桃正在擦黑板，老师把板书写到了顶上，她够不到只能踮着脚跳，蹭了自己一身的白灰。

那模样实在是有些滑稽。

祁凉过去拍了下苏桃的脑袋，问道："不会让别人干？"

……

大佬突然和她说话，苏桃不知道该如何反应，拿着黑板擦站在那里，她脸上还蹭上了白灰，傻得不行。

苏桃已经算是班级里个子比较高的女生了，找别人……苏桃把目光落在祁凉身上。

祁凉心想：胆子不小，还盯上我了。

祁凉冷笑道："我帮你，有什么好处？"

苏桃把手在校服裤子上蹭了蹭，摸到兜里硬硬的东西，掏了出来。

是一根棒棒糖，桃子味的。

白北北上午买的，特意把桃子味道的给苏桃，她还没来得及吃。

祁凉盯着那根粉嫩的棒棒糖躺在苏桃的掌心，细腻的手掌连纹路都看得清。半晌，他才拿过苏桃手里的棒棒糖和黑板擦，利落地几下擦完，将黑板擦随便一丢。

他动作粗鲁，扬得到处都是粉笔灰，苏桃被粉笔灰呛了一脸，不停地咳嗽。

吏遥在门口看得目瞪口呆，大少爷干活了？

想到之前祁凉就反常地要帮人，吏遥显然意识到什么，在祁凉出来后表情奇怪，又没忍住，问道："你该不会是……"

祁凉剥开糖纸，把棒棒糖塞进嘴里："什么？"廉价的香精味让他皱了皱眉，随之而来的桃子味甜得要命。

"没什么。"吏遥摇头，他还是闭嘴吧。

三班的自习课一般都不用老师担心，董明也就在上课前看了一眼，苏桃照着卷子在黑板上抄题，底下学生都安安静静的，她也就安心地回办公室喝茶聊天了。

安静了没一会儿，下面开始有人喊苏桃。

"课代表，你的字写得太小了，看不清啊！"

苏桃回头一看，哦，这人是高程的好哥们张峰，以前就和高程"狼狈为奸"，据说还暗恋叶瑶。

黑板上那么大的字还看不见，分明就是故意找碴儿。

苏桃没理。

张峰的声音又大了些，还阴阳怪气拖了长音："课代表——你挡住我的视线了。

"苏桃，我跟你说话呢。

"还挺高冷，不记得你之前跟高程告白的时候了？

"你听没听见我说话？"

张峰见苏桃没反应越发变本加厉，开始模仿苏桃告白时的样子，掐着嗓子说话："高程，我喜欢你，你能不能和我交往啊？"

惹来旁边人隐忍的笑声。

苏桃捏断了手中的粉笔，特别想抄起讲台上的粉笔盒砸过去。她的手已经落在了粉笔盒上，突然从后面飞来一本书，正中张峰的头，笑声也戛然而止。

张峰当即就火了，大声问道："谁干的？"

祁凉双腿一叠，搭在课桌上，淡淡地说："我。"

张峰憋了半天，不想就这么算了，冷笑着反问："你帮她出头？"

祁凉表情恹恹的："你吵到我学习了。"

周围学生瞪大了双眼，对祁凉面不改色扯谎的本事十分佩服。

学习？大佬你桌子上有一本书吗？唯一一本还被丢出去了。

张峰一口气哽在喉咙，敢怒不敢言，瞪了祁凉半天还是被同桌拽下来了，惹不起是真惹不起。

除了白北北外，这还是第一次有人帮苏桃，苏桃久久没说话。

祁凉歪头看着苏桃说："课代表，继续啊。"嗓音淡淡的，十分慵懒。

苏桃抿了抿嘴唇，转身继续抄题了。

白北北在下面小声道谢："万分感谢凉哥！"

祁凉有些不耐烦："以后能不能自己干？"

白北北摇头道："我没有你打得准啊！"

行，这理由他接受。

多日的阴雨连绵让苏桃心情不是很好，她向来不喜欢雨天，阴沉沉的天空太过压抑。这让她总能想到曾经的天空，也就更加紧张白北北，时不时提醒白北北不要随便惹事。

白北北不知道苏桃怎么这么担心自己，想到可能是之前受刺激的后遗症，她也就不敢再让苏桃知道自己最近被好几拨人找的事情。

但瞒是瞒不住的。

这天中午吃完饭，白北北谎称有急事要先回教室，让苏桃帮她打开水，一个人跑到学校后面去了。

苏桃打完水回到教室的时候，已经打了午自习的铃声，可白北北的位置还是空着的，吵闹的教室渐渐安静下来，她心里莫名有些不安。

苏桃转头问赵洋："你知道北北去哪儿了吗？"

赵洋哪里知道，他摇摇头，指了指睡觉的祁凉，小声说道："要不你问大佬吧？"

他们整天一起玩，肯定知道什么。

苏桃抿了抿嘴唇，看了眼趴着的祁凉，犹豫再三还是轻轻敲了敲他的桌子，没反应，她只好小声叫他："祁凉。"

这是她第一次叫他的名字，因为外面有教导主任巡逻不敢大声，她声音轻轻软软的，没什么力度。

祁凉没睡觉，在桌子底下玩手机，闻声抬起头。

"你知道北北去哪儿了吗？"苏桃趴在课桌边缘，和下巴平齐的头发看过去像一只圆圆的蘑菇，眉间微微皱着，很是焦急。

祁凉的手莫名有些痒，他把身子往后一靠和她拉开距离，说道："不知道。"

苏桃失望地垂下了眼睛。

祁凉翘着椅子看着她没说话，手机在手里转了几转，上面还留着白北北发给他的消息。

"凉哥，你帮我看着点桃子，我解决点私人问题。"

高程在一边听得分明，趁机会给苏桃献宝，也不想后果，说道："我看到白北北往学校后面去了。"

学校后面是一块荒地，原本学校打算再盖一间食堂，不知道什么原因一直没动，时间久了就荒废了，基本上没人去。只有像祁凉他们这样的学生喜欢到那边去，约着打架，也不会被发现。

苏桃不用想也知道白北北去那里做什么，她顾不得已经上课，起身就冲出了教室。

祁凉看着苏桃跑出去，把目光落在犹豫要不要跟上去的高程身上，眼神微凉。

苏桃一出去就遇到了刘挺，刘挺瞧见穿着校服的学生在走廊乱跑，立刻喊住了她："同学，上课不能乱跑，干什么去啊？"

苏桃急中生智，捂着肚子撒了个谎："老师，我有些不舒服，想去厕所。"

苏桃本就模样乖巧，校服也好好穿着，拉链一直拉到锁骨，干干净净往那儿一站，脸色苍白。刘挺也不好说什么，就让她快去快回。

苏桃赶忙跑了，不敢耽搁一刻。

学校后面杂草丛生，角落里堆着七七八八的建筑材料和废品。

白北北倚在墙上，校服拉链敞开，双手插兜，十分不羁。这模样是跟祁凉学的，打不打得起来另说，至少要在气势上胜过对方。

对面是一个女生带着几个男生，都是本校的刺头。女生叫付雪，喜欢重点高中的路之遥，知道白北北最近缠着路之遥不放后，她就过来找碴儿了。

"离路之遥远点知道吗？"

白北北打开付雪指着的手，说道："我最烦别人用手指我。"

"白北北，别以为祁凉罩着你你就不敢动，我哥可是咱们学校的大哥，付城知道吗？"付雪后面的男生还配合做出非常中二的动作。

白北北笑着舔舔唇："什么东西，没听过。"

有祁凉在还敢自称大哥，真是不自量力，当三中没人？就高程那孙子也比这么个方块脸强，不知道的还以为是海绵宝宝钻出来了，白北北差点就要问一句你家派大星去哪儿了。

她的话成功激怒了付城。

付城也怕拖久了祁凉会来，他往前几步跟付雪说："少废话，直接打就得了。"

白北北也正有此意。

她得快点回去，不然苏桃肯定要担心，还会唠叨。

付雪和付城同时冲上来，白北北从容挡住付城挥过来的拳头，身体侧开躲避付雪。付雪一时间没有收住，直接撞上了白北北身后的墙壁，当时就流了鼻血。

场面霎时间混乱起来。

苏桃到的时候看到的就是白北北一个人被一群人围攻，再占上风也难免落伤。她想都不想就冲上去，使出浑身力气踹翻了冲白北北挥拳的男生，自己因为力的相互作用还后退了几步。

付城打红了眼，呸了一声："你还敢叫帮手？"

虽然是个弱不禁风的女生。

白北北也没想到苏桃会来，赶紧把她护在身后，问道："你怎么来了！我不是让凉哥看着你吗？"

苏桃还气着白北北不听话，到底心软没骂她："我不来你要一个人打吗？出事怎么办？"

白北北无奈地说："你来了也没用啊！"

苏桃当然知道，她过分担心白北北，头脑一热就出来了，哪里顾得上那么多，她也不能直接把教导主任带过来，那会连累白北北。

付城并不想看她们两个姐妹情深，自己妹妹磕破头流了好多血，这口气他咽不下去。他四下看了看，随手捡起根棍子就挥过来。

苏桃几乎是下意识地推开了白北北。

棍子却没有落下来。

苏桃听到白北北惊喜的声音："凉哥！"

苏桃睁眼一看，祁凉挡在她面前，单手握住了那根木棍，反手一用力，付城的胳膊顺着木棍外拧，疼得他立刻丢掉了棍子。

付城没想到祁凉会来，他曾经亲眼见过祁凉打人，真和他碰上自己没有胜算。权衡利弊后，付城立马拉起地上的付雪头也不回地跑了。

白北北也松了一口气，忽然她惊呼一声："凉哥，你的手！"

这地方原来攒了很多建筑废品，那根木棍也不知道从哪里卸下来的，还带了根生锈的钉子，祁凉攥住的时候钉子扎进了手掌，好在钉子不大，伤口不深，就是血流不止的样子还是有些吓人。

祁凉随便瞥了眼，淡淡地说："没事。"

苏桃盯着他鲜血淋漓的手掌愣怔了几秒，反应过来的时候已经扯住他

的衣角。

祁凉不是没受过伤，钉子扎进去的时候，他没什么感觉，白北北一喊他才觉得疼，是那种发胀的、钻心的疼。可他一个大老爷们也不能因为这点小伤就在两个女生面前示弱，正想着先去校外找个诊所随便包一下，突然感觉衣摆处压了份若有似无的重量。

苏桃似乎是紧张过头了，拽着他的衣服轻声说道："去医务室吧。"

祁凉好笑地看她一眼，问道："你要怎么解释？"

"是没法解释，"苏桃没有松开手，反而拉得紧了些，"可是要马上打破伤风针。"

祁凉的视线停留在她的手上，青葱的手指白得过分，手腕细得他感觉自己两根手指就能掰折。

就这身板还敢冲上来挡，也不知道她是心大还是不要命。

他敏锐地察觉到苏桃身上有种奇妙的矛盾感，平时轻声细语的文静和打架反抗时的倔强形成鲜明对比。

祁凉拨开苏桃的手，转身往校门口去，走了几步又回过头点了点白北北，说道："以后有事早点说，别总让我给你收拾烂摊子。"

白北北心虚地点头，目送祁凉走远，她赶紧哄苏桃："桃子我错了。"

认错态度倒是良好。

苏桃不可能真的和白北北生气，怕白北北以后再出这种事，于是装作这笔账她不可能不算的样子，别过脸不看白北北，闷声说："你别跟我说话，我要跟你绝交一分钟。"

白北北眨眨眼睛，猛地抱住了苏桃，蹭了蹭，说道："桃子，你怎么这么可爱啊！"

"我在生气！"

"你生你的，我哄我的！"

……

这人根本就没意识到自己错了吧？

第三章

1

你是不是讨厌我

Sweet peach

　　已经过了午自习，教室里吵吵嚷嚷的，两个人偷溜回教室，没有人注意到她们出去又回来，都在做着自己的事情。只有高程，在看到苏桃红着眼睛的时候稍微愣了一下。

　　回到座位，苏桃拿出创可贴给白北北，旁边的赵洋小声问道："苏桃，你出去没一会儿祁凉就出去了，他没欺负你吧？"

　　苏桃不明白赵洋为什么会这么想，摇摇头说："没有啊，他还帮了我们呢！"

　　见赵洋明显无法相信祁凉帮人的事实，白北北拍了他一下，问道："怎么，凉哥是我大哥，帮我不对吗？"

　　这就没问题了。

　　赵洋被白北北拍得往前一倾，连忙点头说"对"。

　　刚打完一架的白北北浑身戾气，他不敢招惹。

　　苏桃看着白北北熟练地贴上创可贴，心疼得不行，再度跟她强调，绝对不许再随便和别人打架了。

　　白北北也发现苏桃从医院回来后格外关注自己的人身安全，这也可以理解，受了刺激又被车撞到住院肯定会有些心理阴影，苏桃身边也就自己

一个朋友，自然会多在乎一些。

"桃子，你放心，我绝对不再闹事了！"白北北做出保证，但话音一转，带了点委屈，"这次也不能怪我，是他们先找的碴……"见苏桃瞪着她后连忙改口，"但是我也不该应战，绝对没有下次！"

苏桃被她丰富的表情逗笑，白北北见苏桃笑了也松了口气。

苏桃说："为了惩罚你，你要把这次的英语卷子做完，不许抄。"

白北北哭丧着脸说："你不是吧，这么心狠？"

苏桃松开她的手说："这事没商量。"

白北北绝望了。

英语啊，那是她的命门。

一直到放学，祁凉也没再回来。

苏桃收拾完书包，起身时看到祁凉桌上的空书包，眉间轻皱。白北北正对着刚发下来的数学题冥思苦想，一抬头发现苏桃还没走，有些意外。

"怎么了？我肯定不逃课！"

苏桃心想：你还挺有自知之明。

过了一会儿，苏桃问道："祁凉……他不会有事吧？"

毕竟是因为自己受的伤，苏桃心里怎么都有些过意不去。

白北北永远是那副不在意的样子，仿佛祁凉是什么战神，战无不胜，她摆摆手说："没事的，凉哥是什么人啊，这点小伤不算什么的，他之前被人砸过脑袋都没事。"

这也不是什么光彩事情，一定要说得这么炫耀吗？

苏桃便不再多问，和白北北说了"再见"就先行离开了。

白北北在她走后立刻收起用来装模作样的卷子，用笔捅赵洋，说道："快快快！英语卷子！敢告状你就死定了！"

赵洋：……

落日余晖洒满整个操场，风吹动校园里的小白杨沙沙作响。男生们在篮球场上肆意奔跑，挥洒汗水，女生三两结伴从食堂回来聊着八卦和学习。

苏桃走到校门口拿出走读证给保安大爷看，大爷搬了个小板凳守在校门口，也不知道哪里来的兴致拿了本书在陶冶情操，看得正入迷。苏桃过来的时候，他也没注意，还是她喊了一句才抬头，走读证瞅个边就让她过去了。

没走几步苏桃又被叫住了。

"小同学。"

苏桃回来，双手扶着背包带子，一看就是乖巧得不行的那种学生。

大爷的老花镜架在鼻梁上，书拿得有些远，伸出一只满是老年斑和皱纹的手指着书上问道："这个咋读啊？"

苏桃凑过去看了看，声音轻柔坚定道："Shè，第四声，歙县，是安徽省南部的一个县。"

大爷似懂非懂点点头："啊……小同学你挺厉害啊，我问了好几个人都不认识。"

苏桃腼腆地笑笑："我恰好读过这本书。"

"你这么小年纪能看得进去？不容易，不容易。"大爷手里的书属于正史资料的总结，即使风格轻松也免不了一些烦琐无聊的细节，光是看着上面的文言文就已经很头痛了。

顿了顿，大爷有些感慨："这年头有个喜欢历史的女孩不容易了。"

苏桃又笑笑，这大爷说话的语气和陶元亮有得一拼。

祁凉他们几个肯定也是不会上自习课的人，史遥都高三了还逃课，几人待在学校对面的草地旁，正研究着是去网吧开黑，还是去 KTV 唱歌，陆天还翻着手机通讯录里的女生琢磨着叫哪几个出来玩。

突然，他被纪末修踹了一脚，便立刻吼道："纪末修，你干什么？"

纪末修让他小点声，示意他看祁凉。

祁凉坐在自行车上，长腿一支，懒散地玩手机。祁母给他发了好几条消息让他回家吃饭，他一一滑过都当作没看到。等看完所有消息，他活动了下脖子，一侧头就看到校门口的苏桃。

女孩弯着腰言笑晏晏，夕阳倾洒在她身上，整个人熠熠生辉。

陆天顺着纪末修下巴指的方向看过去，没注意祁凉的表情，倒是也看见了苏桃，嘴欠的毛病又犯了。

"嚯！苏桃原来是个小仙女啊！"

纪末修呵呵两声："可不是你说人家丑的时候了。"

陆天连连摆手："我没有，我不是，你不要诬陷我。"

纪末修丝毫不掩饰自己的嫌弃，对着陆天翻个白眼。

吏遥蹲在地上，视野清晰，把祁凉的表情看了个正着，喊了一声："祁凉。"

"叫爸爸干什么？"

"你前桌，"吏遥斟酌着用词，"不错啊。"

呵。

祁凉收回视线冷冷瞥了吏遥一眼，抬脚踹过去，骂道："用你说？把你那口水擦擦，跟哈巴狗似的。"

吏遥：……

第二天，苏桃到学校时，发现祁凉已经来了，正在座位上低头写着什么。她放下书包的时候装作无意瞥了一眼——整张纸都写满了，只有标题的三个字能看清——保证书。

难不成是昨天的事情被学校发现了？

白北北丢给苏桃一袋桃子味道的软糖，自己也咬了一颗，含混不清地解释："没事，就凉哥被他妈妈逼着写个保证书，说以后不许再打架受伤了，再受伤就告诉他爸。"

话是没问题，可是听着怎么这么怪？

祁凉写着鬼画符一样的字，头都没抬，淡淡地说："再多嘴就去讲台上吃糖去。"

白北北立刻哀号："你怎么跟刘老铁一样？"

这时，刘挺恰好从教室外面经过，在班级门口站了几秒，一眼就看到嚼东西的白北北，声如洪钟："白北北！你又在教室吃东西，是想当着全校人的面表演吗？"

白北北：……

没过一会儿，刘挺又出现在后门，看着安静到呼吸可闻的教室点了点头："这个班级还不错，比刚才的强多了……白北北，你怎么乱窜班？"

白北北：？？？

她强烈怀疑，那根棒球棍把刘挺的视觉神经打坏了。

苏桃的地理是文综里最差的一科，所以此刻的她听得格外认真，早早就把书拿了出来摆在桌子上，挑了支好用的笔，坐得端端正正地记笔记。

她后脑的头发有些翘，早上用了很多办法都压不下去，索性就放弃了，任它自由晃荡，她能忍受，是因为看不到，但总有人忍不了。

比如祁凉。

他手机被祁母没收，正听课听得无聊，坐在后面盯着苏桃翘着的那撮头发许久，最后还是没忍住伸出手轻轻给她往下压了压。

苏桃动作一顿，没理祁凉。

可那撮头发没有那么听话，也不给他面子，在祁凉手离开的时候又翘了起来，还晃了晃，似乎是在向他示威。

祁凉的胜负欲莫名被这几根头发挑起，他拿过白北北桌上的水瓶倒了些水出来润湿手，再度出手后，头发蘸了水又被理顺，倒是老实了，不再翘起来，乖乖和其他头发混在一起。

祁凉这才满意地收回手。

苏桃头被往前按得有些重，她忍无可忍，不惧大佬的威严回头警告他：

"你老实一点，别弄！"

赵洋很怕祁凉，那些传说光是听着就很可怕，他默默把书挪得远了些，怕大佬生气自己被牵连。

祁凉不会因为这点事和苏桃生气，他还蛮喜欢苏桃张着爪子带点刺的样子，特别像他以前捡回家的那只小奶猫。

他耸耸肩，桃花眼一弯，很是无辜地说："我在帮你呢。"

苏桃只觉得他欠揍，咬咬牙挤出两个字："谢谢！"

"不客气，关爱同学。"祁凉笑得友好，说完还偏头冲一直盯着这边的高程摆了摆手。

苏桃：……

赵洋：……

疯狂补作业的白北北：……

目睹一切的高程：……

他就是故意的吧！

没过一会儿，祁凉又开始作妖，抖腿抖得白北北的桌子和他的桌子一起"演奏鸣曲"，装薄荷糖的盒子也被他晃得哗哗响，声音大得连站在讲台上的地理老师都听得到。她气得不行，厉声喊："祁凉！你给我站起来！"

祁凉顿觉无聊，没什么精神地"啊"了一声，倚着墙站起来，上身还靠在墙上，懒散没骨头的样子让地理老师更加生气。

地理老师没比他们大几岁，刚任教两年，一直告诉自己是个人民教师，不可以和学生置气，要合理引导学生。她深呼吸一口气将火压下去，拿起试卷说："你说一下选择题第二十七题选什么？"

祁凉桌上空无一物。

白北北被苏桃监督罕见地做了题，她正要贡献出自己刚过及格线的卷子，就见祁凉弯腰往前，舍近求远伸长胳膊拿了苏桃的卷子。

柔顺的衣服擦过苏桃的脸颊，清新的薄荷味道传来，吓得她往旁边一躲。

祁凉拿完卷子重新倚回墙，目光在试卷上一扫，凡是有答案的地方基本是一片红色，他目光带着揶揄地看了眼苏桃，找到了第二十七题，是个看图选择正确选项的题。

苏桃毫无意外做错了。

他几秒读完题，回答："C。"

白北北在底下笑着小声说："凉哥，你是不会的都选 C 吧？"

祁凉抬脚踢了她一下，让她闭嘴。

地理老师可能也觉得祁凉是侥幸，又指了一道题说："四十三题第二小问。"

是个填空题。

祁凉有些烦，这地理题怎么都是些黑不拉几的图，还看不太清，他不耐烦地说："秦岭淮河。啧，这怎么还有举例？"

"答题还那么多废话！赶紧说。"

祁凉嗓音洪亮，普通话又好，无聊的地理知识点让他读得跟新闻播报一样。

"亚热带和暖温带分界线；亚热带常绿阔叶林和温带落叶阔叶林分界线；河流有无结冰期分界线。"

苏桃竖着耳朵听，甚至生出一种他接下来会开始播报天气预报的恍惚。

回答得都对，地理老师还算满意，警告他上课老实点，别再弄出怪声，就勉强让他坐下了。

祁凉随便应了声，把试卷丢还给苏桃。

试卷从后面轻飘飘落下来，附带了轻飘飘的一句话："第六题也错了。"

……

苏桃把椅子往前挪了挪，不想理祁凉。结果没几秒，祁凉用力一勾，她又重新靠上了他的桌子。

这场景无比熟悉。

祁凉凑在她耳边小声警告她："再敢挪开我就和你同桌换座位。"

......

苏桃敢怒不敢言，写字的力度都变大了。

下了课苏桃转过身给白北北在书上画重点，这已经是日常操作了。白北北上课能听课，下课能完成作业，苏桃就满足了，至于考试，她们可以一起复习，反正文科大部分都是需要脑子记忆的，临时抱佛脚也来得及。

苏桃照着自己的书给白北北画重点，突然头被轻砸了一下。

祁凉把自己的书甩在她面前，说道："帮我画。"

苏桃不满地问："凭什么？"

"你为什么给白北北画？"

"她是我闺蜜。你要承认你是女生也可以啊！"苏桃歪着头看祁凉，嘴角带了一点自己都没察觉的弧度。

哦，能反驳他特自豪？

祁凉舔了下唇，抬起还没有拆绷带的手。

苏桃憋着气扯过他的书翻开，两本一起画。

她理亏啊，欠着人家人情有什么办法？

大课间，苏桃趁着还没做完操，飞快下楼跑向楼后的厕所。她只顾着跑，瞥见男厕所门口站着几个人吞云吐雾，只觉得其中还有个熟悉的身影。

男生们一眼就看到苏桃了，小燕子一样飞过去，十分轻巧。

有个人开始嘴欠："天哥，那个是不是和高程告白的妹子？"

"要不要拉高程过来教训一下？"

"所遇非人啊，这姑娘可惜了。"

祁凉脚踩在一块石头上，往嘴里倒了颗薄荷糖，听着他们说话面色冷淡。

陆天眼观鼻鼻观心，挨个拍了脑袋，说道："都给我闭嘴，什么人都想搞，怎么不去搞学习？"

几个人装腔作势地叫了几声。

你说这话不亏心吗？搞学习？你年级倒数第一让我们搞学习？

陆天教训完他们，嘿嘿笑着凑到祁凉边上说："凉哥，你别生气，他们嘴欠惯了。"

祁凉莫名其妙，睨他一眼，问道："我生什么气？"

"那姑娘不是你……"祁凉冰冷的视线落到他身上，陆天及时闭了嘴，后怕地拍拍胸口，差点说漏了。吏遥说了还只是猜测，这要是秃噜出来了，不得被凉哥灭口？

祁凉转了下眼睛，慢了半拍，这才"哦"了声："我前桌。"又警告陆天，"你要敢惹她，白北北先废了你。"

苏桃和白北北的关系陆天也知道，白北北天不怕地不怕、无法无天，上次他为了追邹颜嘴欠说了句苏桃的坏话，结果被白北北一拳打到鼻梁骨断裂。

自己人都打，可见疯的程度不一般。

比起祁凉，陆天更不想招惹白北北，于是他闭了嘴。

学校查抽烟查得严，刘挺之前总抓不着，上次在食堂后门逮住高程他们之后就得到了有人在厕所吸烟的情报。

他摸着日渐光亮的头顶怎么也想不明白，这在厕所吸烟，你能吸个什么？

他想不明白没关系，抓得到人就行。他在教学楼装模作样地巡视，偷着瞄后面厕所的情况，一眼就看到祁凉他们聚集的身影，顺着烟味就下来了。

耗子再精明不也被猫抓嘛。

祁凉他们也有组织有纪律，本来是有个望风的，偏凑巧，今天这望风的被班主任揪去印卷子了，他们寻思只一次也没事，就让刘挺撞了个正着。

当他们看到阳光下反着光的刘挺的脑袋时，已经来不及了。

陆天骂了句脏话，把抽了一半的烟踩在脚下。

刘挺笑得"慈眉善目"，手指挨个点过去，说道："你们几个，可让

我抓到了。”

陆天拍马屁习惯了，奉承地竖起大拇指："论查纪律您是这个。"

"别耍嘴皮！"刘挺不吃他这套，拿出了一个小本本说，"一个都跑不了。"

陆天盯着刘挺厚厚的本子，上面自己的名字不知道已经被写了多少回。

祁凉站在一边，忽然说了话："主任。"

刘挺瞅了瞅祁凉，对他印象深刻：这不就是把别人撞成傻子的那个狂妄小子吗？也不知道校长到底为了什么非要招这么个难教的学生进来，还嫌我的事情不够多，头发不够少吗？

刘挺对祁凉自然没什么好脸色，在本子上边写边念："高二（3）班，祁凉。"

"我没抽烟。"祁凉说。

刘挺气笑了："没抽烟？这么大的烟味当我鼻子是假的？"

祁凉很从容地说："那是他们抽的，不是我，我兜里都没有烟和打火机，你可以搜。"

"你丢了或者借一根就能抽，这理由不成立。"

祁凉第一次觉得三中这个教导主任不是一般的难缠。

他也不在意记过，反正他身上背的处分也不少，但为了他下个月的零花钱，他也不想背这莫须有的罪名。

而且祁父发话了，下周回家。他不怕祁母闹，就怕他父亲不讲理的家规。

"有人可以做证，"祁凉指了指刘挺身后蹑手蹑脚路过的女孩，喊道，"苏桃。"

苏桃迈出的步子停在半空，带着怨气的眼神看向祁凉，满眼都是你为什么要叫住我的控诉。她从幼儿园开始就怕长辈，之前还在刘挺面前撒了谎，本打算做一个透明人，却还是被祁凉发现了。

苏桃硬着头皮走过去，和刘挺打了个招呼："主任好。"

刘挺还记得她，很关心她的身体，问道："身体好些了吗？还有没有不舒服？"

苏桃那副心虚的样子让祁凉笑出了声，他立刻受到刘挺的斥责，声音大到吓得苏桃一个激灵。

"笑什么？要关心同学，热爱同学。你看看你们，光顾着热爱警察同志和医务人员了！给我好好站着！看你那懒散样子。"

……

这话倒也没错，祁凉不是经常进公安局，还把人打进医院吗？

祁凉收了笑，站直身体，努力做出一副听话的样子，视线却落在苏桃身上。

苏桃更加心虚地摸摸鼻子，转身避开了，小声说道："谢谢主任关心，我已经好了。"

苏桃一副乖巧样子，看得刘挺很满意，这才应该是三中学生的样子，对面那几个是什么玩意儿？

刘挺尽量让自己和颜悦色，不吓到苏桃，问道："同学，你跟老师说实话，你看到他们抽烟了吗？"

苏桃的视线迅速在他们身上划过，地上一地烟头，跑不掉，她点头道："看到了。"

刘挺很满意，指着祁凉又问道："那你看到祁凉，就是他，他抽了吗？"

祁凉抢在苏桃开口前提醒她："说实话。"

他口气也正常，但刘挺听着就不顺耳，骂道："不许威胁同学！同学你大胆地说，说实话，老师不会放过一个坏学生，也不会错怪一个好学生！"

祁凉：……

他真想抬起手鼓鼓掌，这慷慨陈词，他差点就信了。

苏桃捏了捏衣角，摇头道："没有。"

"什么？"刘挺不太相信自己的耳朵。

"他没吸烟。但是，"苏桃提高了一些声音，"他吃糖了。"

祁凉同学刚转来不久，并不知道三中这项变态的规定，他一头雾水，

不明白苏桃的转折点在哪里。

但是刘挺已经清楚了，他拍拍苏桃的肩膀说："感谢同学不畏强权的举报，回去吧！"

苏桃撒腿就跑，生怕慢了一步让祁凉追上来。

祁凉心想：吃个糖怎么了？还用举报？

陆天趁着刘挺没注意，悄悄低声跟祁凉解释："三中不让在超市和食堂以外的地方吃东西，和抽烟同罪，白北北都被抓了好几次了。"

啊……他就说怎么白北北每次吃包子都跟背后有狼撵一样，这破校规也有人遵守，不反抗？

祁凉插着兜，眼睁睁看着刘挺在他名字后面写上"违纪吃糖"四个字。

行吧，算他倒霉。

当天下午课间通报："高一（2）班徐晓光，高一（6）班王明，高二（5）班陆天，高三（7）班张耀在厕所门口吸烟，予以记过处分；高二（3）班祁凉在厕所门口吃糖，因刚转学不久不了解校规，予以警告处分并抄写校规十遍。"

众人愣住了。

大佬不要面子的吗？在厕所门口吃糖是什么奇怪的萌点？

白北北听完以后拉着苏桃狂笑，准备在祁凉回来以后好好奚落他一番。苏桃只剩苦笑，这下子祁凉怕是要记她的仇了。

祁凉比校长都管用，一进教室全屋自动消音，都不敢把东西掉在地上，见到他过来都自动让开，生怕触到逆鳞。

苏桃把自己埋在桌膛，装作找东西的样子，不敢抬头看他。祁凉也没理她，随手丢下一本书在她桌上就回了座位。

苏桃小心翼翼抬头一看——《兴城第三中学校规校纪》。

她松了口气，不得不说，让她代抄已经是祁凉"大发善心"了。

放学路过文具店，苏桃想到接下来为历史竞赛做准备刷题，特意进去准备买几支黑笔。店主很热情，推荐这个笔又推荐那个本子，苏桃不好意思拒绝，一下子买多了，原本就重的书包又多了些重量。

文具店门口站了几个一中的学生，一人手里拿着份小吃，边吃边聊八卦。

门口被他们堵得严实，苏桃张了张嘴没好意思打断他们的谈话，试着找缝隙挤过去，但几次都失败了。

店主注意到苏桃的为难，便过来赶他们，对着其中一个女孩说："成天站门口不学习，就知道吃，你看你那双下巴多厚了！"

青春期的女生最在意自己样貌，女孩很不乐意，拉下脸色道："妈，你能不能别说了，我同学还在呢。"

原来是店主的女儿。

母女俩连说话的语气都有几分相似，长得也很像，尤其是那丰满的下巴。

苏桃垂下眼睛，不知道想到了什么。

大概每家父母对子女都是一种态度和说辞，孩子越不乐意，家长越要说，还总往伤口上戳。

"同学在怎么了？你看看你的成绩，再看看人家的！小雅上次考试百名榜多少名啊？"店主后面那句话是问另一个女生，语气温柔。店主女儿不满地噘起了嘴。

叫小雅的女生很含蓄，低着头回答："二十五。"

店主更来劲了："你看看，你看看！人家年级二十五，你班级倒数第五！我也不指望你上重点，考个三中就行了。"说着店主又指了指苏桃，"这以后可能就是你学姐，买了那么多笔和本子，学习肯定好！"

苏桃想到自己上学期惨不忍睹的成绩，没有作声。

店主女儿显然已经听惯了这些话，左耳朵进去，右耳朵出，等店主唠叨完了，拉着小雅和其他同学往学校走，没走几步，就听见小雅喊："祁凉！那是祁凉吧！"

"天哪，他怎么在我们学校打篮球？"

本已经往相反方向走了几步的苏桃顿住脚步，不由自主往那边看去。

祁凉站在篮球架旁边，上身穿着黑色短袖，衣袖被他撸到肩膀，平时盖在衣服下的手臂裸露在空气里，肌肉线条十分明显。前发被汗水打湿，他随便往脑后撩了撩，露出性感的美人尖。

简单的动作荷尔蒙爆棚，立刻换来几个女生的小声尖叫，更别说围在旁边的其他人。

这个年纪的学生花痴程度可不是一言两语就能描绘清楚的，苏桃清楚看到那几个女生被夕阳染红的脸，眼珠子都快贴在祁凉身上了。

陆天扫了眼周围的女生，瘫坐在篮球架后面调笑道："凉哥，艳福不浅啊！"

祁凉踢了他一脚："滚。"

"得嘞！"陆天爬起来拍拍手，跑去找纪末修了。

祁凉已经在篮球场消磨了一下午，这会儿准备离开，刚起身就接到了母亲的电话。大概是刘挺向祁母告了状，祁母又在电话里说自己不容易，祁凉应付两三句就挂掉，心情不是很好。

他走出一中校门，迎面过来一个女生，手里拿了瓶矿泉水。

女生递上水，脸颊红红的，说道："祁凉学长，给你喝。"

这样的情况他见得多了，一眼就知道对方要干什么，祁凉理都不想理，侧身避开，忽然余光瞥到一道身影，不由得眯了眯眼睛。

其他几个女生凑在一起，目光紧紧盯着祁凉的方向，神色比递水的女生还紧张。

苏桃站在店门口的台阶上望了望，那女生是刚才那位考二十五名的小雅同学，她还挺意外，刚刚那个害羞的女孩现在竟然这么大胆，果然乖巧都是装给家长看的。

她无意看戏，也不想再被祁凉逮个正着，正打算离开，忽然听见祁凉冷淡的声音。

"你喜欢我？"

"啊？"小雅没想到祁凉这么直接，下意识点了头，又怕祁凉觉得自己不矜持，补充了一句，"我仰慕你很久了。"

祁凉嗤笑一声，稍微弯下身子。

旁人看来，他们距离很近，几乎都要贴上了。就在小雅和另外几个女生以为要成功的时候，祁凉突然开口："仰慕我很久？那你怎么不知道我不喜欢喝这个？"

小雅一愣，怕惹他不高兴，马上问道："学长，你喜欢什么味的？"

祁凉的声音不大，但恰好可以让离得最远的苏桃听到。

"桃子味的。"

众人愣住了，这么少女心的吗？

苏桃已经听出来祁凉是故意说给自己听的。

她一边暗自腹诽祁凉无聊又幼稚，一边转身就走，脚步越来越快，直到迈不动步子——她的书包被拽住了。

祁凉扯着她的书包带，问道："叫你你没听到啊？"

"没有……"苏桃轻扭身子挣开他的手，目光落在祁凉绑着绷带的手上，话到嘴边又咽了回去，她真诚道歉，"对不起。"

认错态度良好。

祁凉扯了扯嘴角，垂眼瞧她，语调欠揍："我今天没骑车。"

旧账就不要翻了吧。

祁凉松开她的书包，活动了下手腕，问道："你装砖头了这么沉？"

"练习册。"历史老师给她的那几本练习册在包里，还有学校布置的作业和那本厚厚的《兴城第三中学校规校纪》。

好像看着学习努力的人都在做各种练习册，祁凉是不明白练习册有什么用，做得再多不也是那些内容，大同小异、枯燥无味，成绩也没有提高。

他问："你放学了？"

苏桃点头。

女孩穿着宽松的校服乖乖巧巧站在面前，蓝白的土味运动服穿在她身上反衬出一点清纯，细白的脚踝露在外面，被风吹得有些红。

祁凉移开了眼，又问："那你吃饭了吗？"

"没有。"刚放学哪有时间吃饭，苏桃不明白祁凉要做什么，怕他继续翻旧账，也怕别人看到自己和他站在一起误会，眼神飘忽着，准备伺机逃跑，毕竟她是个有"前科"的人。

祁凉知道苏桃不是表面看着那么安分的，瞧她那样子就知道她想跑，也不废话，一把捹住她，意外纤细的手腕隔着校服外套被他握在手里，一手就握住还有剩余。

他一愣，手下不禁松了些力气。这手腕也太细了！

祁凉将苏桃拉近一些，威胁她："你敢跑试试？"

少年脸庞如刀刻一般凌厉，皱眉不悦的模样凶巴巴的，身上还带着刚运动完未散去的热气，汗味和薄荷味混在一起竟然没有那么难闻。

不习惯肢体接触的苏桃有些恼怒，语气不自觉重了些："你松开！"

但听在祁凉耳中就变了味道，像刚出锅的棉花糖，甜而不腻，不像责怪，反而像在撒娇，祁凉心里有些痒，他暗骂一声，松开了手。

苏桃立即和他保持距离，一连后退好几步，揉着手腕眼神戒备。

祁凉从衣兜里掏出薄荷糖倒进嘴里，浓郁的清凉感在口腔里冲撞开来，按压住躁动的心脏后，他才重新看向她，说道："陪我去吃饭。"

强势又理所当然。

苏桃不喜欢他的这种语气，摇头说："我家门禁严，不能晚回去。"

"你没良心啊，"祁凉舌尖舔过后槽牙，悠悠道，"我帮了你那么多次，不仅手受伤了，还被通报，讨点利息都不行？"

苏桃无话可说。

他帮了她是事实，害他受伤也是事实，至于通报……是他让说实话的。

许久，她泄了气般妥协道："就吃饭？"

祁凉笑得有些邪气，凑近她，反问道："不然你还想干什么？"

立刻后退的苏桃：……

学校附近有很多饭店，从小吃到主食应有尽有。祁凉带苏桃去了白北北之前提过的新开的那家木桶饭饭店。店里装修有些复古，到处都是木质摆件，吧台也是暗棕色的胡桃木，天花板上挂着各种小旗子，古朴又有韵味。

人有些多，祁凉一进去就吸引了所有人的目光。见苏桃呆站在门口，他伸手扯了下她的校服衣袖，一瞬间，善意的、恶意的视线都集中在苏桃身上。

她答应了祁凉，自然不能转身就跑，只好努力无视周围的人，默默跟在他身后落了座，挺直了脊背。

祁凉点了个大份的，见苏桃坐得跟个小学生一样，觉得好笑。

"你怕什么？我又不打你。"

苏桃心里说：你要打我，我可能还不会这么紧张。

祁凉天生就是耀眼的人，走到哪里都能收获一堆羡慕嫉妒的目光，早就习惯了。但苏桃不是，她之前是个小透明，就算是放在舞台上都不会有人注意的那种，除了在向高程告白之后的一段时间里被人戳着脊梁骨非议，之后再也没有成为过舆论焦点，她实在是不适应这种如芒在背的感觉。

但她也不会和祁凉解释这些，随便扯了谎："我家真的有门禁，你快点吃。"

"你呢？"

祁凉长腿一伸，无意中碰到苏桃的，她如惊弓之鸟一般迅速收回了脚。

"我不饿。"她低着头回答。

祁凉直勾勾盯着她，忽然问道："你是不是讨厌我？"

"啊？"苏桃有些不明白他的意思。

祁凉眉眼淡淡的，扯过一旁的纸巾擦了擦手，目不斜视准确地丢进了垃圾桶后，微微挑眉道："你是不是讨厌像我这样不学无术、整日闯祸、

没有前途的坏学生？"

他语气不重，咬字清晰，尤其是最后三个字，被他咬得格外重。

这些词句苏桃在很多人嘴里听到过，也有胆大的，诸如高程等人会在祁凉面前故意说，他全然当作没听到。苏桃一直以为他不介意，但此时从他嘴里说出来，莫名带了些落寞。

苏桃垂下眼睛，轻轻摇了摇头，说道："没有。"

"哦。"他挑了挑眉，不太相信的样子。祁凉漆黑的眸子盯着她，想从她眼里判断真假，却只能看到翻跶的睫毛。

其实就算苏桃怕他也正常，他就随口一问，没有多期待她的答案，他也不是非要拉着她过来，只是家里有个闹腾的老妈，实在不想回去，一个人吃饭又很没面子……

想到他的手，苏桃问："你打针了吗？破伤风针。"

这个事情可马虎不得，破伤风可不算小事，还有七到八天的潜伏期，要是祁凉因为她得了破伤风，她就真的死都不能谢罪了。

祁凉原本双手撑着膝盖，闻言抬了抬手说："没事。"

这时，老板把木桶饭端上来，一份大的、一份小的，香软的白米饭上面盖着一层烤肉，淋着烧烤酱汁和芝麻，在暖黄的灯光下一照，让人食欲大振。

苏桃有点发愣，她不是没点饭吗？

对面祁凉已经拿起了筷子，掰开一双放在她碗上，又拿了一双自己掰开用。

看在木桶饭的面子上，苏桃多说了一句："我没有怕你，是不熟。"

"哦。"祁凉撇了撇嘴，夹起一筷子要往嘴里送，忽地又笑了，停下动作，眼中仿佛有星星在跳跃，"苏桃。"

他叫她名字的时候会不自觉拖个长音，男孩子低沉的嗓音酥酥的，听得苏桃心间一跳。

"干……干什么？"她总觉得他没好事。

"熟了你就知道了，"祁凉说，"凉哥人很好的。"

苏桃翻了个白眼，谁想知道？

第四章

1

凉哥要输了，就背着苏同学在学校操场跑一圈

早上苏桃到教室时，发现自己课桌上放着牛奶和面包，整整齐齐摆放在那里，袋子上还贴了一个心形的便利贴，她不用看都知道高程写了什么。

"苏桃，记得吃早饭，别饿坏身子。"

每天都是这么一句话，标点都没变过，跟复印出来的一样。好像她是弱不禁风的林黛玉，一饿就倒。要是她碰巧遇上高程的目光，他还会附赠一个自以为帅气的笑容。

苏桃：……

白北北面如菜色，搓搓胳膊说："桃子，我都吃腻了，他怎么还没送腻啊？"

她有时候会觉得直接丢掉浪费粮食，帮苏桃解决一下，但口味品牌不变，吃了几天也腻了。高程送了这么久还坚持，她是帮不了了。

苏桃没有犹豫，拿起袋子走到教室前面的垃圾桶前丢了进去。

高程的脸瞬间黑了。

看来这招确实不能用了，得换一个办法。

苏桃也很不明白，高程到底是哪根弦搭错了开始纠缠起自己。她懒得考虑这些，等过段时间新鲜感一过，他肯定就放弃了。

她从书包里拿出课本和练习册，又把一个本子放在祁凉桌上。他人还没来，课桌上向来干净，连片纸都没有。

白北北好奇拿起来一翻，见满页都是校规校纪，她都有些心疼苏桃了。

"凉哥也真是的，怎么能让女孩子抄这么多呢？你瞧瞧你那手腕都写粗了。"白北北露出悲伤的神情，抬手在眼角蹭了蹭。

苏桃静静看她演完，问道："你最近又看什么剧了？"

白北北哈哈一笑："《红楼梦》，怎么样，像不像？"

语文课上讲了《水浒传》的片段，语文老师就布置了回去看四大名著的任务。白北北决定挑战自己，选择了《红楼梦》，于是一发不可收拾，意外发现了宝藏。

苏桃配合她点点头，问了一个致命的问题："语文老师布置的读后感写了吗？"

"骂了贾宝玉三篇渣男算吗？"

赵洋原本在安安静静默写古诗，听到她们说话从书包里拿出几页纸，放到白北北桌上，说道："我多写了一份，你抄一下吧。"

白北北愣了愣，这怎么抄作业还抄出自觉了？

苏桃注意到赵洋脸上闪过的可疑红晕，她语气严厉了一些，问道："北北，你到底背着我抄了多少作业？"这是抄了多少才能让赵洋这么自觉多写一份，还贴心地让白北北抄下来而不是直接交上去？

白北北在桌下踹了赵洋的椅子一下，深觉他是要害她。

她连忙拉过苏桃的手，委委屈屈地说："桃子，我没有，你不要相信他的挑拨离间！我可是很认真在写作业的！各科老师都能给我证明！"前天数学老师还夸她有进步知道写作业了，这都是苏桃监督的功劳。

苏桃以前也没发现白北北有这么戏精，装出来的严肃瞬间破功。

"别闹。"她想了想，还是觉得白北北不可靠，"要不我和老师说我可以上早晚自习了吧，我的身体都已经好了。"

苏桃要是在，白北北就真的没办法抄作业了，白北北连忙支开话题："对了，你什么时候去医院复诊啊？我陪你去吧。"

苏桃想了想后，点了点头。

苏母开了家美容院，常年无休，连下班都很晚，不可能有时间陪她；苏父下班就躺在床上玩手机，像被床绑架一样动都不动，让他陪同一定又怨念颇深，与其找不痛快，不如让白北北陪着，两个人还能出去逛一逛。

苏桃说："复诊完，我们去买练习册吧。"

白北北觉得苏桃最近真的像是被学习摄了心魂，张口闭口都是学习。

苏桃是有打算的。

历史竞赛在月末，月考在下周，都很紧迫，以她现在的情况如果不抓紧时间学习怕是连以前的成绩都达不到，更别说要拿到奖金给白北北买礼物了。

她也只能多努力一些，没有其他捷径。

数学老师发了两套卷子下来当作业，让他们安静答题，人就匆匆出去，一直没回来。过了一会儿，董明过来站在教室门口，对他们的纪律还算满意，就多解释了一句："你们数学老师家里有点事先走了，我帮他看着，你们老实答题，别瞎闹啊！"

董明拿了把椅子坐在讲台上，低头备课。

教室里鸦雀无声，每个人都在低头写字。

苏桃的数学一直都是最差的，历史最低分数十九分，十分惨烈。她觉得自己可能天生没这方面天赋，认真听课也只能弄懂其中一二，再遇到一样的题还是束手无策，只能咬着笔头发呆。

身后传来窸窸窣窣的声音，耳旁一阵风吹过，夹带着清凉的气息，苏桃有所感抬起头，见祁凉正撑着头看她，嘴角还噙着一抹笑。他和赵洋神不知鬼不觉悄然换了座位，被发现还一脸的得意。

苏桃瞄了眼讲台上专心备课的董明后，小声问道："你干什么？"

祁凉顺嘴胡扯："看不见黑板。"

撒谎连草稿都不打，根本就没讲课写板书，看什么黑板！他声音有些大，吓得苏桃扯着他的衣角把他拉下来，躲过董明锐利的视线。

"你小点声！"苏桃轻声斥责。

祁凉放纵惯了，没觉得怎么，但苏桃这种遵守课堂纪律，连撒个谎都要踟蹰好久还于心不安的乖学生没做错什么都会心虚。他看着苏桃双颊浮上一层淡淡的粉色，心情莫名很好，嘴角上扬，问道："你怕什么？"

两人都趴在课桌上，距离比较近，说话时呼吸交错，苏桃不适应地往后撤了撤。

"老师还在讲台上。"

祁凉轻笑一声，没说话。

他毫不客气地伸手扯过苏桃的数学卷子，上面就写了最简单的第一道选择题，其他的全是空白，还把数字和字母的空白处用黑笔涂黑装作一直用心写的样子。

苏桃恼怒，就要拿回来，被祁凉按住了手。

"别动，我教你。"

他的手微凉，触到苏桃温热的手背，两人皆是一愣。

苏桃几乎瞬间就抽回了手，趁祁凉不注意时拿回卷子，带着椅子往一边挪了挪保持距离。

祁凉摩挲了下自己碰到苏桃的手指，上面仿佛还有余温，他把她的椅子拽回来，说道："凉哥成绩很好的。"

她有所耳闻，倔强地拒绝："不用，我自己会写。"

祁凉也不强求，盯着她抿着的嘴唇许久，最后"哦"了声，拿出手机开始打游戏，没过一分钟，卷子又被推了回来。

苏桃低头摆弄着笔，不太情愿地问："第二题怎么做？"

祁凉刚开一局游戏，他手下不停，问道："你不是会吗？"

她要是真的会也不会上课二十分钟只做了一道，还是蒙的，她有些挫败地说："不会。"天生和数学八字不合，命里犯克。

"你这是求人的态度？"祁凉跷起腿，胳膊放在白北北的桌上向后靠着，明目张胆地在手机里大杀四方。

抄赵洋卷子的白北北被挤得往后挪了挪，写字的间隙她往前瞅了眼，不得不说祁凉那副嘚瑟的样子很欠揍。

她护犊子，对苏桃说："别理他，桃子，等下课让赵洋教你。"

赵洋是数学课代表，成绩在班里也是前几名。

她说着还捅了捅赵洋，赵洋连连答应，他也不敢不点头。白北北力气大，没控制住，怼得他生疼。

祁凉瞥了文弱的赵洋一眼，见一个男生比女生还弱不禁风，轻呵了一声，手指敲了敲白北北的桌子，问道："你拿我跟他比？白北北，我是不是太惯着你了？"

他就是跟白北北开个玩笑，语气都没加重。白北北没大没小对他做了个鬼脸，继续抄卷子。

但是乖学生苏桃听着有些当真，她紧张地揪住祁凉的衣角，又不知道该怎么维护白北北，只憋出来一句："你别欺负北北。"

祁凉一脸疑惑，他哪里欺负得了白北北？这丫头疯起来十头牛都拉不住。

他很轻地扒拉了一下苏桃的蘑菇头，问道："她是给你灌什么迷魂汤了，你这么护着她？她在你心里是小天使是吧？"

苏桃纠正道："是小仙女。"

白北北得意地笑笑："桃子你也是。"

商业互吹，句句致命。

祁凉难以理解女生的情谊，收回胳膊，怕恶心到自己，他从赵洋桌上随便捡了支笔，按出笔尖，问道："哪道不会？"

苏桃摊开卷子说："全部。"

......

因为共用一张卷子，两人离得很近，祁凉耐心不好，苏桃有没听懂或者犯错的地方，他都会直接上手惩罚似的轻拍两下，动作不过分，可落在别人眼里就变了味。

高程坐在他们旁边后一排，将两人之间的互动看得清清楚楚，他脸色越来越黑，手里的笔被攥得发出摩擦声。

怪不得和他保持距离避之若浼，原来是真的傍上新靠山了啊。

还是祁凉这个欠揍的玩意。

高程踢了一脚赵洋的椅子，不耐烦地说："哎，换个座位。"

赵洋战战兢兢，也不知道自己的位置怎么忽然变得抢手起来。

白北北正抄到后面的大题，一转头身边换了人，没好气地说道："你来干什么？我不想跟你做同桌，滚滚滚！"

高程瞪着前面都快挨上的两个人，冷声说："我也不想和你一桌！你给我闭嘴待着。"

白北北气得摔了笔，要不是班主任在前面坐着，她早就一巴掌扇死这个渣男。

高程紧紧盯着苏桃和祁凉，耳朵竖得跟天线一样偷听他们两个说话。

好脾气的大佬说："好了，把这个数算出来代进去就行了。"

疑惑不解的苏桃："这个数怎么算出来的啊？"

"坐标带入式子计算就能出来了。"

"那……这个式子？"

"设个未知数代进去列式子。"

苏桃一脸纠结，拧着眉毛看题目，就是没动笔。

暴躁起来的大佬："你不算怎么知道怎么做？"

仍旧一脸蒙的苏桃抬起头问："怎么算？"

祁凉无奈又烦躁，他压住火气按了按太阳穴，真疼，笨成这样还考什么试，直接回小学重念算了！

苏桃小心翼翼看着祁凉，又偷瞄着讲台上的董明，生怕祁凉下一刻发

火引起老师的注意，她犹豫一下，低下头道歉："对不起啊，我太笨了。"

祁凉已经教了她最简单的方法了，但是她怎么都理解不了，脑袋也转不过弯。

她轻轻的两声像是揪着祁凉的心拽了拽，他目光沉沉盯着苏桃，紧抿着唇，看得出在压抑怒气。

就在苏桃以为祁凉要发脾气的时候，忽然听到一声叹气，然后就见祁凉扯过卷子笔速飞快地在卷子上写了完整的解题步骤放到她眼前，重新一步一步给她讲解，嗓音温柔得连祁凉自己都吓了一跳。

他也不知道自己怎么了。

之前小表弟问他一道小学生的题，他都直接甩手机过去让表弟自己查，没有任何耐心，现在却能对着苏桃一遍又一遍不厌其烦地讲解。他本来是真的很想把卷子丢回去让苏桃自生自灭算了，可一触到苏桃水汪汪委屈的眼睛，再大的火气也被浇灭了。

算了，笨就笨吧！笨成这样，除了他，还能上哪儿去找这么好脾气的人给她讲题。

偷听目睹了一切的高程，更加不爽了。

一节课过得艰难又缓慢。

下了课，董明才发现后面几个不老实的学生换了座位。她放下教材，悄声走了过去，先是瞄了一眼祁凉和苏桃桌上的东西——似乎是试卷？

她心里疑惑，压下嗓子严肃地问："祁凉，你干什么呢？"

讲完半张卷子精疲力竭的祁凉丢了笔，伸了个懒腰，手长腿长的他一个"不注意"打到了后面坐着的高程。

高程心想：这人就是故意的！

祁凉活动了下脖子和肩膀，说道："这不挺明显的吗？讲题呢。"

董明猜到了，但是不敢相信。

她知道祁凉成绩不错，才允许他插班进来，也没指望他能考个多少分，

不惹祸就阿弥陀佛了。结果现在在讲题？她狐疑地在苏桃和祁凉之间打量，两人都面色坦然，卷子上也确实密密麻麻写了很多解题步骤和草稿，看上去的确没什么问题。

她思忖一下，点点头说："不错，值得表扬。既然这么喜欢关爱同学，那正好我英语课没有课代表，你来当吧。"

"听说之前你在重点高中时英语曾考过全校第一，咱们班的英语成绩就靠你提高了。"

祁凉腹诽道："老师你找人背锅不能这么明显吧？我一个人怎么提高全班成绩？之前考第一是被我爸拎着棒子打出来的，你不能让我再被揍一顿吧？"

董明不给祁凉反驳的机会，又把视线移到高程身上，问道："你呢，换座位干什么？也讲题？"

班级倒数第一和倒数第五坐在一起能研究什么学习，白北北好歹还有张卷子写了不少，高程连支笔都没拿。高程和白北北短暂对视一眼，彼此都甩给对方一个白眼。

高程想了半天借口，才说道："我听祁凉讲题。"

祁凉回头，毫不掩饰自己的鄙夷："你恶心谁？"

董明斥责祁凉："怎么和同学说话的？"又猛地一拍苏桃的桌子，吓得苏桃整个人差点从椅子上跳起来。

董明又吼高程："听什么！作业一道题没写，还不快给我坐回去！月考再倒数，我就找你妈好好谈谈！"

高程立刻和赵洋换回了座位，不敢耽搁。

董明缓了缓语气："祁凉，你也回去，不许换座位，讲题下课再说。"

祁凉懒懒散散地倚在座位上没动，淡淡地说："老师，现在就是下课。"

"我让你回去，你要是对位置不满意讲台边上欢迎你！"

祁凉没办法，缓慢起身和赵洋交换了位置，那速度体现出了他百般的不乐意。

董明看着都恨不得踢一脚，走之前她留给苏桃一个眼神，她算是在心里记下了，下次月考结束一定要把苏桃跟这几个不老实的挪开。

赵洋坐回自己的座位后无比安心，他摸了摸桌子又摸了摸椅子，往前挪了挪，还没调整好距离，后背就被人戳了戳，他不回头都知道是谁。

白北北小声喊："卷子给我，没抄完呢！"

赵洋默默贡献出试卷，过了会儿又回头小声嘱咐："你别抄太多，差不多就行。"

"知道了。"白北北聚精会神抄试卷，随口应付过去。

周六，苏桃起得早，一拉开窗帘才发现窗户上已经结了冰霜。白色的冰霜结成各种花纹攀附在玻璃上，手覆上去几秒就成为薄薄的一层冰又立刻化掉。

苏桃伸手摸了摸，从窗户缝隙里感受了一下外面的温度，毫不犹豫地翻出秋裤穿上了。

家里只有她和苏父两个人，苏父正吃着早饭，见到她起来很是惊讶，问道："你怎么起这么早？"

"要去复诊。"

苏桃坐到父亲对面拿起了筷子。

早餐是简单的油条和粥，配着小菜，桌上还有一个空盘子，苏桃从盘子里剩余的食物渣和油渍判断，应该是放过煎蛋，从颜色上看，不是母亲做的，估计是父亲自己买的。

苏父"啊"了声，似乎刚刚想起，问道："要我陪你去吗？"

苏桃摇头："白北北会陪我。"

出院时，护士说出院医嘱时苏桃父母都在，复诊时间也有说明，并且在病历上标注了，听的时候他们连连点头，过后忘得一干二净。在他们的认知中出院就等于痊愈，复诊这种事情多余又麻烦，还要多出钱，不值当，自然也不会记住。

她话音一落，屋里就只剩下两人吃东西的声音，苏父可能觉得过于安静，象征性地问了几句："现在学习怎么样？累不累？身体还行吧？要是不舒服就跟老师说，我记得你们老师姓王是吧，她人挺好的。"

"我高二了，"苏桃打断父亲的话，"分班了。现在老师姓董，教英语的。"

苏父愣了一会儿，才继续说："不管教什么，都一样，有事就说，别总是怕老师，那老师还能吃了你？你从小就这样，性子跟你妈一点不像，安静不爱说话……"

眼看父亲越说越偏，苏桃几口吃完站起身，说道："我要早点去挂号，先走了。"

苏父点点头："早点回来啊，别总跑出去瞎玩。"

苏桃没答话，穿上外套就出了门。

苏父在她走后放下筷子，默默舒了口气。

苏桃其实想说，母亲以前也很温柔安静的，但那是很久远的记忆了。不知道什么时候起，母亲的脾气就越来越大，甚至当着苏桃的面砸掉了苏父电脑的键盘，那副歇斯底里的模样苏桃至今记忆犹新，后来父母之间就变成了冷战，待在一间屋子里同床异梦。

后来他们离婚了，双方还互相推脱苏桃的抚养权。

所以回来后对于他们，苏桃已经看得很淡了。

白北北在医院门口等苏桃，旁边卖煎饼果子的摊子围了好多人，热气升腾，香味扑鼻，白北北吸了吸鼻子，裹紧衣服。

不能吃，再吃就穿不进新衣服了。

苏桃一眼就看到站在花坛边上的白北北，鼻子有些红，抻长脖子盯着旁边的小吃摊子看，像极了动物园里对食物望眼欲穿的小鹿。

她快步跑过去拍了拍白北北的肩膀，问道："你早上没吃饭啊？"

白北北又吸吸鼻子，说道："吃了。"

她脸色不太好，北风一吹又咳了几声。

苏桃摸了摸她的额头，问道："你感冒了？"

白北北拉下苏桃的手说："没发烧，有点感冒，没事。"

苏桃蹙起秀眉，嘴巴抿成一条直线，不认同白北北硬扛的行为。她先是给白北北买了煎饼果子，再拉着白北北给她挂了号。

白北北拉住她说："我真没事，你先去复诊。"

"不行。"苏桃不放心，感冒可大可小，不能含糊，"你先看病，我再复诊，不着急。"

白北北拗不过她，被她按在走廊的椅子上，拿着热腾腾的煎饼果子默默咬着，还没叫号就吃完了。

苏桃又在自动贩卖机买了水回来，没忍住笑："你不是吃饭了吗？"

"吃了，没吃饱，"白北北捏了捏日渐肥胖的肚子，有些黯然，她瞄着苏桃穿了三层还纤细的腰，叹了口气，"我真的要开始减肥了，不然生日穿不了好看的裙子。"

白北北性格像个假小子，日常也基本是穿裤子，她妈妈整日逼着她也不穿裙子，怎么这会儿忽然转了性？

苏桃有些不解。

她还没问，白北北已经拉着苏桃的手跟她讲："路之遥，你知道吧？重点高中第一名的那个，还是校草！我请了他来我的生日会，这次我一定要拿下他！"

苏桃几乎立刻皱了眉。

白北北猜到她要说什么，捂住她的嘴巴，说道："我不听啊！我答应你好好学习，为了路之遥我也要把成绩提高一些。你看我最近是不是认真做了几套卷子？这就是爱情的力量啊！"

苏桃欲言又止，担心地看着白北北开始畅想的模样，她没有记错的话，白北北在路之遥身上是栽了的。

路之遥仗着自己学习好，清高得不行，像白北北这样的学生在他眼里就是不学无术，打心眼里厌恶。他答应去白北北的生日会也是和同学打赌，

故意戏耍白北北的。

曾经的白北北因为这件事情伤心了好一阵子，导致原本能考上的大学也滑档了。

苏桃不能再让白北北受这种苦，她一定要阻止并且好好收拾那个渣男。她暗自下了决心，看白北北的眼神也多了几分担忧。

白北北只是普通感冒，没什么大事，医生开了几服药就让她们走了。苏桃还不是很放心，一直问医生有没有什么注意事项，医生把一般需要注意的地方说了个遍，笑着调侃白北北这是找了个朋友还是找了个妈。

白北北也笑了，她安慰苏桃："你紧张过度了，医生都说我没事。"

苏桃若有所思地点点头，把白北北手里的药接过来，帮她拿着。

愧疚让她控制不住，她只想好好补偿白北北，把这世间一切的美好都给白北北，让白北北这一生平安无忧、事事顺心。

白北北对苏桃内心的复杂想法一无所知，她这人就很简单，你对我好我就对你好，苏桃对她更好，她就对苏桃更好。语文课上老师管这个叫"投桃报李"。

白北北顺势揽住苏桃的手臂，带着她去复诊。

医生对苏桃印象挺深刻的，挺清秀一小姑娘，送她来的小伙子也挺帅的，曾经被撞，不是很严重住院观察个两三天就行，是当时送她来的小伙子紧张得不行，非要她多住院观察一段时间，也调理一下身体的其他问题。

因为这个，科里还一度猜测他俩的关系，但那小伙子后来没再来过，八卦发展不下去，也就都不提了。

医生安排苏桃做了个 CT，又问了些常规问题，总体来看恢复得挺好，他让苏桃停药，多做点运动增强体质。

苏桃一一都应了下来，拿着片子走出医生办公室时，见白北北靠在墙上打电话。

"嗯……一会儿就结束了。没什么事，买练习册……我怎么就不能学习了？你把电话给陆天让我骂他！嗯？现在啊，"白北北望了一眼苏桃的

方向，"行，我问问她。"又说了三两句话才挂掉。

白北北走过来，问道："怎么样？"

"没事了。"苏桃说，"你有事就先走吧。"

"不行，答应你买练习册呢。"白北北拉过苏桃往医院外面走，她打量着苏桃，怕苏桃担心，特意没有提电话里的内容，试探着问，"桃子，你买完练习册要直接回家吗？要不要跟我去玩玩放松心情啊？"

苏桃顿住脚步，直觉她话里有话，问道："玩什么？"

白北北笑得带了些讨好的神情。

蓝雨网咖。

苏桃被白北北拉着绕过大厅，来到包厢，一推门，扑面而来的烟味呛得苏桃连连咳嗽，嗓子紧得不行。白北北帮她拍了拍背，喊道："都给我掐了！不知道有女孩要来吗？"

"白北北你怎么事情这么多……"陆天特别不乐意，扒开一半耳机往门口看去，当即按灭了烟。

他不把白北北当女孩，但苏桃是啊！

校门口的小仙女！举报凉哥吃糖那个！

他可记住她了。

陆天狗腿的毛病又犯了，摘了耳机走过来，被纪末修伸长的腿绊了一下，差点脸朝地，他忙不迭扶住椅子靠背，骂道："纪末修，谋害你爸爸我！我破相你就没妈了！"

纪末修把椅子一转，陆天没扶稳，一屁股坐在地上。

"摔死你解救全球女性。"

苏桃：……

白北北护着苏桃绕过地上号叫的陆天，顺便踩了脚，跟她解释："别理他们，一帮傻子，总分加起来还没路之遥一半多。"

陆天不乐意了："那是我不学，我要是学习了……"

吏遥接话："学校就该倒闭了。"

陆天从地上爬起来拍拍屁股，吼道："我要跟你们一决雌雄……不是，胜负！"

"就您这文化水平别出来丢人现眼了！"白北北让苏桃随便坐，自己脱了外套往沙发上一甩，准备和陆天"一决雌雄"。

苏桃看了眼，包厢里一共六个机位，白北北坐在陆天身边后就只剩下靠窗的一个位置，旁边是……

苏桃磨蹭着，小步挪了过去。

祁凉戴着耳机专心打游戏，没理他们，全神贯注对着电脑，没注意身边多了个人，头发被耳机压成顺毛，看着倒没有那么凶了。

苏桃走过去听到噼里啪啦的按键声，速度极快，特别像游戏竞技小说里帅气厉害的男主角。

苏桃怕打扰祁凉，小心地坐下，打开了电脑。

网吧电脑开机很快，不像家里的台式电脑要好半天才能打开，可她打开之后才想起自己根本没有事情可做，一不打游戏二不追剧，开了电脑也是摆设。

说到底，她来这里只是怕白北北又跟他们混在一起去打架。

好在只是在网吧玩游戏。

她想起刚买的练习册，慢吞吞从书包里拿了出来，厚厚一本放到键盘上，立刻按下去几个键。她连忙拿起来把键盘往里推了推，把练习册放到桌面上，又拿出了笔，打开盖子翻开练习册，忽然想到了能用电脑干的事情。

祁凉一连打了好几把游戏，游戏里总有声音嗲嗲的女生叫哥哥，听得他心烦，打游戏又烂得一塌糊涂，也就只有陆天那二愣子愿意凑上去送血包，被虐得体无完肤。

吏遥见祁凉摘了耳机，问道："不玩了？"

"累，歇一会儿。"

他们在网吧窝一上午了，没劲死了。

祁凉往后一靠，这才发现身边多出来的人。

网吧的椅子为了让顾客坐得舒服特意选了皮质的老板椅，苏桃仍旧坐得端正，面前的电脑上播放着视频。祁凉往前仔细看了眼——高中二年级几何概型知识点。苏桃的桌上还放着练习册，手里握着笔，听得无比认真，仿佛在学校上课。

……

谁到网吧学习啊？祁凉无声地笑。

包厢里开了空调，她脱掉了外套，里面穿了一件白色连帽衫，双腿在桌下交叠伸直，头发半扎起来，露出了粉嫩的耳朵。

祁凉目光再往下，是细长的脖子和隐约可见的锁骨。

他忽然伸手。

苏桃戴着耳机学得认真，后背被人一碰倏地回过头。祁凉的手停在半空，四目相对，有些尴尬。祁凉目光微动，低声命令："转过去。"

苏桃觉察到祁凉有要生气的迹象，连忙转回去，心里一直在打鼓，不知道他要做什么。

她无心看眼前的学习视频，身子僵住，全身的感官都放大，对祁凉的触碰格外敏感，手指无意识地卷起练习册的页脚，捏皱又放开，动作重复。

她感觉到自己的帽子被翻进去，然后被整理好。

祁凉还轻轻拍了拍。

她松了口气。

其他人也注意到这边的动静，目光都聚集过来。陆天从椅子上起来，转到苏桃身后，被她的电脑吓了一跳。

"我天！还有人到网吧学习啊！"他说话向来不过脑子。苏桃被空调吹得脸颊微热。

白北北习惯性维护闺蜜："桃子学习好着呢，当然要时时刻刻学习。你以为跟你一样？"

陆天没搭理白北北，手搭在苏桃的椅子靠背上，上身重量压下去，跟

她靠近了一些，问道："苏同学，你学习是不是可好了？"

苏桃往前靠靠，没来得及说话，陆天就自己接了："肯定可好了。"

祁凉转身一把打下陆天的手，冷冷地骂："滚回去！"

"凉哥，你不能独享苏同学啊！"陆天没心没肺地喊，话外之音让其他两个男生会意地笑了笑，他跟苏桃建议，"要不你和吏遥换位置吧？"

吏遥坐在祁凉和陆天中间，靠门那面是纪末修和白北北。

吏遥倒是无所谓，饶有兴趣地观察祁凉的表情。

苏桃摇摇头，轻声说："不用了。"她和其他人都不熟，坐到白北北身边也会打扰她打游戏，不如就待在这个角落。

祁凉瞧陆天哪哪都不顺眼，声音冷淡："上游戏。"

"啊？"陆天有点不甘心，又拍拍苏桃的椅背，"苏同学一起玩吧，别总学习，都学傻了。"

苏桃不会玩游戏，刚想拒绝，陆天添油加醋地说："玩吧玩吧！要不感觉我们欺负你一样，不会哥教你。"

话说到这里，她也不好意思再说不，只好点了头，在陆天的指导下和他们一起登录了游戏。

十分钟后。

陆天："苏同学，别抓着队友打。"

苏桃："对不起！"

陆天："苏同学，枪捡起来，别扔了啊！"

苏桃："对不起！"

陆天："开车别往我身上撞。"

苏桃："对不起！"

陆天：……

这一定是陆天有史以来打得最心累的一场游戏。

他摘了耳机丢在桌上，仰头躺在椅子上一动不动。

"对不起啊……"苏桃有些过意不去，她还不知道男生的名字，只好跳过姓名，"我玩游戏很渣的。"

陆天："见识到了。"

渣到天际。

苏桃也很内疚，果然还是老实学习比较好。她垂下眼睛，睫毛微颤，祁凉从旁边看着觉得她下一刻就要哭出来了。

游戏打输了还连累队友，的确让人挫败。

祁凉挡住苏桃要关掉游戏的手，敲了敲她的脑袋，说道："我带你。"

陆天耳朵尖，一下子来了精神，重新戴上耳机嚷嚷："凉哥带人了！凉哥带人了！时隔两年凉哥又要带人了！"他抛了个眼神给祁凉，"凉哥，打个赌怎么样？输了的请吃饭！就隔壁街那家火锅，我要吃个几百块！"

祁凉一摆手，同意了。

他以前也不是没有带过菜鸟，从来没输过，丝毫不惧陆天的挑衅，他甚至还加了赌注，说道："你输了在周一早会上喊'祁凉是我爸爸'。"

"行。"陆天爽快答应，"凉哥要输了就背着苏同学在学校操场跑一圈。"

苏桃：为什么赌注要带她？

男孩子的斗志很容易被激起，祁凉冲苏桃一扬下巴，得意地说："看凉哥带你飞。"

苏桃回了他一个心虚的假笑。

陆天是有阴谋的，他摩拳擦掌，笑得十分阴险，问道："谁跟我一伙？"

纪末修："我。"

吏遥："我。"

慢了半拍的白北北：……

行吧，为了闺蜜而战。

电脑又匹配了几个人，战局重新拉开了。

第五章

1

凉哥给你拿冠军好不好

s w e e t   p e a c h

两个小时后，火锅店。

陆天选的这家店是十年老店，生意红火，每天都爆满，他们去的时候错过了饭点，但店内人依旧很多。火锅热气升腾，在玻璃窗上凝结成水珠缓慢滑下。

白北北看着满满一桌的菜和肉，特意对照菜单查了两遍，不敢相信眼前的丰盛，问道："陆天，你这是把整个店的菜都点了一遍吗？"

陆天财大气粗一摆手："你瞧不起谁？虾滑我点了四份！"

白北北心想：还可骄傲了是吗？敢情不是你花钱。

祁凉一直没说话，懒散地倚在沙发椅上，耷拉着眼皮心情不佳。

纪末修下着菜，从热气中抬头瞄了眼被热气熏红脸的苏桃，特意强调道："凉哥愿赌服输啊，不会生气的，哦？"

祁凉斜了他一眼，从桌子下面狠狠踢过去："吃你的吧！"

常胜将军也翻了车，这究竟是道德的沦丧，还是人性的扭曲？

都不是。

是队友太坑，对手太嚣张。

纪末修料到祁凉有这一招，灵活一躲，却不承想旁边的陆天正和白北北嘟瑟，两人同时往中间躲，撞到一起，陆天下意识拉住一旁的手推车，推车一下滑出去，被史遥眼疾手快拽回来。

对面两人一起倒下，是过于得意的结果。

旁边的人循声看过来，瞧见几个十几岁的高中生闹哄哄的，好奇多看了几眼。

苏桃垂着头，小心观察祁凉的表情，怕他生气迁怒自己。

她想了又想，往前凑了凑，小声唤道："祁凉。"

祁凉看过去，小姑娘的眼睛被热气熏得有点发红，眼角微微上翘，可怜巴巴地瞅着自己。

她倒是先委屈上了。

明明输了的原因全归结于苏桃，祁凉还是被她盯得莫名心虚，下意识坐直身子，冷着脸问道："干什么？"

苏桃自然以为祁凉是游戏输了才不开心的，双手放在桌沿上，一脸的纠结和内疚："一会儿我付钱吧。"

那怎么能行，让女生付钱多没风度？

祁凉还没说话，陆天被一块肥牛烫得吱哇乱叫，含混不清地拒绝苏桃的提议："不行啊！不行！苏同学，这是我跟凉哥的赌注，是他自己答应的，和你没关系！"

"可是……"

"没可是，"纪末修打断她，微笑着提醒，"有需要你负责的时候，不是还要背着你绕操场跑圈吗？"

苏桃：……这个更过分了！

她想反驳，史遥幽幽来了一句断绝她的后路："愿赌服输。"

说到底，这个赌分明是他们自己打的，为什么要带上她？

苏桃重新垂下头，无比懊恼。

祁凉瞧着苏桃头顶的旋，夹了一块虾滑放到她的碟子里，说道："让他们闹去吧，不差这点钱。"

"可是浪费啊！"

点了这么多，吃不完多浪费啊！

苏桃一脸认真，皱着眉毛有点生气，脸颊鼓起来，像一只生气的河豚，祁凉特别想伸手给她戳破。

他意识到自己的想法，手握拳放在嘴边掩饰性地咳了一下，憋住笑。

几个男生都嘻嘻哈哈，觉得苏桃较真的样子很可爱。

吃不完是不可能的，陆天这还是为了在苏桃面前保持形象，保守点的。

白北北挨个瞪过去，护着苏桃："别搭理他们！"

苏桃点点头认同她的话，注意到她手边的冰可乐，伸手拿过来放到自己这边。

见白北北有些蒙，苏桃解释道："你快来大姨妈了，不可以喝凉的。"

"我又不肚子疼！"没有冰可乐，吃火锅便少了份快乐，白北北简直要崩溃了。

"不行，"苏桃摇头，"现在没有不代表以后也没有。"她在心里默默补充，上大学以后有得你受。

以前白北北因为生理痛躺在床上要死要活，吓得苏桃差点拨打120，她当然要早点监督白北北的饮食和作息习惯。

苏桃又把白北北刚从辣锅里夹的菜夹到自己的盘子里，白北北脸又塌了几分，哀怨地问："辣的也不行？"

"不行。"苏桃从清汤锅里夹了菜补给她。

白北北又失去了一份快乐，这样的火锅还有什么意义？她算是知道苏桃为什么要点鸳鸯锅了。

"你也不能吃辣啊！"白北北试图抗争。

苏桃看了眼盘子里被红油染得通红还带着辣椒的白菜，咽了咽口水，下定决心般地说："我可以。"说着就把白菜塞进嘴里。

尽管苏桃做好了准备，还是被突然闯进口腔的强烈辣意呛到，连忙背过身去强忍着咳嗽了几声。

白北北连忙给她拍了拍背，心想其实也不用这么拼。

辣椒滑进嗓子里，占据一隅不肯走，苏桃被逼出了眼泪，喝水也缓解不了。

旁边递来了个杯子，她也顾不上是什么，几口灌下去，酸甜的味道冲进口腔和喉管缓和了辣意。

她一愣，才发现是酸奶。

奶制品可以解辣，她是以前在微博上吐槽不能吃辣被欺负的时候，收到一个匿名粉丝评论才知道的。

祁凉撑着头和她对视，还是那副对什么都不在意的淡然表情，说出的话却透露出了几分关切："好点了？"

电光石火间，苏桃好像想到什么，又很快在脑海中划过去，什么都不剩下。

她愣愣地点点头。

旁边是纪末修和陆天的调侃：

"哎呀，凉哥这么关心苏同学哦！"

"人家还没有奶喝呢！"

"陆天，你别在我身边恶心我！"

"谁说给你听了？走开。"

"你赶紧和吏遥换位置，太恶心了！凉哥你把他踹出去吧！"

吏遥："不换。"

祁凉：……

苏桃：……

陆天和纪末修又闹起来，白北北忽然注意到一件事情："哎？凉哥，你把自己的杯子给了桃子啊？"

饭桌上陷入了短暂的安静。

苏桃手里的杯子在那一瞬间有些烫手。

其他三个人意味深长地拉长声音："哦——"

祁凉只是顺手拿了自己的杯子，此时被点出来也难免尴尬，他瞪着那三个欠揍的说："哦什么？快点吃！白北北，吃都堵不住你的嘴，话怎么那么多？"

白北北翻了个白眼，腹诽道：我说实话也有错吗？

苏桃默不作声红了脸，抽出了两张纸巾，一点一点把杯子边缘仔仔细细地擦了一遍，似乎觉得还是不太好，直接招来服务生重新上了两杯酸奶。

一杯还给祁凉，一杯给了白北北代替可乐。

祁凉抿了口新上的这一杯，盯着苏桃手旁喝了一半的那杯看了一会儿，摸摸发热的耳朵，觉得自己可能有点毛病。

都是酸奶，为什么还是觉得她的那杯会更好喝？

一桌人边闹边吃。

祁凉本来就不怎么饿，戳着盘子里的菜叶瞧着陆天他们满嘴跑火车，天南海北娱乐八卦……什么都聊。陆天他们还是顾忌着苏桃在场，没有说那些过分的荤段子。

苏桃专注吃东西，偶尔听到他们说的话附和地笑笑，眼睛一弯，乖巧得不行。

祁凉瞧着瞧着视线就挪到了她身上，也跟着翘了点嘴角。

苏桃这样的乖学生怎么可能会打游戏，脑子笨成那样，输了也正常。他自我疏导，游戏失败的阴影被一扫而光。

不经意间，他看到苏桃盘子里有一块放凉了的虾滑，被她小心地拨到了盘子的边缘，连酱都没有沾到。想到可能是他之前夹的那块，他的脸色显而易见地黑了几分。

她不吃？为什么不吃？嫌弃我？

祁凉没办法不注意那块虾滑，嘴角抿成了一条直线，眉毛下压，脸上乌云密布。

纪末修注意到他情绪的变化，疑惑地问："你怎么了？菜都成菜泥了。"

本就被煮烂的菜被戳来戳去，叶茎都稀碎，成为一摊菜糊糊，惨绿惨绿的。

祁凉撂了筷子，说道："没胃口。"

纪末修知道他是生气了，他向来情绪变化快，纪末修没敢再多说，转回去和陆天抢吃的了。

白北北被苏桃限制得这也不能吃那也不能吃，唯一喜欢的虾滑也被陆天抢个精光，她在桌下踩陆天的脚。跟没吃过饭一样，四盘都不够陆天一个人吃！

陆天躲着白北北的脚，故意夹辣锅里的虾滑吃给白北北看，白北北气得恨不得拿筷子戳他。

男生怎么都这么幼稚啊！

锅里的吃不了，只能四处搜罗别人盘子里的，她一眼就发现苏桃盘子里那块虾滑，美滋滋地伸出筷子要夹："桃子，你不吃就给我吧。"

苏桃却挡住了她的手，小心地看了眼祁凉。祁凉正低头玩手机，看似没注意桌上的情况。她抿了抿嘴角，招来服务员又叫了两盘后，从锅里夹了块新的给白北北，说道："这个凉了，你吃热的。"

陆天不可能和苏桃抢，又捞出来几个献宝一样给苏桃，苏桃都给了白北北，甚至还特意放凉一点怕她烫到。

白北北得到投食，得意地冲陆天扬了扬眉。

陆天：……

心痛啊！这么好个姑娘怎么就和这么个女汉子成为朋友了？

安排好白北北，苏桃才重新看向盘子里的虾滑。祁凉夹的，她一直没吃……苏桃戳了戳凉掉的虾滑，虾滑顺着一滚，蘸了一身的芝麻酱，闪着油光，她夹起来，塞进了嘴里，仓鼠一样鼓着腮帮子嚼了嚼。

祁凉划着手机屏幕，余光注意到苏桃的动作。

苏桃接触到他的目光心虚地笑了笑，乖巧又带了点讨好的意味，像是在说：我吃了，你不要生气啦。

祁凉心里的怨气忽然就烟消云散。他愣了半晌，在心里叹了口气，重新拿起了筷子。

苏桃还是小瞧了这些男生的食量，不仅没有剩下，陆天后来还叫了份面条，走的时候满桌子的空盘子，就差没把底料给吃了，连服务员都震惊了，果然年轻真好啊！

陆天打着饱嗝出了门，拍拍肚子神清气爽。

白北北嫌弃地盯着陆天日渐鼓起的肚子，摇了摇头："二师兄，你这乘公交车别人都要给你让座了。"

陆天龇牙一笑："怎么，我太帅了？"

纪末修也拍了拍他的肚子说："是想问你几个月了。"

"滚滚滚！"

收银台。

祁凉胳膊放在吧台上等着结账，一个小脑袋从身边路过，苏桃跑到他面前，手里拿着浅紫色的钱包，上面绣着颗粉嫩嫩的桃子。

"我跟你一起付。"她想了又想，还是不能让祁凉一个人付这个钱。

祁凉低头看她，问道："你非要跟我算得这么清楚？"

苏桃点头。

旁边收银员递回卡和小票，祁凉收进兜里，冲苏桃伸出手。

苏桃眨了眨眼睛，才反应过来他要的是钱包，连忙递上去。

祁凉打开苏桃的钱包，先映入眼帘的是放在照片夹里的身份证。

照片上更加稚嫩的女孩梳着马尾，没有刘海的发际线略高，因为紧张嘴巴抿着，脸庞被修成了圆形，像只小海豹。

他又看了看眼前的人……

还是现在可爱。

他从钱包里抽出一张红色的票子，意外带出一张照片。

照片飘落在地，被祁凉先一步捡起来，苏桃很快想起了那是什么，顿时变了脸，伸手就要抢回来。

祁凉却抬高手，不让她够到。

他看清了那张照片，是年纪小一点的苏桃和白北北。

照片里的白北北还是假小子一样的齐头短发，一脸豪气地揽着苏桃的肩膀，苏桃长发披散，笑得羞涩。

祁凉皱了皱眉，要不是他知道那个是白北北，还以为是哪个男孩子揽着苏桃。

苏桃的个子在女生中已经算高的了，却还是没有祁凉高，她踮着脚去够祁凉手里的照片还差一大截，只好去拉祁凉的胳膊，喊道："给我啊。"

"你为什么把白北北的照片放在钱包里？"

苏桃觉得他的问题奇怪，反问道："我不放她的放你的吗？"

祁凉轻笑："你要是想要的话，我可以给你。"

谁稀罕？

苏桃抿着嘴神情认真，专注去够照片，照片没扯到，反而把祁凉的衣袖往下拉了拉。

祁凉鼻间闻到淡淡的馨香，他盯着苏桃的脸，鬼使神差往后退了一步。

苏桃还拉着他的胳膊，身体前倾，一个重心不稳，彻底栽进了祁凉的怀里。

软玉温香在怀，祁凉扶住了她的腰。即使隔着厚厚的衣物，他也能感受得到苏桃纤细的腰。

专属于男性的气息让苏桃愣了一瞬，立刻挣扎着推开了他，红着脸慌乱地后退，一直到后背撞上了墙退无可退才停下来，和祁凉保持好长一段距离，想斥责他，结结巴巴的，又不知道说什么。

"你你你……"

祁凉占了便宜，弯腰笑道："我什么？"

苏桃憋红了脸，半天才憋出两个字："流氓！"

祁凉不在意一笑，往前靠近她，给她看了看拉到上臂的衣服，坏坏地问道："是你流氓才对吧，觊觎我？"

苏桃语塞，双手护着自己，戒备地瞪着祁凉。

祁凉一把拉住苏桃的手腕，说道："跑什么？我还能吃了你？"说着他把照片和钱包塞到她手里，松开了她。

苏桃依旧警惕，把照片小心放回去，收好钱包，见他真的没什么动作了，就跑出店外去找和陆天疯闹的白北北。

祁凉缓慢走出去，苏桃立刻躲到白北北身后。祁凉瞧着她和白北北彼此亲密，又想到那张照片，心里有一种古怪的感觉。

上周刚讲完文学史，陶元亮突发奇想给他们出了套关于唐宋文学家的卷子，满篇的文学诗词，一眼看过去还以为是语文卷子。

学生们做得心力交瘁，陶元亮还振振有词："这不是帮你们复习语文知识吗？"

陶元亮也体恤他们平时作业多，特意多留了时间给他写。

周一早上苏桃和地理课代表一起收作业。

高程瞧着苏桃校服领子下白嫩的锁骨，想拖她一点时间，故意说自己没写。

谁知苏桃冷漠地"哦"了一声，拿了同桌的作业就转身收白北北的了。

白北北早就等着了，信心满满拿出卷子，铺在桌子上。苏桃一看，字迹工整，答案准确，写得满满当当，十分难得。

白北北笑得自豪，问道："我棒吧？"

苏桃比了个大拇指说："超级棒！"说完，她把早上买的糖放到了白北北桌上作为奖励。

收到整整一盒水果糖，白北北乐得给了赵洋几颗。

抄了人家的卷子可不得给几颗。

赵洋捏着那几颗糖，小心地放到了桌膛里，摆得整整齐齐。

苏桃惯性将祁凉列入了和高程一样不写作业的名单里，直接略过了他，打算收其他人的。

祁凉长腿一伸，拦住了她。

苏桃还没忘记周末的事情，立刻警觉地问："你干什么？"

祁凉一条腿踩在桌膛边，仰头看她，问道："为什么不收我作业？"

旁边人听到都惊呆了，大佬竟然主动要交作业？

苏桃瞧了眼他的卷子说："你又没写。"

"你不问怎么知道我没写？"

苏桃瞟了一眼那一堆空白卷子，忍下一口气才问："你写了吗？"

祁凉理直气壮地说："没有。"

苏桃不想陪他玩这种幼稚的游戏，转身就要走，被祁凉拉住衣服。

她想挣掉，却见祁凉胳膊放在课桌上，眼尾上挑看着她，有点被抛弃的可怜样儿："课代表也太冷淡了，不知道关爱一下同学，你的给我抄吧？"

苏桃不知道他抽哪门子的风，冷冷地说："放手。"

祁凉耐心有限，敛了笑，眼神冷淡下来。

有同学见状，怯生生地送出自己的本子："祁凉同学，我的可以借你。"

祁凉没理，直直看着苏桃："苏桃，我要你的。"

眼看要上课，还有很多同学的作业没有收，苏桃不想跟他纠缠，几下从卷子里面找出自己的丢给他。

祁凉被卷子砸了脸，看着满卷的秀丽字体，自言自语道："对你和风细雨，对我就这种态度，一点也没良心。"

白北北含着糖，心说谁让你调戏她了？但她不敢跟祁凉明说，从盒子里抓了一把糖放到祁凉桌上，说道："桃子喜欢我呗。"

祁凉剥了糖放进嘴里，听到白北北的话脸一僵，眼神奇怪，正要再说什么，糖味在嘴里蔓延开，俊脸皱成一团，想也没想就吐了出来："这什么糖这么酸？"

白北北看了眼糖纸，笑道："恭喜你中奖了，是爆酸柠檬糖。"

祁凉愣了愣，这是中奖？

叶瑶是地理课代表，见祁凉要交历史作业，也怀着期待，大着胆子走过去，敲了敲他的桌子："祁凉，交地理作业了。"

祁凉正忙着抄历史作业，抛了两个字："没写。"

他盯着苏桃的卷子手下不停，心里逐渐烦躁，这破历史怎么这么多字？这帮人写这么多诗词还要分析历史背景？作者自己知不知道是什么背景？

叶瑶等的就是他这句话，拿出自己的作业本递出去，说道："我的可以借给你抄。"

她的成绩在班级里是前十，长相漂亮，也有很多人仰慕她，论成绩长相都比苏桃强，过度自信让她以为祁凉会多看自己几眼。

白北北在旁边咬着糖嘎嘣嘎嘣响，笑话叶瑶的不自量力，转过半个身子，等着看好戏。

祁凉抄烦了，对着满篇的字转了转笔，抬头看去，苏桃在讲台边和同学说话，温和的样子和刚才面对自己时完全不同。

他眼神冷下去。

叶瑶特意找好角度对着祁凉笑得甜美，还害羞地挽了下头发。

正当她以为他会接过作业本的时候，祁凉对着聒噪了半天的叶瑶不耐烦地喊："你谁啊？"

叶瑶呆住了。周围的人也安静下来，表面上做着自己的事情，实际盯着他们这边。叶瑶的面子挂不住，气得在没写作业的名单上记下祁凉的名字，扭头走了。

白北北笑得放肆，差点被糖渣子呛到，连忙拧开苏桃带给她的酸奶喝了两口，酸奶味道带着甜甜的果香飘过来。祁凉分出一点眼神，瞟到了粉色的酸奶瓶子。

啧，有点碍眼。

打了上课铃，祁凉还没写完，眼看陶元亮走进教室，苏桃急也没用，她把卷子放到讲桌上，打算回自己座位让祁凉自生自灭。

转身的时候飘来熟悉的薄荷味，祁凉和她擦肩而过，大摇大摆地在老师面前把两张卷子放在讲桌上，又大摇大摆回去了。

陶元亮看到卷子上的名字，打趣苏桃："我的课代表还挺关心同学。"

苏桃真的怀疑祁凉是不是故意的。

自习课永远是班里学生最放肆的时候，远看一个个低着头认真学习，走近一看才发现每个人干的事情都和学习没什么关系。

董明轻车熟路从后门进来，猛地扯过高程手里的手机，指了指他，给了一个警告的眼神。

高程心里苦。

这已经是这个月第二部手机了，他郁闷地趴在桌上看向专心学习的苏桃。

他想换座位了，苏桃后面就可以，能立刻察觉到老师的来去。

董明继续往前走，严厉的目光一一扫过。

班里的学生在察觉到她的存在后都噤若寒蝉，写着作业的学生都透露出一种心虚。路过叶瑶那里的时候，董明听到了几声轻笑。她定睛一看，猛地夺过叶瑶手里的书几步跨上讲台。

叶瑶被抓了个正着，脸色苍白。

董明狠狠把书摔在讲台上，声色俱厉道："都什么时候了，还看这些东西！你们一个个都不着急啊！马上就要月考了，我看你们能考出个什么鬼样子！这次不及格的通通给我抄卷子！十遍起！"

众人低着头看课桌，不敢出声。

董明还在继续骂："你们看看隔壁理科班，都进入了高三的备考状态，你们呢？还以为是高一的小萝卜头？上学校来玩的？这么爱玩不如直接回家玩去！省得我跟你们一天天操这个心。"

她骂了个痛快，又扫视一圈，带着低气压走了。

白北北这才松了一口气。

她老早就听见董明的高跟鞋声音，提前收好了手机，才没像高程那样被没收。要是董明看得再仔细点，就会发现白北北桌子上放的数学练习册空白一片，一点字迹都没有。

说起来，她还该谢谢高程帮她挡了一下。

等董明的高跟鞋声音走远了，白北北打开游戏，"TiMi"声音一出，苏桃就敲了敲她的桌子，朝她伸出手，说道："手机交出来，不许玩。放学前我要检查你写完的两套卷子。"

白北北：……她现在发现苏桃比董明还可怕。

她准备采取迂回策略，讨好地笑笑："桃子，我留着手机能查资料。"

苏桃微笑，戳破她的小心思："你是打算查数学的资料呢，还是地理的资料呢？书上都有，不需要你查，找不到可以问我。"

白北北不抛弃不放弃："我可以查英语单词！"

这个确实有点说服苏桃了，她只好妥协："好吧，那你先给我，做英语卷子的时候再给你。"

真是一点时间都不放过。

白北北还想挣扎，被吵得有点烦的祁凉夺过白北北的手机丢给苏桃，说道："废话那么多。"

白北北腹诽道：这大哥一看就不是亲的！

赵洋默默补了把刀："今天英语没留卷子，留的是背课文和抄单词。"

这前桌也不是亲的。

苏桃收了手机安慰性地拍了拍白北北的手，转回去做题了。

白北北四处望了望，都低着头，连个说话的人都没有。她磨磨蹭蹭拿出语文卷子摆在桌上，半晌才写了一道题，全程咬着笔头发呆。

苏桃做完一张卷子，回过头想问白北北晚上吃什么，发现她咬笔，很不认同："你别咬笔，不干净。"

白北北丧着一张脸说："桃子，你比我妈都唠叨，我妈还知道给我做

好吃的。"

苏桃怕白北北烦自己,连忙说:"这不是想让你好好学习吗?你今天写完,我明天给你带一中门口的卷饼,还有奶茶。"

兴城的流行趋势来得相当慢,还没有一点点、COCO 这些品牌奶茶,只有一家遍地连锁的白菜奶茶店——蜜雪冰城,但已经让这个年纪的孩子们满足了。

白北北屈服于美食,兴奋地说:"我要加两个蛋!"

"好。"苏桃一口答应。

祁凉:……他都替白北北日益壮大的双下巴委屈。

放学铃打响时,白北北还没做完。

她没有祁凉的脑子,也没有苏桃的刻苦,作业一直靠抄,做得稀稀拉拉的,苏桃简单看了一眼,就不想给她买卷饼和奶茶了。

白北北抱着苏桃开始撒娇。

"桃子,不能这么心狠,你看看我这个嗷嗷待哺的样子啊!"

没揣好事来的陆天看到这场面,发出了感叹:"为什么女生和女生能做的事情,男生做起来就那么怪?"说着还要牵起纪末修的手,吓得纪末修差点抄起一旁的垃圾桶扣在陆天的脑袋上。

"你敢接近我就让你知道什么是垃圾分类!"

陆天委屈,想寻找祁凉的安慰,祁大佬简单粗暴,拎着椅子往前一搁,陆天立刻退回原地,乖得不行。

万人嫌的陆天更委屈了,他决心报仇,哪壶不开提哪壶:"那个……凉哥,你打算什么时候背着我们苏同学跑一圈啊?"

好在教室里没什么人,都去吃饭了,也没人能听见他的大嗓门。

和白北北缠在一起的苏桃拔腿就想跑,被白北北死命拽住,白北北还同时喊:"凉哥!我抓住桃子了,快上!"

祁凉:……他又不是土匪抢亲。

苏桃："……终究是错付了。"

不过这个赌约没能实现，一出教室门，祁凉他们三个男生就被刘挺逮个正着，直接拎到教导处去了，剩下苏桃和白北北站在原地一脸蒙。

好半天，苏桃才问白北北："他们怎么了？"

白北北耸耸肩，说道："不知道，可能又犯错了吧？反正他们小错不断，大错偶尔犯。"

苏桃："哦……"

第二天疑问就解开了。

是三所高中要联合举办一场篮球赛，三中没有固定的篮球队，只能从各班级抽调人临时组个队伍。刘挺不知道从哪里知道祁凉他们打球不错，就把他们都叫过去了，同时叫过去的还有其他班级的一些男生。

苏桃不知为何松了口气，可能是因为祁凉帮了自己那么多次吧。

班里其他同学也听说了这件事，讨论得沸沸扬扬。

和苏桃她们关系还可以的徐婧走过来说："我听说祁凉他们没答应。"

白北北并没有感到意外："凉哥他们不喜欢出风头。"

不喜欢出风头？全校通报批评都几次了？徐婧和苏桃对视一眼，默契地笑了笑。

白北北手指敲了敲下巴，思考了一会儿，说道："咱们学校体育薄弱，凉哥他们不去的话，也没有参赛的必要了。"

"我听说刘挺找祁凉是因为想从气势上压过其他两个学校。"徐婧说。

这个倒是可以理解，三中注重学习，体育一直排名靠后，学校领导也没什么野心，觉得体测能及格就行。但这次比赛不一样，他们得到了重点高中原来的一员大将，可不得好好运用。

苏桃静静听他们说，给白北北兑好温水，把感冒药放到她桌上。

徐婧摸了摸水杯，水温正好，很是惊讶地说："苏桃，你对白北北也太好了吧！"知道她们两个关系好，但没想到苏桃会做到这个地步。

苏桃对答自如："北北对我更好啊。"

白北北嘿嘿笑着，拿起水杯吃了药，享受苏桃的贴心服务。

赵洋在做卷子的间隙抬起头来看了看苏桃，又看了看白北北，眼神闪了闪，心里不知道在想什么。

上课铃打了五分钟以后，祁凉才出现在门口，单手拎着空书包，一脸没睡醒的样子，他还礼貌地敲了敲门，一下子惹得全班的关注，包括正在讲课的政治老师。

政治老师大着肚子还敬业地在上课，本就严厉的她更加易怒。

"你都迟到几次了？还想不想上课了？"

祁凉散漫地插着兜，好心劝道："老师，孕期不要生气，我妈就是怀我的时候总生气，才生了这么爱闯祸的我。"

政治老师一时语塞，气得丢了粉笔："你把昨天布置的作业背一遍！"

祁凉怎么会知道布置了什么作业，坐在讲台边上的路和——就是白北北的前任同桌，把政治书递给祁凉，给他指了指上面画了线的一大段文字，说道："就这个。"

祁凉接过来看了眼，又还给了路和，说道："老师，我昨晚实在是睡得太晚了，能不能找别人代替我背啊？"

"不行。"政治老师拒绝了他的讨价还价，"难道你考试还能找人代考？不背就抄写吧，十遍，回去抄！"

祁凉没再说其他，回到了座位上。

被这么一打岔，本来政治老师例行的提问时间就耽搁了，她看了眼钟，直接开始讲课。

苏桃翻开课本准备记笔记，后背被敲了敲，她转头一看，是一本崭新的政治书。

她不用问都知道是祁凉让她帮着抄，然而迫于大佬的淫威，她不敢不从，只好靠在椅背上，小声跟他说："我有书，下课帮你抄。"

后面的人收回了书。

苏桃还没坐好，祁凉又敲了敲她的肩膀。

她不知道祁凉又有什么事情，偏头一看，他修长的手指捏着粉色的棒棒糖，修剪整齐的指甲还带了健康的白月牙。

棒棒糖和她之前给他的是一个牌子，一个口味。

苏桃一愣，心虚地看了眼讲台上的老师，一把将棒棒糖拿过来丢进桌膛。

大佬竟然给报酬了。

政治课过得沉闷又飞快，一下课班级里立刻炸开了锅，闹腾腾的。

苏桃没动，帮着祁凉抄知识点，头顶忽然蒙上一片阴影，周围的声音明显小了下去。她抬起头一看，是高程。

高程带着自信的笑容站在苏桃桌边说："苏桃，月考之后来看我比赛吧。"

苏桃不想理他，他一个人继续往下说："是学校的篮球赛，你去给我加油，我就能给学校争光。"

意思是输了就赖她？

苏桃冷漠地回道："不去。"

高程还想说什么，白北北在后面跷着二郎腿，揉了个纸团砸他："你烦不烦啊，桃子都说了她不去。再说了，就算她去也不给你加油，肯定是给我们凉哥加油啊。"

高程脸色一变，看了眼趴在桌上睡觉的祁凉，冷冷地说："他不是不去吗？去了也不一定有我打得好。"

白北北不知道他哪里来的自信，都震惊了，他难道不知道祁凉之前是重点高中篮球校队的吗？

"你打不过重点高中，他们学校有职业篮球队的人。"祁凉不知道什么时候醒了，理了理睡乱的头发，说了句中肯的话。

但高程听着就不舒服，大声问道："祁凉你怎么总和我作对？"

"你想多了，我就是看你不顺眼。"

高程不和他废话，重新看向苏桃说："苏桃，我会向你证明我的能力，我绝对不比祁凉差。"

他和谁比，谁输谁赢，苏桃都不在乎。

她撂了笔，没好气地说道："不去，我要参加历史竞赛，日期撞了。"

高程没想到这茬，只好作罢，不甘心地瞪了祁凉一眼。

祁凉拽了下苏桃的后衣领，冲她笑了笑，语调轻佻："凉哥给你拿冠军好不好？"

高程脸色一变，陡然紧张起来。苏桃知道祁凉是故意的，不想卷进他们两个的战争中，有些无奈地问："你不是不去吗？"

"你希望我去我就去，"祁凉说，"怎么样？"

有祁凉在，三中一定能一雪前耻，让其他两所高中刮目相看，就算是为了学校和班级荣誉……

苏桃握了握笔，轻声答应："好。"

高程气急败坏，他指着祁凉，看向苏桃说："苏桃，我一定让你知道谁才是三中的老大！"说完甩袖便走，带得旁边人书桌上的东西哗哗掉。

祁凉冷嗤："幼稚。"

苏桃幽幽盯着祁凉说："你也幼稚。"

祁凉：……

白北北在旁边附和："幼稚！"

第六章

1

那我还是男孩子呢，你不该珍惜一下？

sweet peach

白北北对这次月考还是比较有信心的，在苏桃的监督下，她平日里做卷子的正确率提升了不少，估摸着这次考试怎么也不会再在倒数的名次徘徊了。

她更好奇的是祁凉。

祁凉脑子聪明，天生对理科敏感，随便翻翻书就能过目不忘。也因为如此，他成为班级里最不着急的一个，一如既往地睡觉打游戏，白北北羡慕极了。

语文老师让学生们自己背一背，一会儿要考上下句，教室里一下子响起此起彼伏的背诵声。

白北北用语文书挡住自己，往祁凉那边挪了挪，问道："凉哥，你打算考多少名啊？"

已经是开始供暖的时候，暖意充斥了整间屋子。祁凉无精打采地撑着脑袋，带着困意"嗯"了一声，没太听清白北北的话。

学生们都在小声诵背，白北北以为自己声音太小，她提高音量又问了一遍，祁凉这才动了动眼睛，打了个哈欠，说道："差不多就行。"

他的这个差不多是指多少，白北北不清楚，但再问就是自讨苦吃，她老实挪回去，放下书专注背诵了，一会儿没写出来可是要罚写的。

过了一会儿，祁凉忽然问："苏桃能考多少？"

白北北往嘴里塞了根辣条，含混不清地说了句。祁凉没听清，她又重复一遍："她数学不行，会拉分，估计还是中上游吧。"

"哦。"祁凉心里有了数。

苏桃数学那个情况，可以把上字去掉，能保持中游不错了。

很快，语文老师就让大家把书都收起来，开始考试。

祁凉一动没动，等别人都快准备好了，他才踢了踢苏桃的椅子。

苏桃身体一僵，没搭理他。

他又踢了踢。

苏桃这才盯着前面的老师，偏了一点头，祁凉也往前凑近了一点，在她耳边说："我没有笔。"

声音懒洋洋的，呼吸擦过苏桃的耳畔，有些痒。

她蹭了蹭耳朵，从笔袋里拿出一支笔给他，祁凉很快拿了过去，没了声音。

老师已经开始说第一句诗词了，苏桃感觉到自己的椅子又被踢了踢。她写了一半被打扰有些烦躁，又怕来不及，后面几个字被她一笔带过，又靠上了祁凉的桌子。

她悄声："干什么？"

"没有纸。"

没有纸没有笔还写什么？再说白北北也有，为什么要跟她借？

老师已经开始说了第二句，苏桃没时间多理他，马上从自己本子上撕下一页，往后面丢过去，然后往前移了移自己的椅子，几乎是趴在书桌上默写了。

祁凉看了看手里的浅紫色水笔，又看了看飘下来的纸张，抿了抿嘴，拔开了笔帽。

考完以后，语文老师让前后桌互换批改。

赵洋已经拿到了白北北那张带了点油渍的纸，正低着头认真审卷子。苏桃不情愿地回过头，发现祁凉正在撕纸。

苏桃撕下那张纸的时候动作有点大，边缘参差不齐，祁凉将不整齐的边缘折下去一厘米压实，沿着折痕重新撕开，撕好后，他和苏桃交换了卷子。

苏桃拿出红笔，一看祁凉的卷子，字迹飘逸，跟医生写处方差不多了。

她努力辨认了几个字，还是看不懂，不敢茫然下笔批改。

语文老师溜达到苏桃这里发现她一脸困惑，低头问："怎么了？"

苏桃拿起卷子给语文老师看，语文老师很讶异，问祁凉："这草书……你练过？"

祁凉在苏桃卷子上画了几下，点头说："跟我外公学的。"

祁凉的外公是有名的书法家，收了很多弟子，对外以严苛出名，对自己的孙子倒是很慈爱，从小就教祁凉练字，也不用他每天写上十二小时，随心就好。当初祁凉的外公把自己写的几幅字摆在书桌上，问小祁凉要学哪种字体，小祁凉看都没看直接指向草书。

行云流水，大气磅礴。

得了外公的真传，这字自然比一般人要高出一两分。

语文老师对书法有些研究，她拿过苏桃的红笔帮着批改了一下，除了最开始的两句没有写，其他都是对的。她把卷子还给祁凉，说道："字写得不错，但是高考这么写卷面是不得分的，还是要写正楷。"

她对祁凉难得语气温和，祁凉"嗯"了一声，把卷子夹进没怎么翻过的语文书里。

语文老师看别人的去了，苏桃拿回自己的卷子，忽然被祁凉叫住。

"苏桃。"

苏桃心里一咯噔，不解地看着他。

"教我写字吧。"

"啊？"

"你的字好看。"祁凉说。

"不好看。"苏桃没怎么被人夸过，耳朵红了一点，"不过你要是想纠正字体的话，我把平时练的字帖给你带来吧，反正我也学不到精髓。"

她的字帖上也有她的临摹，说不定还有走神时的小绘画。

祁凉想得美，撑着下巴，眼睛黑亮，回道："好啊。"

白北北在一旁插嘴："我也要，我也要！"

祁凉的好心情瞬间低落下去，他嫌弃地推开白北北："你爸成天揪着你练字，你要什么要！"什么都想要，飞机坦克你要不要？

"我都练腻了啊！想换个别的字体新鲜新鲜。"

这玩意还能有新鲜感？

祁凉只觉得白北北是个高瓦数电灯泡，挡在他和苏桃之间碍事。

苏桃当然不会拒绝白北北，她抿着嘴角笑了笑："好……"

话音未落，赵洋抽出自己的一摞字帖放在白北北桌上，说道："我的可以借你。"

白北北愣了愣说："关你什么事？"

男生和男生之间有莫名的默契。祁凉和赵洋对视一秒，抢在白北北说话之前拍板："就这么定了，你用数学课代表的，苏桃的归我。"

白北北怨气满满，又不敢反抗祁凉，只能在桌子下面泄愤一样踢了赵洋的椅子。赵洋面无表情地转回去，在几人都看不到的情况下提了提嘴角。

苏桃搞不明白他们，就一个字帖而已，文具店里十块钱一本还一堆一堆卖不出去，不用这么抢手吧。

苏桃说到做到，第二天就给祁凉带来了字帖，祁凉翻开一看，大失所望。

他拧着眉毛问："为什么是新的？"

"当然要新的了，给你旧的不礼貌啊。"苏桃觉得祁凉的要求好奇怪，写过的字帖怎么可能再用，难道要自己在上面贴一层临摹纸吗？再说这不都一样吗？

祁凉无精打采地把字帖丢进了桌膛，过了一会儿又偷偷摸出来，在数学老师讲课正认真的时候，拿着苏桃那支浅紫色的黑笔翻开字帖描了几行。

月考前最后一节课是历史课，陶元亮知道他们按捺不住，索性留了时间自由复习。董明有先见之明，提前等在门口，见陶元亮说完，拿着《考试守则》进来。

陶元亮识趣地收拾了东西，拿着教案和水杯走到门口，忍不住抱怨两句："为什么我的课总排在最后一节，弄得这帮孩子上课都没心思，不是等放假就是等吃饭。"

董明挥挥手笑着赶他："你去问教导处去，我怎么知道？你看体育课总在数学课后面，数学老师什么时候有过怨言？"

陶元亮"嘿"了一声："那我还该谢谢你不占课呗。"

"我哪敢占你的课，等到时候历史考不好再赖我！你赶紧吃饭去！"

陶元亮笑了两声，哼着不知道什么曲子走了。

教室里又安静下来，等着董明训话。

这已经成惯例了。每次考试前她都要拿着翻烂了的《考试守则》来说那些车轱辘话，生怕一次不说就有人违纪，扣分事小，影响班级荣誉记入档案事大。

她老生常谈，底下同学各自干自己的事情。

白北北早就收拾好了书包，等着一会儿和祁凉逃掉大扫除。苏桃这次没有拦她，还包揽了她要干的活，只是嘱咐她不许去胡闹，玩可以，但要记得复习。

白北北满口答应。

她逃课是要去重点高中等路之遥下课，满脑子都是一会儿吃什么才能显得她淑女温柔一点。

她纠缠了那么久，路之遥终于肯看她一眼，承诺她这次月考成绩进步就考虑一下她。白北北都要美上天了，事情没成，她也不敢先告诉苏桃，怕苏桃说她不务正业。

白北北是真的有些兴奋，董明在前面说个没完，她在下面着急地动来动去，惹得祁凉都忍不住看她一眼，不耐烦地让她老实点。

"教室要装不下你了是吗，心思都在重点高中那小子身上了，恨不得马上飞过去？"

白北北嘘了一下，让祁凉小点声，别惊动苏桃。

"桃子虽然知道我喜欢路之遥，但一直没多问过。我知道她现在一心学习，一定是不赞同的。你别让她知道我去找他，不然非得跟我急。"

苏桃坐得端正，手里拿着笔不知道在写什么。棉服外套被她脱下，从后面能够看到她颈后一小块白皙的皮肤。

祁凉的目光在那块皮肤上停留几秒，移开，又落在白北北婴儿肥的脸上，随手拿起书敲了下白北北，问道："怕她说你三心二意，不安心学习？"

他敲白北北可是丝毫没有留情，一声敲下去，整个教室都安静了。

董明平地一声吼："祁凉，你还敢欺负自己班同学了？"

祁凉心想：就打一下，也不重，怎么就欺负她了？

白北北也是戏精，听到董明的骂立刻委屈了，好像祁凉是真的在欺负她一样，周围人虽然知道他们两个人的关系，但看祁凉的眼神也免不了变了几变。

打女孩啊……对自己人都这么狠，可见一斑。

祁凉还拿着书，百口莫辩，恨不得真的揍白北北一顿，这个得寸进尺的臭丫头，真是平时对她太好了！搞得苏桃都皱眉瞪着他，一副他是恶人的模样。

白北北狡黠地笑笑，得意地晃晃脑袋。

祁凉辩解道："我没有。"

苏桃知道他们是小打小闹，但那一声实在是太响了，听着就很疼。苏桃担心地看着白北北，怜惜地摸了摸她的头，好像他拿的不是书是砖头。

白北北不解释，还变本加厉，捂着被打的地方委屈地说："我没事。"

祁凉觉得白北北这演技简直都可以拿个奖了。

他不是随便认栽的主，既然白北北不仁就不能怪他不义。他举起手，

为自己申辩："老师，我是在帮你教训她。她上课不听，早早就收拾好书包要跑，你看她桌子干净的！"说完，对着白北北一挑眉。

董明果然一眼看到白北北什么都不剩的桌子，怒气转移到她身上："白北北！你放学留下不许跑，把窗户擦完以后再把垃圾倒了，最后再走。我不定时来检查，要是先跑了，我就给你家长打电话。"

白北北欲哭无泪。

董明明察秋毫没有放过祁凉："祁凉你也是，非得用暴力手段解决问题吗？有什么事可以直接跟我说，白北北要跑，你不跑？你那桌子也挺干净。"

祁凉的桌子一直都没什么东西，他上学笔都不带，整天背个空书包，装样子也不尽心。

这种情形下祁凉当然不能说自己要跑，他只能解释道："我是提前收拾好，为了下课多干点活。"

"那正好，"董明指了指角落里的扫帚，"你个高，拿着那个把顶棚的灰和蜘蛛网扫下来，等我检查完才能走啊！"

最后的结果是两败俱伤，谁都没能跑掉。

苏桃把抹布蘸湿拧干递给白北北，白北北站在窗户前第三次叹气。要不是祁凉，她现在就在重点高中门口拿着奶茶等路之遥了。

苏桃也只能安慰她："好啦，快点干完就能走了。"

白北北吸吸鼻子，叹气道："你扶着椅子，我上去。"她一脚踩上椅子，往上一借力，上了窗台。

祁凉坐在位置上没动弹，白北北擦完一面窗户累得胳膊酸疼，转头见到他玩着手机怡然自得的样子就来气。她扯着苏桃的衣服喊："你看他，偷懒！"

苏桃管不了祁凉，抿抿嘴说："少说几句吧，你头还疼吗？"白北北以为她是关心自己，没想到她的下一句是，"别本来就不聪明再打得更傻了。"

白北北哭号着："你不是我的桃子，我的桃子不会开玩笑的！"

苏桃难得笑弯了腰。

女孩为了方便把一手就能够握住的头发扎成了一个小鬏，干活的时候蹭落了几绺搭在脸颊，眉眼弯弯，是真心实意的开心。

祁凉看着她这样子，忽然想起他第一次见到苏桃的场景，好像也是这样欢脱可爱，笑容比阳光还明媚。

他一时间愣了神。

苏桃笑够了直起身子，和祁凉直白望过来的目光相撞，笑容僵在了嘴角，面无表情转回去擦窗户。

祁凉一脸无语的表情。

中途陆天他们来找祁凉，却直接被祁凉揪进来当苦力，悲催的两个人此时无比羡慕高三的吏遥，不用给自己班级打扫，也不用给别人班级打扫，坐在教室对着卷子无比幸福。

垃圾桶最后倒，苏桃想陪着白北北去，被祁凉拦下了。他把扫帚甩给别人，自己坐了一下午，似乎是有些过意不去，便承包了垃圾桶，在太阳西落的时候拎着装得满满的垃圾桶出去了。临走前，董明来看了一眼，对他们打扫的成果很满意，让班长用班费给每人买了一瓶水。几个人拿了水，开始收拾自己的东西准备回家。

白北北早就收拾完，拎上书包就可以走。她干了一天活，累得不行，一口气干了一整瓶水，完全忘记了原本要做的事情，一心只想约苏桃去校外吃麻辣拌，然后回家准备明天的考试。

苏桃答应了，收拾得却很慢。

白北北看着她从桌膛里一件一件拿出东西，问道："桃子，你不能一次性拿出来吗？再去晚一点店里人就多了。"

"好。"苏桃加快了速度，几下收拾完，一拎起书包，差点因为重力摔在地上。

白北北连忙扶住她，学着董明平时的样子问道："让你买那么多练习册，你说你做了吗？"

"做完了，所以这次要拿回去几本。"

白北北觉得自己问得多余。

两人刚要走，班长站在她们面前，递上了一瓶水。

白北北往前一步护住苏桃，不解地问道："班长，你这是？"

班长知道她误会了，摆摆手解释："祁凉还没回来，我着急要去补课，能不能麻烦你们两个等他一会儿，把水给他？"

"陆天他们呢？"白北北不知道他们跑到哪里去了，她想到自己的麻辣拌，估计是吃不上了，叹了口气，接过了水。

"行，你走吧。"

班长感恩至极，背上书包转身跑了。

白北北恍然大悟道："他是怕凉哥吧？"

苏桃没说话，转头看了看祁凉空空如也的书桌，皱着眉望向窗外，说道："他怎么去了这么久还没回来？"

"掉垃圾堆里了？"

这时，门口"哐当"一声，祁凉拎着垃圾桶大步流星走进来，把垃圾桶放回原位。他的校服系在腰间，大冬天只穿了一件黑色长袖，虽然单薄，但看起来又精力旺盛。

虽然苏桃看着只觉得冷。

祁凉淡淡地扫过白北北："真抱歉，没能如你所愿。"

他朝苏桃伸出手，苏桃一呆，看到他手心沾了些黑渍，低头从书包里拿出一张湿巾递过去。

湿巾带着淡淡的香气，祁凉用它擦了擦手，然后把黑漆漆的湿巾丢给了白北北。

"凉哥你不是人！"

祁凉越过她们拿过自己的书包，往肩上一甩，又甩了白北北一脸灰。

白北北把水揣在自己包里，气恼地说："我决定不给你这瓶水了。"

"你给，我也不喝，怕沾了你的傻气明天考试读不懂卷子。"

"桃子你看这个人是不是很小气！"

苏桃抿着嘴笑，为了表示维护她小心地戳了下祁凉，说道："你别总欺负北北。"

轻轻一下像戳在祁凉心里，他愣了下神，"喊"了一声："你就护着她吧，当豌豆公主一样护着，捧着怕掉了，含着怕化了，最好能给她供起来，拴裤腰带上。"

白北北敏感地意识到祁凉话里话外的酸气，奇怪，怎么吃了一颗柠檬糖就变成柠檬了？

苏桃没想到祁凉会说这么一长串，无奈又好笑："北北是女孩子啊。"声音软软的，也不是真的责备他。

"那我还是男孩子，"祁凉倚在桌上侧头看苏桃，"你不该珍惜一下？"

苏桃愣住了。

白北北已经在旁边要吐了："妈呀，这还是我霸气俊朗、威震一方的凉哥吗？老天爷你对他做了什么？"

话说完祁凉自己都浑身不舒服，果然陆天那一套他学不来。

他清了清嗓子，看在白北北刚刚夸了自己的份上勉强原谅她，大手一挥，说道："走啊，请你们吃饭。"

白北北高兴地说："好耶！桃子走，我们吃垮那家麻辣拌店！"

苏桃心想：祁凉是养了一堆吃货吗？

考试分两天，第一天考语文和数学，第二天考英语和文综，除了文综不分 A、B 卷，其他和高考模式一样。

苏桃成绩中等，分到的考场里也都是和她水平差不多的，大家基本上都安安静静答题，没出什么岔子。

白北北和祁凉分在最后一个班，差生聚一起，上面还有摄像头，抄袭也难，虽然监考老师来了就开始看杂志，一场考试过去头都没抬。

语文简单。

白北北有基础，又在苏桃的监督下背了诗，除了文言文阅读有些困难，连作文都编了八百字。她轻松答完所有题目后时间还有大半，她咬着笔看前面老师低着头，摸了摸自己的脖子。

看着就累。

祁凉坐在前面，开考的时候就在睡觉，现在也没起来，估计是打算放弃语文了。

白北北无聊地晃着腿，想着中午吃什么，期盼时间快点过去。

终于打了下考铃，白北北第一个冲上去交卷，飞一般跑到苏桃考室门口等她，和她挽着手一起去食堂打饭。

卷子收得差不多了，监考老师查了查，少了一份，她看了眼第一排睡觉的学生，敲了敲他的桌子，提醒道："同学，交卷了。"

祁凉这才睡眼惺忪地起来，把答题纸交给老师，出去的时候路过垃圾桶把卷子纸丢了进去。

老师见怪不怪，拿着他的答题卡回到讲台，忽然愣了愣，她想错了？这孩子竟然不是吊车尾中的一员？

答题卡上写得满满的，作文也很有文笔，能够看出能力。

她多注意了一下名字。

高二（3）班，祁凉。

哦，重点高中转来的那个总惹事的。

她把卷子放在底下，没了兴趣，也不是什么好学生。

中午吃完饭还是可以回自己班级待一会儿的，白北北脑力消耗过大，一连吃了两碗饭，直撑得慌，她拉着在看数学书背公式的苏桃聊天："桃子你别看了，数学有什么可看的。"

苏桃数学不行，唯一靠的就是死背公式往里套。不过白北北说得也有道理，她背完进考场也记不住，只能尽人事听天命。

赵洋回来拿东西，看到苏桃翻开的数学书，给她提了个醒："选择题可以蒙一下，答题把步骤写上，抄题干里的数值内容也能得点步骤分。"

这已经是最适用学渣的了。

苏桃点头记下。

下午考试时，数学卷子不算难，前面的苏桃还能做几道，后面的大题就不太行了。她在每个图形上都做了辅助线，写上"解"字，随便编了几个步骤，从题干扒出点内容抄了抄，熟练得令人心酸，不到四十分钟就答得差不多了，为了拖时间故意在最后一道大题上消磨。

监考老师正好是陶元亮。

陶元亮随身带着个紫砂壶，翻着数学卷子看，偶尔喝两口茶，也不知道他能不能看懂，过了会儿又开始下来巡视。

走到苏桃身边的时候，他停了下来。

苏桃笔一顿，瞬间紧张起来，一时不知道该如何下笔，原本会的题忽然也不会做了。

陶元亮停留了很久，明显在看她的卷子。他弯腰看了好一会儿，忽地叹了口气，摇摇头，回到了讲台上。

苏桃：……她心态要崩掉了。

打铃的时候，苏桃格外心虚，第一个起来把答题卡交给陶元亮准备走。陶元亮叫住了她，让她帮忙收卷，顺便站到旁边说几句话。

"课代表，你这数学也太不行了啊，高考拉分怎么办？"

苏桃无措地搓了搓手，说道："我会努力尽量不影响成绩。"

陶元亮一边查着卷子，一边说："是，努力是一方面，但你这个基础太差了，初中你就没怎么听课吧？"

不愧是老师，一眼看穿。

"要不然这样，我外甥学习不错，尤其是数学，让他给你补补课？"

"不用。"苏桃连连推辞，感觉陶元亮不当老师可以干销售。

"没事，都是一家人，你那个……"陶元亮话没说完，教室外面其他老师拿着收好的试卷叫他了，他应了几声，忙说，"来了，来了！我之后再跟你谈啊……来了，来了！"他急忙收拾好卷子出去了，又匆匆折返回来把讲桌上的紫砂壶带走。

苏桃现在非常好奇这个外甥到底是何许人也，能让陶老师总是提起，三句不离。再说，这个一家人……是从哪里得来的结论？

陶元亮夹着一摞试卷走出教室，一眼瞥到站在窗边没个正行的某人，不顾其他老师在场上去就踢了一脚，吼道："你给我站好了！"

祁凉拍拍裤腿上的脚印，不情愿地站直了一些。

苏桃出了教室发现白北北不在，她正奇怪着，眼角瞥到了站在一旁的祁凉。祁凉没穿校服，手里还拎着书包，一脸不耐烦。

苏桃回头瞄了眼教室，没什么人了。

不会是……等她的吧？

正好，祁凉丢了根棒棒糖给她，问道："这么慢？"

苏桃接住糖，明知故问："你怎么在这儿？"

"不想见我？"祁凉眉梢微挑，仿佛苏桃点个头他就会按着她的头在地上摩擦。

苏桃把头晃得直晕。

祁凉笑着屈指弹了她的额头，说道："走吧，白北北在学校外面等你。"

苏桃在他后面亦步亦趋，不解地问："她怎么不自己来啊？"

祁凉瞅她一眼，高冷地吐出两个字："有事。"

白北北能有什么事？

白北北有什么事，苏桃跟着祁凉到了奶茶店就知道了。

他们走到校门口，隔着贴得五彩斑斓的玻璃窗就看到白北北挥着手臂，

动作夸张不知道在说什么。她对面还坐着赵洋和徐婧，两人表情无奈，一副被迫坐在那里的样子。

奶茶店门口的风铃响了响，苏桃一进门立刻被白北北拉了过去："桃子桃子，你最后一道大题的答案是多少？"

苏桃没想到她是问学习的事情，一看桌上，除了两杯奶茶就是三张卷子。

苏桃有些欣慰，白北北主动问问题，说明她这段时间的督促起作用了。她拿出试卷来，说道："一……"见三人齐齐看向她，苏桃迟疑一下，补了个"吧"。

白北北有些挫败地说："我得了零点五，赵洋得了三分之二，徐婧得了零点二，路之遥得了三。"

五个人五个答案……

苏桃反应过来，问道："路之遥？"

白北北磕巴了一下："就，就是我们讨论不出结果，我问了他一下，他不是学霸吗？"

见苏桃怀疑地打量着自己，白北北故作镇定地说："桃子，你这是什么眼神，你不信我？"

苏桃摇头："没有。"

她也知道自己说什么白北北都不会听，命中注定要和那个渣男有牵扯，她就只能尽力减小路之遥对白北北的伤害。

祁凉拿着两杯饮料过来，白北北不放弃地继续问他："凉哥，最后一道题答案是多少！"

祁凉简单回想了一下，随口道："二十九。"

众人蒙了。

但看他的神情也不像是认真的样子，白北北嘲笑道："你肯定错了，数学大题哪有几道得数这么大。"

祁凉也不在意，耸耸肩，把其中一杯粉色的饮料递给苏桃。苏桃愣住了，接过来一看，蜜桃多多，是她喜欢的口味。

徐婧闻到了八卦的味道，于是问道："祁凉，你怎么知道苏桃喜欢喝什么？"

祁凉从旁边桌子边拉了把椅子过来坐下，淡定地说："白北北说的。"

白北北疑惑，心想：我说过吗？可能吧，反正我也记不住，凉哥说什么就是什么。

没打听到八卦的徐婧失望地缩回座位，真可惜，她还以为能发现大佬的小秘密。

白北北喝了几口奶茶，想起来他们的正事，一拍桌子问道："所以这道题到底得多少？"

赵洋把卷子叠好放进书包说："等老师讲课的时候就知道了。"

白北北兴致大打折扣，垂下头拿过苏桃的卷子和自己的对起来，没过几分钟，她皱着脸抬起头说："桃子，你这……也写得太敷衍了。"

苏桃扯过卷子胡乱塞进书包里，脸颊浮起一抹薄红，不好意思地说："瞎写的。"

祁凉轻呵一声，好笑地看着她，立刻收到了苏桃恼怒的瞪视。

他含着笑，随手摸了摸裤兜，没摸到糖盒，舌尖扫过口腔，习惯了薄荷糖的存在有些寂寞。

见他站起身，白北北问道："凉哥，你去哪儿？"

"买糖。"

风铃声清脆，丁零儿声。

徐婧觉得好奇，问出了她很早就想问的问题："祁凉为什么那么频繁吃糖啊？"

"他以前抽烟啊，最近可能要戒烟，就拿薄荷糖压，"白北北想了想，"这算是以毒攻毒？"

"哦。"徐婧点点头，见白北北咬着珍珠跷着脚，心情不错的样子，又问了句，"那他当初为什么要打方平成啊？"

"谁？"白北北不记得，苏桃却记得这个名字，她下意识一缩，惊得白北北瞅她，"怎么了？"

苏桃挤出一抹笑："没事。"

白北北便没多想，徐婧看了看周围，往前一点压低声音："就是重点高中那个学霸啊！被打成傻子的那个，什么仇什么怨能打成那个样子啊……"徐婧单听传闻就已经觉得很可怕了，所以祁凉转到他们班的时候，她一直都小心翼翼，后来感觉祁凉不像是随便发脾气的人，才逐渐放松下来。

白北北也想了起来，一向吊儿郎当的她难得变了脸色。她看了眼苏桃，把脚放下，嘴里却说："没事，看他不顺眼。"

徐婧缩了缩，不顺眼就打成那个样子，自己以后还是继续谨慎一点吧，万一不知道哪里惹到祁凉，就晚了。

苏桃记得方平成这个名字，不是因为他被祁凉打，而是曾经方平成欺负过她……虽然没有侵犯清白，但拍了很多不堪入目的照片，甚至还以此威胁了她一段时间。

她从来没敢把这件事情告诉白北北，后来听说方平成在高考前出了意外，成了傻子，也算是报应。

苏桃注意到白北北看自己略有躲闪的眼神，心里沉了沉。

苏桃不傻，一段时间相处下来，知道祁凉不是那种不讲理的人，他真的会因为看谁不顺眼就把人打成那样吗？结合曾经的一些事情，苏桃心里基本有了猜测。

徐婧坐了没一会儿就要回去了，赵洋也要回家复习，两人结伴去了公交站。

他们走了，苏桃才犹豫地问出自己的猜测："祁凉他是不是因为要帮我才……"

玩着手机的白北北手一顿，故作轻松地说道："不是，要说也是因为我。"

苏桃却从她脸上看出一点僵硬，白北北在苏桃面前很少说谎，她这样

子让苏桃更确定了自己的猜测。

"方平成说我什么了？是不是说我命里犯贱，是个男的都想上，是个……"

苏桃的嘴被白北北捂住了，白北北皱着眉毛，把手移到苏桃肩膀上抱住了她："桃子你知道啊？你别理那些话，那些人嘴巴就是欠，脏死了！"

曾经方平成还骂过更难听的。

再提起来，苏桃心里反而没那么害怕，也没有太大的波澜了。

少年人的恶意往往比成年人还要可怕，他们不觉得自己做错了什么，也不认为所做的事情会对别人造成怎样难以弥补的伤害，他们只觉得好玩，尽兴，转头就会忘记。长大后成为别人眼里的社会精英，除了当初遭受痛苦的人，没人会记得。

苏桃拍拍白北北的头说："没事的，方平成不是遭到报应了吗？"

白北北闷声闷气地说："那是凉哥厉害。"

"嗯。"

这个倒是真的，没有祁凉，苏桃一定还会经历和以前相似的事情，虽然她不会坐以待毙，但受伤什么的还是免不了。

白北北偷瞄了一眼苏桃的表情，见她确实没有伤心难过的样子，才勉强松了口气。白北北不敢告诉苏桃当时祁凉他们去找方平成时他还说了什么混账话，还想对苏桃做什么龌龊的事情。陆天跟她复述的时候，她恨不得把方平成的氧气管拔了。

这样的人就算真的是个学霸，以后也会危害社会，说不定还是个变态！

白北北一想到方平成就恨得牙痒痒。

这么小的年纪怎么会有那么恶毒的心啊？

祁凉推门进来，一眼就看到她们两个抱在一起，再亲密不过。虽然女生之间这样做很正常，其他桌的女生也有牵手挽胳膊的行为，可他看着她们两个这样就是奇怪，再联想到苏桃留着白北北短发时的照片，一个危险

的想法冒出来，惊得他一抖。

白北北也注意到他，拎上书包牵着苏桃过去，说道："凉哥，你回来了，那咱们走吧！"

"啊……"祁凉咬碎嘴里的糖，让自己清醒一点，苏桃之前还和高程告过白，应该是不会的。

苏桃觉得祁凉看着自己的眼神有些怪异，微皱眉头，问道："你干什么这么看着我？"

祁凉撇开头，胡扯道："你好看，行吧？"

苏桃：……

第七章

你要去看祁凉打篮球？

苏桃做了一个奇怪的梦。

屋子狭小昏暗，里面放了很多不用的废旧体育器材，地上一层厚厚的灰尘，她摔倒在地上的时候激起灰尘阵阵，咳个不停。

方平成的脸隐在黑暗里，她看不清他可怕的面容，只能护住自己尽量往后躲，捂住耳朵不去听他口里的辱骂。

门口放风的人疾步跑进来，在方平成耳边说了什么。骂声戛然而止，他脸色明显一变，甚至可以说是惊惧，整个人开始震颤起来。

苏桃听不清他们说话，只顾着本能地躲避，都快要把自己塞进器材的缝隙里了。

门突然被打开，一个高大的身影出现在门口，从窗口透进来的稀薄阳光直直照在他身上。苏桃眯了眯眼睛，还是看不清。

屋里骤然安静下来，方平成一看到那人立刻瑟瑟发抖，其他人能跑则跑，可那人也没去追，而是直接大步走到有点精神恍惚的苏桃面前。

眼前一片黑暗，她的嗅觉和听觉却格外灵敏。

苏桃能听到方平成的求饶声，也能闻到眼前那人身上的薄荷味道。

冰凉却沁人心脾。

……

苏桃被闹钟扰醒，她努力睁开疲倦的双眼按掉闹钟，重新躺回床上，闭着眼，却怎么都想不起来梦里的详细场景，只觉得浑身疲惫。

成绩很快就出来了，班长拿了成绩单回来，班里的人一窝蜂围上去找自己的名字，时不时从人群里发出几声哀号。

白北北也凑了回热闹，兴冲冲回来，双手拍在苏桃的桌子上，吓了苏桃一跳。

白北北兴奋地说："桃子！我考了班级四十多名！我终于不是倒数了！"

苏桃也为她高兴："真棒！要保持啊。"

"嗯！"白北北看了眼苏桃在做的练习册，"我也看了你的，第二十六名，年级榜第二百九十九名。"

苏桃的数学虽然拉了分数，但这段时间她一直用心学习，多少还是有所提升的。她不骄不躁，点了下头，继续做题。

白北北伸手扒拉了一下赵洋，说道："你挺厉害啊，班级第五。"

赵洋最近看不清黑板，新配了副眼镜，戴起来更加斯文。他推推眼镜，没有太大的惊讶："其实可以考得更好的，我数学最后一道题错了。"

"我也错了，"白北北说，"刚才从徐婧那回来，她也错了，桃子你肯定也错了。"

苏桃不明白为什么自己也错了。

白北北把手放在苏桃的肩膀上，顺势坐在了祁凉的位置上，问道："凉哥去哪儿了？一上午没见人。我强烈怀疑他背着我学习了！他语文竟然一百四十八分！比桃子你还高一名！"

"打篮球去了吧。"苏桃向窗外望了眼。

教导主任还挺重视这次篮球比赛的，反正放他们在教室也不学习，不如让常年"生病"的体育老师拉着他们去篮球场练球。

白北北问道："哎，下节课是不是体育？"

赵洋给兴奋的白北北泼了瓢冷水："一定会被占用的，就咱班这次的成绩，等着老师发火吧。"

说曹操曹操就到。

董明不声不响地出现在教室门口，白北北跟耳朵装了天线一样听到她掩在学生讨论声中的脚步声，嗖地回到自己座位，趴低身子装作学习。

前面围着成绩单的同学有感觉后背发凉的，回头看到沉着脸的董明，也都噤了声，赶紧回自己位置上了。

很快班里就敛声息语，等着暴风雨的来临。

董明拿起成绩单走上讲台，把成绩单和教案一起摔在讲台上，眼神凌厉地扫过每一个人，恨不得在每人脑子上开个口子看看里面装的都是些什么。

"一个个都以为自己可厉害了是吗？看没看到你们考的那个样！整天都干什么呢？英语那么简单的题，咱班上一百二十分的有几个？上课都听什么了？还有那数学，数学老师都说了题跟白给的一样，都闭着眼睛答的题？还有那政史地，就上课说话来劲，你们有劲怎么不往试卷上使？看看你们写的那都是什么！"

路和听着董明训话偷笑，被发现了。

"你笑什么笑？你考的那是什么玩意？白北北进步那么多，高程还提高一名，怎么就你好像粘在底下了？你现在是咱班倒数第一知不知道？心里能不能有点数？换座的时候你别动，就在这儿待着，我看你能不能用心学。"

等训得差不多了，上课铃声也响了，董明拿起教案一边往教室外走，一边说道："体育老师有事，这节课自习，都好好反省反省自己错哪了！"她顿了顿，"苏桃，你出来。"

苏桃抿了抿嘴，猜不到董明要干什么。

白北北小声安慰她："没事，你进步了，她不会说你。"

苏桃点点头，收拾好桌上的东西出去了。

董明把苏桃带到了办公室。

办公室里还有几个老师在做自己的事情，董明对面的位置原本是空的，现在有个学生坐在那里，见有人进来才拿起笔装作一直写字的样子。

那人一看到苏桃，讶异地挑了下眉毛，转了转笔，笑了。

董明看祁凉笑就来气："你看什么？你检讨写完了吗？"

桌上就一个本子摊开来，上面只有三个字"检讨书"，一看就是没认真写。

祁凉无所谓地耸耸肩："这不思考怎么改吗？"

董明从鼻子里哼出声："就你废话多，觉得自己可能耐了是吗？数学卷子就把最后一道大题写了，怎么其他题太简单你不屑做吗？赶紧写！放学前交给我。"

"哦。"

董明又转头看向苏桃，神色温柔了不少。她先喝了几口水，润了润刚才说干渴的嗓子，然后拉过椅子让苏桃坐下。

"苏桃啊，老师看了你这次成绩，进步了，还不错，就是这个数学成绩……你没有什么想法吗？"

董明见苏桃没说话，语重心长地说："你之前那个事情吧……老师也能理解，都是这个年纪过来的。你住院休学半学期也没影响学习，老师也很欣慰。但你看啊，你语文、文综都不错，要不你也不能选文科对吧？英语是薄弱一点，但这次考试也提高了，之后再好好学，也能提高不少。就差数学，偏科太严重了，这高考多吃亏啊！"

董明苦口婆心说了一大段，可苏桃一直垂着头不说话，她有点恨铁不成钢，说道："你把数学卷子抄十遍吧，就在我这儿抄，写完再回家。"

苏桃默默应了，回教室拿东西，再回来时董明已经去听课了。

她坐在祁凉对面，把自己的东西一一摆好，开始抄卷子。第一道题她还没抄完，祁凉就撕了张纸揉成团丢给她。

苏桃把纸团拨到一边，没理。

"嗖"的一声，又是一个纸团，落到她的本子上，苏桃再拨开，他又扔。几次反复，苏桃终于忍无可忍放下了笔，她看了一圈周围专心工作的老师，低声说："你能不能老实一点？"

祁凉跷着腿说："脾气挺大啊。"

苏桃往里面挪了挪，斜了他一眼。

祁凉舔唇笑了声。

苏桃恐怕不知道，敢这么直接对祁凉发脾气的只有她，白北北都只敢随便开开玩笑。不过，她这样子比平时只知道闷头做题可爱多了，他也就忍不住多逗了几句。

"我数学好。"祁凉嗓音慵懒，玩着笔。

"关我什么事？"

"我可以教你啊。"

"不用。"苏桃想都不想就拒绝，就做了一道大题还好意思教人？

祁凉也不强求她，笔转得飞起，点点头说："行，到时候别求着我叫爸爸。"

你想得美。

苏桃偏过头去不看祁凉，继续抄着枯燥的数学卷子。祁凉也不磨叽了，他熟练地写完检讨把本子丢到一边，肆无忌惮坐在椅子上玩游戏，还打开了游戏音效。周围的老师听到声音看了过来，又摇摇头失望地转回去，没管他。

苏桃有些心烦，随手捡起手边的纸团丢过去，说道："你小点声！"

祁凉身子往旁边一侧，避开了纸团，大拇指不离按键，小拇指按着音量键直到静音。

月考结束，老师都会把卷子讲一遍，一节课上完，学生们筋疲力尽趴在桌上，不想看自己糟心的卷子。

前一节是董明的英语课，英语卷子答得惨不忍睹，她心情不好，骂了半节课才开始讲题，到下课也没讲完一半。

白北北从早上开始就一直肚子疼，一直碍于董明的威严不敢动，老老实实忍了一节课，本想着下课就冲出去，董明却没有停下的意思。直到数学老师走进来，她再也忍不了，起身直直冲了出去。

"来这么早……"董明和数学老师打招呼，瞥见好似踩了火箭的白北北，骂道，"白北北给我跑慢点！走廊不能瞎闹！"话音未落地，白北北就跑没了影，她气得把教案摔在路和的桌子上。

路和一个激灵，心里求着赶紧换位置，他真的不想再继续在老师眼皮子底下为非作歹了。

数学老师和蔼地笑笑："小同学急着上厕所啊，可以理解。"她冲底下的同学挥挥手，"要去的赶快去啊，今天要讲的有点多，老师提前一点上课啊。"

数学老师深知他们求知若渴，特地牺牲自己的时间提前上课给他们讲卷子，本来要上厕所的一些人忽然不知道是走是留。

董明又跟数学老师交流几句，把教室交给她，走到门口停下来盯着班里，等班里学生都老实安静下来才离开。

数学老师拿起水杯喝了口水，走上讲台，说道："都安静啊，老师要开始讲课了。"

从办公室回来的苏桃习惯性想拿白北北的卷子帮她修改，一转头才发现没人。白北北去厕所也不知道什么时候回来，苏桃只好拜托祁凉找一下。

祁凉桌上放着一张纸巾，上面画了格状线条和黑点圆圈。苏桃瞟了一眼就知道是五子棋，他和白北北胆子也大，在班主任的课上还敢走神。

"祁凉，你能帮我找一下北北的数学卷子吗？"

祁凉还拿着苏桃上次借他的那支笔研究棋局，闻声放下了笔，低头在白北北的课桌里找了找，又在她书包里找了找，摇头说："没有。"

苏桃探头看了看，又不能自己过去找，只好转过身。

她没一会儿又转过来，问道："你的呢？"

苏桃说完，微微抿着嘴，莫名有点紧张。

祁凉眯了眯眼，干脆地说："扔了。"

意料之中。

苏桃把自己的卷子拿过来，说道："我的借你吧，要不然你和北北都没卷子了，一会儿老师提问就答不上来。"

数学老师上课喜欢提问，还喜欢按顺序来，中间的位置尤得她的青睐。

苏桃主要是为了白北北，顺便跟祁凉客气一下，祁凉也明白。他低头看了看卷子，觉得有点可笑，说得好像有卷子他们就会听课一样。

他把苏桃放在桌上的卷子往自己这里移了移，"哦"了声。

苏桃转了回去，和赵洋共看一张卷子。

她最近不单单散着蘑菇头，偶尔也会变着花样扎一下头发，露出精致的耳朵，耳垂粉嫩，没有打耳洞。在这个爱美的年纪，像苏桃这样朴素不着重打扮的女生已经很少了，但依旧胜过那些靠着外部粉饰的人。

祁凉一直知道苏桃是漂亮的，清秀不惊艳，但耐看。

苏桃的卷子也很干净，选择题、填空题都写上了，大题也画了辅助线。祁凉翻了翻，发现一件事，上面的字——汉字、数字和字母中间的空隙都被涂黑了，还都涂得很好，没有溢出边缘。

他有些忍俊不禁，苏桃考试的时候是有多无聊？

高程也在偷看苏桃，瞧见苏桃把卷子给了祁凉又气又闷。这要是坐在苏桃后面的是他，哪还能轮得到祁凉？高程始终有种莫名的自信，觉得苏桃现在不搭理他就是在欲擒故纵。

别人做这种事情他会嫌无聊，但苏桃这么做，他还挺乐在其中的。

白北北是踩着上课铃进来的，她敲了敲门，数学老师推了下眼镜，让她进来了，等她坐下，被打断忘了讲到哪儿的数学老师叫人起来答题："高程。"

高程怎么也没想到老师会从后面开始叫人，他斜站着，没个正行，懒懒散散地答道："不会。"

"我还没说哪道题，你就说不会，这给你嚣张的，不会还理直气壮！路和，你来说我刚才讲的那道题。"数学老师敲敲路和的桌子。

路和看了眼自己空白的卷子：……

祁凉转着笔，见白北北萎靡地趴在课桌上，低声问："你数学卷子呢？苏桃要。"

"在路之遥那里，"白北北有气无力地回答，"他说要研究研究咱们学校的题。"

祁凉并不在意卷子的具体去向，他就是随便一问，只是听到路之遥的名字的时候，不耐烦地"啧"了声："你还认真了？"

白北北瞅他一眼，说道："女生都喜欢学习好的啊。"

祁凉是真的不知道路之遥那种清高的学霸哪里吸引到白北北了，他冷笑道："都喜欢？"

恰好苏桃偷着转过来问白北北的情况，祁凉踢了踢她的椅子，问道："你也喜欢学习好的？"

苏桃奇怪地看了祁凉一眼，想了想才说："一般都不会讨厌吧。"学习好可以辅导自己学习，也会温柔讲解，才不会像他那样没耐心，动不动就要欺负她几下。

祁凉冷漠道："哦，是吗？"

"北北怎么了，不舒服吗？"

白北北摇摇头，瞥了旁边的祁凉一眼，冲苏桃做口型："大姨妈。"

苏桃看懂了，她把自己的保温杯拧开递给白北北，说道："喝点热水吧，下课给你买红糖。"

白北北接过来放到桌角，继续趴在桌子上，又觉得不舒服，从书桌里拿出两本书垫着打算睡一觉。临闭眼前，她跟祁凉说："凉哥，讲到最后一道大题的时候你记得叫我，我要不醒，你就锥刺股给我弄醒。"

祁凉把她衣服上的帽子扣在她头上："睡你的吧。"身体不舒服还想着学习，不知道的还以为她是一个特别刻苦的学生，不就是为了在路之遥面前显得爱学习一些嘛。

数学老师讲得意料之中的慢，一节课过去他刚刚讲完第一版，下课铃声伴着眼保健操的音乐响起，数学老师看了眼钟，说道："占用大家一些时间啊，继续看卷子。"

门口来了几个巡逻的学生，是来检查做眼保健操情况的，见教室里的学生都低着头，心里大概也有了数。数学老师冲他们笑了笑："你们先去检查其他班级吧，我再讲两道题。"

数学老师的两道题讲完估计整个眼保健操的时间都不够。

数学老师拿着卷子在黑板上写数字，说道："这次最后一道大题很有迷惑性啊，但是不难，三个班竟然只有一个人写对了。其实代入公式以后就很简单的，你看看你们写的都是什么？这道题我讲一遍，没听懂的话下课找祁凉去问。好了，现在看黑板。"

祁凉的名字一出来，全班视线都集中在他身上。苏桃没有回头，她想起之前在教师办公室里祁凉说的话……这人只做了一道大题还对了，为什么不全写？学霸任性吗？

祁凉散漫地抬起头，众人瞬间转回去看黑板。

大佬非凡人所及，还是不要看了。

祁凉视线淡淡的，抬脚踢了下白北北把她叫醒，白北北迷迷瞪瞪的，扭头又睡了过去。

祁凉翻了个白眼，还锥刺股，地震都醒不了。

临课间操集合前，数学老师才放人。学生们一窝蜂冲出去，怕迟到扣分批评。

数学老师说最后一道题简单，苏桃是一点都没听懂，什么 $f(x)$，什么 k 值，什么取值范围，苏桃深刻怀疑自己连方程都不会解了。

她就算记下了老师写的步骤，也一头雾水。

盯着卷子半天，她泄了气，默默转头看向身后逃了操的祁凉，心想：要问他吗？可是之前才拒绝了他的好意，他应该不会那么小气吧？

祁凉抬眼看到偷看的苏桃，扬起嘴角问道："偷看我？"

苏桃没有被发现的窘迫，她目光殷切，抿了抿嘴唇，试图放低姿态，小声喊："爸爸。"

祁凉差点被她的话闪了腰，他震惊地看着苏桃，半天才伸手探了探她的额头，又摸了摸自己的，这也没发烧啊？

窗外的音乐已经变成《运动员进行曲》，各班学生排成整齐的队列往回走。

祁凉说："你抽什么风？"

苏桃扯过他桌上的卷子，可怜巴巴地看着他，说道："教我最后一道题吧，我实在是听不懂。"

祁凉沉默两秒才说："其实，这题高考不会考，太简单了。"

他真的不是在影射她太笨吗？

看在还需要他讲题的份上，苏桃忍了。她双手合十，求人的样子做得非常到位。

祁凉瞧她这副生动的样子忍俊不禁，拿起笔敲了敲她的脑袋，说道："下次不用这么客气，叫哥哥就行。"

"好的，哥哥。"学习面前认亲算什么，苏桃清脆地叫了一声，比那声"爸爸"还致命。

祁凉手一抖，被自找的骚话吓得笔掉在桌上，滚了下去。

一上午白北北都在睡觉，吃中饭回来也直接趴下，看得出是真的难受。

苏桃回头看了看熟睡的白北北，拿起水杯出去了。她到超市买了红糖，用热水冲开给白北北带回去。红糖缓慢融化在热水里，她边走边晃，水渐渐变成红褐色。

快到教室门口的时候她慢下了脚步。

祁凉和纪末修站在班级门口说话，两人不知道在聊什么，祁凉脸上竟然也带了少许的笑意。

冬天阳光没什么暖意，薄凉却照样灿烂，照在人心里倒是暖烘烘的。

苏桃其实知道的，祁凉并不像外界传的那样可怕，他在她面前笑的次数就挺多的，虽然不是欠揍就是嘲笑她，但……人还不错。

要是讲题的时候，不总动手动脚敲她头就好了。

纪末修看到苏桃客气地打了招呼："苏同学你好呀！"他不像陆天那样嘴欠，爱套近乎，他明白祁凉对苏桃有明显不一样的地方，知道适当保持距离。

苏桃对他腼腆地笑笑算是回应。

祁凉倚在门边，单手插着兜，低头看她。

苏桃像没注意到祁凉一样，转身想要进教室，他没动，她就侧了身子。祁凉含着糖，装作不经意伸长腿拦住她的路。

苏桃微不可察地皱了下眉毛，喊道："让一下。"

祁凉仿佛没听到，继续和纪末修说话。

纪末修瞧了瞧逐渐气恼的苏桃，再瞧了瞧镇定自若的祁凉，心里叹气：祁凉竟然也会做捉弄女生这种事情了。

苏桃提高了声音："祁凉，让我进去。"

"就那数学老师讲得太慢了，好像在教小学生，几句话能解决的题非要拖个十分钟……"

"祁凉！"苏桃不仅喊了他的名字，还像被踩到尾巴多了毛的小猫，恼火地盯着他，微翘的眼角还真有那么几分威慑的样子。

祁凉这才分出眼神给她，一副不太高兴的样子，冷冷淡淡地说："看到我了？"

敢情是因为刚才她跟纪末修打招呼没理他？苏桃气得说不出话，又恼又无奈，多大人了这么幼稚。

祁凉微俯下身，靠近苏桃一点，小声问道："这么盯着我干什么？才知道你凉哥帅？"

苏桃抿着嘴继续瞪他，隔了一会儿冷静下来，才假笑着说："是，可帅了！帅得惊天动地、惨绝人寰！"她一脚踢向他的小腿，推开他跑进教室。

祁凉"嘶"了一声，揉着腿，这得下了多大力气，真疼。

纪末修接住倒过来的祁凉，嘲笑他撩妹失败："把小仙女逼得骂人，还动手了，凉哥你也真是……"

见祁凉眼神扫过来，纪末修求生欲爆棚，将"活该"改成了"牛"。

祁凉没法对苏桃撒气，只能给了自家兄弟一拐子。

纪末修笑着躲开，说道："不是，真的，哪有你那么跟小姑娘说话的，那不是流氓吗？谁会喜欢这种自大狂？要讲究说话的艺术。"

祁凉想起高程那傻子成天莫名自信的样子的确挺烦人的，于是问纪末修："我还需要艺术？"

纪末修看着祁凉那张脸沉默了，心里愤愤地抱怨了一下：仗帅行凶啊！不能忍，忍不了，可惜打不过。

苏桃气冲冲回到教室，发现白北北已经醒了。白北北没听到他们说话，但看苏桃这样子就猜到估计是祁凉又欺负她了。

"桃子，你别介意，凉哥就那么欠，他就跟熟人这样。"

谁跟他熟？

苏桃把火气压回去，让白北北喝了温热的红糖水。白北北几口喝完，皱了皱脸，红糖是糖，可真的有很浓的药味。

她重新趴下，跟苏桃撒娇哼哼："桃子，你说得对，这种疼真的太难以忍受了，你是怎么承受这么多年的？上辈子简直是折翼的天使！我不该背着你偷吃雪糕和辣条，活该受罪。"

苏桃好笑又心疼："以后别吃了。"

白北北吸了吸鼻子："嗯，我错了，下次还敢。

"不是。

121

"不敢了。"

白北北转过头去装睡，吐吐舌头，一不小心把心里话说出来了。

不知道是不是这次考试各科成绩都不怎么样，老师们上课前总要先敲打敲打他们才开始正式上课。

苏桃坐得笔直，全神贯注听着老师讲题，身后一个纸团砸过来，在桌子上滚了滚。苏桃一愣，迟疑一下才拿起了纸团放到课桌下，瞄了眼讲台上的老师才展开。

祁凉飞扬的字体写着："下个月白北北生日，我们给她办个生日会，你来啊。"

苏桃就知道，祁凉他们一定会给白北北庆祝的，她和白北北不可能有机会单独庆祝。她把皱巴巴的纸放到桌上，一笔一画写了回复，反手放到身后祁凉的桌子上。

祁凉打开一看，只有一个"嗯"，两个口因为连笔有些圆滑。

一个字都不多说。

祁凉跷着腿，靠在椅背上晃了晃，继续写：篮球赛你也来。

苏桃瞪着第二次丢过来的纸团气闷地放下了笔，他是真的不怕老师发现啊！这欠揍的语气，她都能够想象出祁凉本人说出来是什么样子。

她下笔重了些，又还回去。

苏桃："不去，我要去历史竞赛。"

祁凉："竞赛上午就结束了，别把我当高程那傻子。"

苏桃没来得及回他，又一个纸团丢过来。

祁凉："白北北肯定要给我加油的。"

苏桃画掉原来写的"不"字，改成了"去"。

祁凉攥着那张纸心情不爽。

哦，他让去就不去，白北北在就去，怎么她是白北北的爱宠？到哪里都要跟着？

祁凉把手里的纸团握紧丢进桌膛，盯着旁边睡得天昏地暗的白北北看了眼，气得用笔虚空敲了一下她的头。没几分钟，他又在乱七八糟的桌膛里找到纸团，展开压平到一个角都不翘了，才把它夹进了书里。

北方十一月开始供暖，在教室里都要脱外套，只穿着毛衣和薄薄的校服外套，有时候甚至要把袖子往上面挽一挽。家里却全然不同，供暖效果不好，还要早点打开电热毯，这样睡觉的时候才暖和一些。

主卧的门关着，苏父一如既往躺在床上玩手机，只在吃饭时出来，也没有问过苏桃的成绩，苏桃怀疑他根本就不知道考试的事情。

她坐在客厅里写作业，厨房门开着，冷风从窗户缝隙透进来，手冻得有点僵，她放下笔搓了搓手，活动下关节，拿起冰凉的手机准备查单词。

开门的声音传来，苏母拖着疲惫的身子回来，手里还拎着个袋子。苏桃闻声抬头，识别不出袋子里装了什么，勉强辨认出是几个长盒子。

苏母把袋子随手一放，裹着一身线香的味道走到桌边，看到她拿着手机，脸色不悦："都什么时候了还玩手机？你们班主任今天给我打电话了，发了成绩单给我，说你数学成绩不行。就你这天天玩手机怎么能学习好？跟你爸一个样！再玩我就把你手机给摔了！"

苏母身上线香的味道很浓，苏桃瞟了眼放在椅子上的袋子——她买了拜佛的香。

听了董明一顿训现在又要听苏母的，苏桃心里实在是有些疲惫。

她沉默地把东西收拾好，拿着手机回了房间，把次卧的门也关上了。她也没了学习的心思，索性把书包收拾好，爬上了床。

电热毯提前预热的暖意瞬间包裹住她，她往里又缩了缩。

成绩单发给了苏母，苏母却只听到老师说数学成绩不好，怕是根本就没有点开成绩单看。苏桃望着天花板，扯了扯嘴角，像是早就已经料到苏母会这个样子。

从小到大，苏桃在苏母眼里都是个不懂事的孩子，并不优秀，也不争气。

初中苏桃的成绩在中下游徘徊的时候，苏母就有心思让苏桃退学念中专，是苏桃倔强，死活不去才作罢。她考上高中那天，苏母特别高兴，给她买了块小蛋糕庆祝，说："没想到你考上了，挺好，要不然我还得想办法给你找个活干。"

那块蛋糕后来被苏桃放在桌上，一直没吃，直到坏掉她才扔了。

苏桃想不通自己到底哪里差，以前的成绩算不上很好，但也不是很差。其他成绩垫底学生的家长都在考虑怎么提高自己孩子的成绩，她的母亲却先帮她想好了退路，而她的父亲从来不关心她的事。

父母以前就是这样，一个自以为很称职，而另一个不尽责任，所以这段婚姻才走向终结，名存实亡的家庭才彻底破碎。

苏桃叹了口气，用被子严严实实裹住自己，闭上眼睛睡去了。

历史竞赛那天是周六，地点在重点高中。苏桃和白北北约好吃早饭，起得早了些，在父母还睡着的时候就出了门。

前一天晚上下了雪，地上铺了一层薄薄的白雪，一踩一个脚印。苏桃可能是小区里第一个出门的。为了美观，她特别注意脚印的方向，在一片白色中踩出了一排齐整的脚印。

两人去了城东的包子铺，早上店里聚集了很多学生，他们穿着重点高中的校服，留着相似的短发和寸头。

白北北在嘈杂声中凑近苏桃耳边，小声说："桃子，你看这儿像不像劳改所？"

苏桃用一个包子封住了她的嘴。

在别人的地盘说别人的坏话，也要注意一点啊。

白北北向来食量大，苏桃一个包子还没吃完，白北北就已经吞掉两个了。白北北吸着豆浆，看苏桃小口咬着包子，觉得她这个闺蜜真的是越发可爱了，以后谁能娶到苏桃这么可爱的女孩子，那人上辈子一定做了很多好事。

白北北在兜里掏了掏，拿出一个护身符放到桌子上。

"我这次考试不是不错吗？我妈觉得考大学有望，就领我去鹿取山上一所寺庙拜了拜，她还让我谢谢你。"

"谢我做什么，是你自己学习的结果啊。"

"没有你，我也不学习，是你监督有方，"白北北说，"'鹿取'不和'录取'同音吗？据说挺灵的，我就顺便给你也求了一个。正好这次竞赛能用上，得奖了请我吃饭啊！"说完又停下来，给她一个暧昧的眼神，"据说还能保姻缘。"

姻缘什么的就算了。

苏桃愣愣看着桌上红黄色的护身符，被豆浆的热气熏得眼红。她小心拿起来捧在掌心里，小声念叨："不一定能得奖呢。"

白北北一口干了剩下的豆浆，拿过盘里最后一个包子塞进嘴里，说道："嗨，我闺蜜肯定厉害啊！"

苏桃鼻子有些酸，她喝了口豆浆，用甜香浓郁的味道把心里的酸涩压下去。

"然后我生日的时候你用奖金买一身超级好看的衣服惊艳全场！"白北北想着那场景就开心，"哈哈哈，桃子你超棒的！到时候我再给你介绍路之遥啊！"

苏桃的笑容僵在嘴角，嘴唇逐渐抿成一条直线，她不想打断开心的白北北，又浮起一点笑意点了点头。

吃完饭，白北北就去找祁凉他们了，苏桃一个人进了重点高中的校门。

重点高中在前几年重建过，塑胶跑道和草坪都是新的，苏桃踩着还有些不太习惯。

她没等到白北北的介绍，先在竞赛现场门口看到了路之遥，他被几个人围着说话，女生居多。他脸上笑容灿烂，带着与生俱来的自信。

不得不说，路之遥的长相在学霸里真的算不错的了，但在苏桃心里，再好看也是豆腐渣。

她撇撇嘴，视若无睹地走开了。

哪里好看，还没有祁凉一半帅气。

出乎意料的是，她在场馆里看到了和其他老师进行业务交流的陶元亮。她知道陶元亮挺重视这个竞赛的，但没料到他会亲自来一趟。

苏桃上前打招呼："老师好。"

陶元亮瞧见苏桃就开心，他这个学生不穿校服更惹眼一点，乖巧又伶俐。他给苏桃介绍了重点高中的老师，她也一一打了招呼，大方得体。

重点高中的老师也夸道："你这学生不错，招人喜欢。"

夸两句陶元亮就翘了尾巴，得意地说："那当然，今年我们学校非得占个前三不可。"

那老师可能习惯了他这样子，跟苏桃抱怨："瞅瞅你老师这个得意的样子。"

苏桃抿着嘴笑。

竞赛的题并不难，苏桃本就对历史很感兴趣，正史野史都看过，凭着兴趣仔细研究和死记硬背终究不同，又刷了那么多的题，一时间竟然也和路之遥难分伯仲。

陶元亮在下面更得意了："看到没，我学生！"

旁边老师都不爱搭理他：知道是你学生，也不用这么炫耀啊，那不还有个路之遥吗？

苏桃最后还是和冠军失之交臂。

有一道题问的是当今什么疾病死亡率最高？她不明白这题为什么会出现在历史竞赛中，这不是属于医学类吗？她绞尽脑汁也判断不出来，只能瞎蒙了一个，输给了路之遥。

不过她已经满足了，来之前她想着拿个季军就已经很不错了，没想到还更上一层。

亚军的奖杯递到她手里，同时还有一千块钱的奖金。她拿着厚厚的信封开始盘算给白北北买什么生日礼物。

陶元亮也很高兴，非要苏桃去他家吃个饭，尝尝师母的手艺。苏桃哭笑不得，连忙拒绝，表示自己还有事情要做。

陶元亮寻思这小孩子还能有什么重要的事情，心里有些不乐意，忽然福至心灵，眼睛一亮，问道："你要去看祁凉打篮球？"

那是学校的篮球赛，就算是临时组的队也是校队，怎么就变成只为了祁凉了？

苏桃还是点了头。

说到底也是祁凉让她去的。

陶元亮恍然大悟道："那快去快去！给那臭小子……不是，咱们学校加油！"

纵然苏桃再迟钝也从他的态度和话语中觉察出什么，还来不及细想，就已经被陶元亮推上招来的出租车，一关车门往学校去了。

陶元亮这回倒比她还着急。

第八章

1

苏桃，我想护着你

sweet peach

　　苏桃到篮球场馆的时候，比赛已经结束了。

　　她站在一群又一群欢呼的人里，茫然无措的样子十分格格不入，更担心的是祁凉会不会因为她没来得及到场而误会生气。

　　大佬生气还是很可怕的，她不敢随意挑战。

　　苏桃在人群里挤来挤去找白北北，想着让白北北替她说点好话，她再服个软，这样一来，祁凉总不会怪她的吧？这属于不可抗力啊。

　　高程被自己的小团体围着，他冷眼看着不远处被簇拥着的祁凉，心里不爽。

　　水瓶被捏得扭曲，发出"咔咔"的声音，他却恍若未闻。陆婷佳怕是这些女孩子里仅剩的愿意分出目光给高程的人，她放下架子给高程送水，高程却仍旧不领情，气得陆婷佳心里怨骂。

　　活该被碾压！

　　高程被冷落，孤零零盯了许久，转身丢了水瓶。那瞬间余光却瞥到人群外围张望着的某个身影，他眼睛一亮，冲过去把苏桃拉出人群。

　　周围人视线瞬间集结，有的甚至悄悄拿出了手机。

　　苏桃不自在地挣开了高程的手，被他碰过的手腕像是沾了什么脏东西，她在衣服上蹭了蹭，不自然地移开视线。

她的反应让高程不爽。

高程比赛时一直被祁凉压制着，最佳球员也落到了祁凉头上，欢呼都是给祁凉的，与他无关，再加上苏桃的回避，让他有种人财两空的感觉。

一股无名火突然蹿上来，他怒吼道："你在找谁？祁凉吗？苏桃，你怎么非要跟他混在一起？"

苏桃是在找白北北，奈何人太多，完全看不到白北北的身影。

她听到高程的话觉得莫名其妙，她和谁一起都跟他没什么关系吧？

鼎沸的人声和旁边不善的视线让苏桃心里烦躁，她摆摆手，说道："高程，我已经把话跟你说得很明白了吧，你别再在我身上浪费时间了，有那些工夫多做两道题多好。"

他总是这么缠着，苏桃也很烦。

她当初是怎么瞎了眼看上了高程？别说别人，连祁凉都超他一大截。

意识到自己无意中拿别人和祁凉做比较后，苏桃稍微愣了愣，她给自己找了理由，大概是她身边只有祁凉还算得上不错吧。

高程已经受够苏桃这种冷漠疏离的态度了，一天两天是欲擒故纵，一周两周就是真的厌烦了。

想到之前苏桃告白时的样子，他欺身上前，握住她的肩膀，冷笑着说："现在跟我划清界限？你当初可不是这么说的。"

"高程你有病吧！"不知道他犯什么毛病，握得苏桃肩膀生疼。

周围人更加好奇地将目光投了过来，苏桃拼命想挣脱他的束缚，可男生和女生之间的力量差距还是很大的，苏桃挣不开，只好一脚踢中他的小腿，吼道："当初是你拒绝我的！"现在又觍着脸凑上来，什么毛病！

小腿钻心地疼，高程松开苏桃，单脚跳着揉腿，动作有些滑稽，惹来周围的窃笑。他不太敢相信地瞪大眼睛，没想到苏桃会用这么大的力气踢他。

在他的印象里，苏桃一直是以前那个温柔安静的女孩，出院回来后虽

然有些转变，但总体不大，还是和以前一样习惯沉默，可现在却开始使用暴力了。

一定是祁凉带坏了她。

"苏桃，你……"

高程的话没说完，肩膀忽然被人一推。

他没有防备，被这股力推得往后退了好几步，再一抬头，只见祁凉挡在了苏桃身前。白北北和陆天、纪末修他们也过来了，把苏桃护在身后，围得严严实实。

陆天穿着宽大的篮球服，气冲冲地瞪着高程，还分出神对苏桃说："苏同学别怕，我们在，没人能欺负你。"

纪末修给了她一个安心的眼神。

白北北揽着她的胳膊安慰道："别理这个渣狗，凉哥会收拾他。"

一直以来基本都是孤立无援的苏桃冷不丁有了依靠，愣怔之下，心里有点酸酸胀胀的。

她默默点了头。

祁凉横眉冷对，居高临下看着矮半头的高程说："动我的人，你活得不耐烦了吧？"

高程是不怕祁凉的，更多的还是不服，他微微仰头道："你要不要脸，苏桃什么时候是你的人了？你当着这么多人的面说这种话，让她一个小姑娘处于什么境地？"

祁凉冷呵一声，似乎是觉得他的话很好笑，仰着头说："别跟我咬文嚼字，她是白北北的朋友，白北北是我兄弟，这关系很难理解吗？"他说话时淡漠的视线扫了一圈周围的人，意味很明显。

众人纷纷摇头。

好理解，非常好理解。

"说起来，是你当初让苏桃陷入流言，害得她差点出事，这笔账是不是该清算一下？"

高程脸色一变："你什么意思？"

祁凉活动了下臂膀，冷淡的目光直直射向高程略带惧怕的脸，很是蔑视，说道："我很久没有活动筋骨了。"

他是什么意思，所有人都很清楚。

祁凉转到三中后，很久没有传出打架斗殴的恶性事件了，旁观者当然不会以为他要从良，都似默默看好戏又有些惧怕地望了望球场的某个方向。

这里这么多人，各校的老师领导也都在，怎么看都不是一个闹事的好地方。

事情是因苏桃而起，她急忙拦住祁凉："算了吧。"

祁凉看着一脸纠结的苏桃，扯掉了她的手，说道："你这样我很没面子啊，别人会以为我怕了，护不住人。"

"可是……"

"苏桃，"他打断她，"乖乖回到白北北身边去。"

苏桃抿着嘴看着祁凉，眼神倔强不想让步。

开玩笑，难道真的要眼睁睁地看着他在这种时候和同班同学大打出手然后被处分吗？这样就真的能够解决事情吗？何况起因是她，她怎么都无法允许自己置身事外。

苏桃再一次拉住了祁凉的衣摆。

白北北在一旁看着都着急：桃子怎么总在关键时候软弱？凉哥决定了收拾谁，就没有人能阻止，这样频繁地阻拦只会让凉哥更加误会她对高程余情未了。

祁凉果然已经不耐烦，他转过头，脸色已经很不好。

苏桃却十分平静地拉住他，说道："祁凉，没必要。不是所有事情都需要暴力解决的，我不希望你受伤，你也没必要因为他受一次处分，这不值当，而且……"她踮起脚尖凑近一点，"刘主任还在呢。"

刘挺十分看重这次的篮球赛，亲自到场应援，还硬凑了一个小啦啦队给他们，为了让他们心甘情愿打球为校争光，还许诺了可以撤消他们的一

部分处分。

当着他的面打架，别说免处分，估计会被直接开除。

女孩声音糯糯的，带着些许的鼻音，鼻尖有些红，似乎是在外面时被北风吹的，还没缓过来，湿漉漉的眼睛看着他，眼角微翘，让人心里一软。

她说不希望他受伤。

不管出于什么样的初衷，这句话都让祁凉原本握着的手松了松。

高程焦急地等待，又不想看他们两个凑得那么近，转头去看外面的天寒地冻。

不知道过了多久，或许是几分钟，也可能是几秒。

苏桃保持那个姿势站得僵直，双腿微微发麻后，才听到祁凉说："有道理。"

他接受了她的话，偏过头，又凑得更近些，用只有他们两个人才能听到的声音在苏桃耳边说："不过有一点你错了，为他受处分的确不值当，但为你，我可以。"

他的眼神太过深沉，苏桃乱了方寸，下意识反驳："你别乱说话！"

说正事转移什么话题！

祁凉以别人看不见的角度对苏桃笑了笑，酒窝深陷，冷酷之气悄然消逝。苏桃从他眼里品出一点甜，他捏了捏她的脸，压低嗓音道："苏桃，我想护着你。"

他这一声太过小声，仿佛一阵微风在苏桃耳畔经过，轻轻拨动一下又什么都没有留下。

苏桃不知道该作何反应，傻愣愣待在原地任耳朵发热。

祁凉笑得欠揍，问道："感动吗？"

一点也不！

白北北和其他人的视线焦点不一样，她是完全集中在苏桃身上的，她

眼睁睁看着祁凉不知道说了什么，苏桃的脸颊以肉眼可视的速度迅速泛起薄红一直蔓延到耳朵。

她狐疑地看了看祁凉，又看了看苏桃，总觉得哪里很怪。

祁凉话落即离，一抬手，又拍了拍苏桃的头："饿了吧，去吃饭。"

本打算看热闹的众人眼见着祁凉当着他们爽了约，皆是目瞪口呆。

这……什么情况？大佬也有屈服的一天？

莫非……

他们想吐槽、想八卦的心思在祁凉望过来后纷纷止住。

可不敢。

陆天似乎也意识到了什么，看向一向以精明自称的纪末修面带姨母笑和傻站着的白北北隔空对视，同时张大了嘴。

"凉哥，你……"

"你什么你，这叫'杯酒释兵权'，学着点！"白北北可算是捞到展示自己学习的好机会，一跃而起在陆天脑袋上进行了一次扣篮，嘲讽一下陆天的无知，然后跟上祁凉和苏桃的步子。

陆天摸着被拍疼的后脑勺，心里疑惑，这玩意是怎么用的？

纪末修不知道在想什么，摸了摸下巴，像拍狗一样拍了拍刚才白北北拍过的地方进行二次伤害，说道："去吃饭吧。"

陆天蒙了。

完全被忽视的高程则快要被气炸了，把他当什么了？屁吗？说放就放了！问过他的意见吗？

叶瑶拿着手机和陆婷佳站在人群中间，陆婷佳冷笑着盯着苏桃离开的背影，问叶瑶："拍下来了吗？"

叶瑶点点头，有点担心地问："这能行吗？万一祁凉……"

"又不是现在用，迟早有需要的时候。"

陆婷佳挽了下头发，眼中带着自信狡诈的光。

后来刘挺不知道从哪里听说了这件事，听得虎头蛇尾，不知缘由，只知道因为苏桃而避免了一次斗殴，万分欣慰，特意把苏桃找到办公室表扬了一番。

吓得苏桃一句话不敢多说，只默默点头尴尬地笑了笑。董明作为班主任陪同在她身边，显然更了解他们之间的关系没有那么简单。

回教室的路上，董明委婉地表达了自己的意见，也提醒苏桃，祁凉虽然成绩不错，但劣迹斑斑，还是少接触为好。苏桃再次坚定表示自己一心学习，避开了祁凉的话题。

老师家长评判好学生坏学生从来都只看某一方面，很少在意这个人本身是什么样子。比如高程，董明和高程父母认识，对高程总会时不时多关照一些。在董明眼里，高程就是个没长大的孩子，曾经也只找过苏桃谈话，从来没涉及过高程。

这样的偏心，苏桃多少有些介意。

她也知道，比起祁凉，高程简直就是个渣渣，别说学习长相家世，单论人品，高程就差上一大截。

董明知道苏桃学习进步不少，很是欣慰，免不了多说了几句。

"你心里有数就好，之后调座给你们调开。家里的事情你也别太伤心，别影响到学习，现在没有比学习更重要的事情，你父母也是不容易……"

苏桃停下了脚步，心里隐隐有了猜测，她家里有啥事是她不知道的？

董明也愣住了。

她作为班主任知道学生家里的事情，学生不知道，她还说漏了，可苏母当时也没说苏桃不知道，没让瞒着，她就以为苏桃知道……

苏桃装作什么都没听懂的样子，董明看在眼里，心里也怪不舒服的。

在孩子高二这种关键时候离婚，也不知道父母是怎么想的。

话说到这里，董明也有些尴尬，三言两语岔过去，说起了别的事情。

苏桃已经听不进去，偶尔应一句，转头看向窗外。

雪下了一整天，地上厚厚一层，完全是之前的小雪花不能比拟的，北风卷起尘雪，一阵又一阵，窗户不严密，透进风来，她打了个哆嗦。

这么冷的天，操场上还有人在打篮球。

男生清瘦的身子穿着黑衣，在一片白中分外明显。

苏桃吸了吸鼻子，转回了头。

课间操因为积雪停止，走廊里到处是踩出来的黑脚印，被巡视的刘挺看到免不了一顿批评，找来各班的值日生收拾。

教室里热热闹闹的，同学们都因为大雪而兴奋，也因为换了新座位忙着和新同桌交流感情。

谁说北方孩子不期盼下雪？他们会期盼下更大的，大雪封路没法上学的那种。

白北北被苏桃塞了套卷子，顿觉生活无味，望着窗外小声哼歌："铁门铁窗铁锁链……"

苏桃现在没心情管白北北，上一次父母离婚是在高考前夕，家里气氛一直是冷冰冰的，苏桃也就没发现端倪，却没承想这一次提前了这么久。

哪怕是早就知道的事情，它的提前来临和突然袭击依旧让苏桃有些难过，她以为自己已经麻木了，可心里还是忍不住抽痛，到底是不可分割的亲情，她再失望麻木也不可能完全做个木头人。

苏桃第 N 次叹气的时候，祁凉出现在教室门口。

他扫了一圈模样大改的座位，低头瞧见了墙边坐着的苏桃，意外地挑了挑眉。

苏桃的头顶蒙上一片阴影，发现旁边叽叽喳喳说话的同学安静下来，她抬起了头，看到祁凉倚在门边似笑非笑看着她，她看得懂他的意思。

不就是嘲笑她被分到了第一排吗？

苏桃看着祁凉身上穿着一件单薄的衣服，没那个心思生气，指了指讲台边上的位置，说道："你的。"

祁凉这才发现原本坐在讲台边上的路和现在和苏桃是同桌，正安静地

135

窝在座位上假装看书，不敢在大佬面前说话。苏桃后面是徐婧，因为上次在奶茶店交流了两句话，此时也大着胆子配合苏桃对着祁凉点了点头。

白北北还是和赵洋坐在一起，挪到了靠窗户那边第一座，见到祁凉进来，大摇大摆走过去奚落他："凉哥，你这位置得天独厚啊！"

祁凉冷嗤一声，指了指白北北给她一个警告。

他发现最近有苏桃在，白北北格外嚣张啊。

苏桃想起前一天买的水果，招呼白北北过去吃。白北北得了新鲜诱人的水果，还得意地在祁凉面前显摆了一下，上面的水珠甩到祁凉的衣服上，白北北也没在意，蹦蹦跳跳地回到位置和赵洋分了。

苏桃瞧着她开心的样子，似乎也没那么难受了。

祁凉瞧着白北北那副嘚瑟的样子觉得很碍眼，他无奈地撇开眼，注意到苏桃眼里的忧愁，他朝着苏桃伸出手，问道："我的呢？"

男生的掌纹清晰，和她的一团乱麻不一样。

苏桃奇怪地看他一眼，冷冷地说："没有。"

那眼神分明在说：为什么要给你带？

"我教了你那么多数学题，你不给点报酬吗？"大佬双手撑在桌子上，整个人将苏桃罩住，脖颈和锁骨暴露在苏桃眼前。

她莫名地心跳如雷，错开视线，在桌膛里掏了掏，拿出放了几天的巧克力给他："只有这个。"

祁凉挑眉看着手心里的巧克力，捏了捏包装，都要化掉了，这是放了多久？他掩去眼里的嫌弃，问道："白北北没有吧？"

"她最近甜食吃太多，不能再吃了。"

意思就是没有。

祁凉忽视掉苏桃对白北北前一句的关切和监督，心满意足地握着那块巧克力走向他的"雅座"，顺便带上了班级大开的门。

祁凉刚坐下，过来了一个女生。他微皱眉毛，并不记得她是谁。实际上，除了苏桃和白北北，以及高程那个傻子和有课代表身份的赵洋，其他人都

勉强只能算脸熟，有的甚至连长相他都懒得记。

"祁凉，我有道题不会做，你可以教我吗？"

祁凉把巧克力丢进嘴里，眼睛越过女生去看低头做题的苏桃，淡淡地说："不会。"

女生愣了一下，并不想就此离开。

"还有事？"他不需要有过多的表情，仅仅是淡漠的语气就已经让人不寒而栗，在温暖的屋里让人感受到外面的寒冷。

女生迅速摇头，抱着本子回自己座位和同桌咬耳朵。

路和回过神和徐婧小声议论："大佬是不是只给苏桃讲过题啊？"

徐婧看了眼坐得笔直的苏桃，默默点了头，顺便示意路和小点声。

路和捂住了嘴，耸耸肩膀，转回去了。

教室门漏风，北风灌进来，苏桃搓了搓手。

这个冬天有点难熬啊……

上课铃声刚响，董明就悄无声息地出现在班级门口盯着纪律，班里渐渐安静下来。

陶元亮姗姗来迟，如同接班仪式一般，和董明互相打了招呼，董明瞪了眼趁机说话的路和，踩着高跟鞋"噔噔噔"转身走了。

陶元亮一眼就瞧见了讲台边趴在桌上睡觉的祁凉，他幸灾乐祸地敲了敲祁凉的桌子，说道："上课了，别睡了。"

祁凉被吵醒很是不耐烦，抬起头看到陶元亮那张大脸就呆住了。

被小辈用这种烦躁的眼神盯着实在是有失颜面，陶元亮用教案拍了拍祁凉的头，想为自己争得一点教师尊严，命令道："快点起来，不然告诉你妈！"

众人腹诽着：老师，告家长什么的，您是吓唬小学生吗？

苏桃有一个大胆的猜测，该不会祁凉就是陶元亮那个传说中的外甥吧？

祁凉起床气再大，也没法对着陶元亮发脾气，何况他还威胁要告诉祁母，

让祁母知道非得再闹个天翻地覆不可，他再添点醋加点油，这家都能翻了。

快奔五的人了打起小报告真是一套一套的。

祁凉随意理了理头发，不情愿地坐直身子靠在椅背上。

陶元亮还不满足，问道："你书呢？笔呢？你知不知道你上次历史考了多少分？哪里像个书香门第家庭出来的孩子？你瞧瞧你这一身的戾气！"

祁凉打了个哈欠，不听陶元亮唠叨，回头看了看。

周围同学以为他要借笔借书，纷纷贡献出自己的笔和书本来怕大佬发难，然而他并没有接着。祁凉的视线落在苏桃那边，意思很明显了，众人又是一副我们懂了的表情。

苏桃不明白祁凉为什么要舍近求远，但他这一看，其他人也看了过来，她不想成为焦点，只好从笔袋里拿出一支笔递给路和，小声说："把你的书借他吧。"

"啊？"路和心说他要的是你的，把我的给他不是害我吗？

苏桃说："没事。"

反正他就是装个样子，谁的都一样，她不想影响自己听课。

路和只好把苏桃的笔和自己的书递给祁凉。

正如苏桃所说，祁凉没有说什么，接过去放在桌上，随便翻了一页，开始转笔玩。

陶元亮见苏桃借了东西给祁凉，深觉这姑娘关爱同学，夸道："你看看苏桃，多有爱心啊！再看看你！"

同学们落在苏桃身上的视线更多了，还带了调侃。

苏桃心想：老师，您还是别说话了。

陶元亮却不知道自己课代表的心思，并不打算就此放过祁凉，竟然还提问起来了："秦朝中央集权的影响，背一下。"

祁凉平静地看着陶元亮，陶元亮板着严肃脸盯着他。过了一分钟，还是陶元亮先败下阵来，让祁凉站着反省，点了苏桃起来。

"课代表，给他做个表率。"

苏桃哭笑不得，为什么课代表没有应有的待遇？

陶元亮上课一般不提问，但凡提问，苏桃必然逃不过。

苏桃嗓音缓缓，带了些许的无奈："政治上彻底打破了传统的贵族分封制，奠定了中国两千多年政治制度的基本格局，巩固国家统一；经济上有利于封建经济文化发展；民族上有利于中华民族的形成发展。局限性是强化皇帝的专制权威，激化阶级矛盾，秦朝短命而亡。"

答完，苏桃从黑板上移开视线，见罪魁祸首懒懒倚在讲桌上，用含着笑意的眼睛看着她。

幸灾乐祸。

她暗中瞪了他一眼，坐下。

在学校安稳过了一天，放学的时候，苏桃不想那么早回家，故意收拾得很慢。

白北北晚上减肥不吃饭，过来和她有一搭没一搭聊着。

苏桃心里有事，白北北和她说话也回答得不是很走心，白北北都察觉到她的奇怪，在她离开后挠挠头，疑惑地自言自语："桃子这是怎么了？"

"怎么了？"

祁凉默不作声地出现在白北北背后，吓了她一跳："凉哥，你是不是背着我练了轻功？"

祁凉懒得理她，又问了一遍："苏桃怎么了？"

白北北摇摇头说："不知道，被班主任找完回来就不怎么说话了。"

祁凉目光微动，看着苏桃空着的位置若有所思。

白北北看到他手里的书包，有点无语："凉哥，你干吗总拎着个空书包，不带书就别背啊，还能轻松点。"

祁凉斜她一眼："你懂什么，这叫仪式感，当我拿起书包，我就心系学习。"

白北北翻了个白眼，不如你摸摸你的良心，它还在吗？

临到家门口，苏桃拿出钥匙。

她的手在颤抖，怎么都下不了决心去开门。

老房子的隔音效果不好，隔着防盗门，她能够听到一些争吵声和哭声，夹杂着苏母的埋怨和苏父的推卸责任，她都能猜得到他们在说什么。

钥匙在门锁上滑了几下才插进去，她扭着一转，耳边的声音瞬间放大，最后炸裂开来，震得她耳朵嗡嗡响。

那一瞬间她仿佛回到了以前。

苏母坐在沙发上边哭边骂，苏父坐在椅子上唉声叹气，偶尔对付苏母几句，又因为吵不过闭上了嘴。地上乱七八糟，大概都是苏母摔的东西，没有下脚的地方。

全然没有人注意到站在门口的苏桃，就如同以前没有人在意快要崩溃的她一样。

苏桃觉得自己应该做些什么，然而她只是面无表情地站了一会儿，见没人理她，反手把钥匙收好，转身关门下了楼。

外面只有风雪的声音，耳边却残留着争吵。

哪里都不得清静。

苏桃忽然有些疲惫。

外面不知道什么时候又下起了雪，雪花簌簌下落，气温反倒没有那么寒冷。苏桃不知道自己走到了哪里，她茫然看了看四周，觉得这地方有些陌生。

冬天黑夜来临很快，各家各户早早地点起了灯，苏桃却迷失在街头巷尾，找不到回家的方向。

说到底，她也不知道现在那个还能不能算作自己的家。

前面开着一家便利店，暖黄的灯光照得店内温暖。苏桃掏了掏兜里的钱，走进了店铺。她绕了一圈，买了几根棒棒糖，店内有满十减三的优惠，苏桃架不住店员的热情，随手拿了个打火机凑了单。

把兜里本就不多的钱都花掉，她算是小小发泄了一下。

走出店铺，她又往旁边走了走，还是无处可去。

苏桃不想让自己的事情打扰到白北北，她希望白北北开心快乐就好，这种糟心事一点都不要让她知道。而除了白北北，她没有其他人能够投靠。

苏桃蹲在一家早早关门的店前拆了个糖放进嘴里，糖味逐渐扩散开来，她却有些烦躁，索性直接咬碎了糖，硬邦邦地硌得牙有些疼。

她也不知道自己在倔强什么。

她以为自己有所改变，能够阻止一些事情的发生就得意忘形，以为从此高枕无忧，可命运永远都不会吃亏，它让你一时得意，转头就把你踹进深渊。

有些事情可以避免，有些事情会改变，有些事情避无可避……那白北北呢？她能保护得了白北北一时，能保护她一世吗？她能够让白北北避开未来的暴雪灾难吗？就算白北北没有死在暴雪灾害里，她的人生又会是什么样子？

她一心想要避开白北北未来的灾祸，可从来没想过其他可能会改变的事情，也没想过她自己的命运。

她感觉到前所未有的茫然。

苏桃什么都不知道。

她只知道白北北给了她一条命，她要用一生来还。

仅此而已。

其他的就要看神明愿不愿意宽恕她了。

苏桃怔怔看着眼前的白雪，没有被人踩过的地方洁白如初，让人忍不住想要伸手破坏。她伸出手抓了一把雪，捏起了雪球，等雪球整整齐齐排成一排的时候，手也被冻得通红。

其实已经冻到麻木了，但还是有些疼。

苏桃对着手哈了哈气，杯水车薪的热气转瞬即逝，她只能拿出了兜里的打火机。

她以前真的很胆怯，连打火机都不敢点，总觉得按下去的时候火焰会突然出现烧到她的手。直到后来有一次帮白北北烧东西，她才知道打火机并没有那么吓人。

她又想起之前买的劣制热水袋，只用了一次就炸掉，幸好躲避及时，没有烫伤，还被白北北骂个半死。

以前还是有些好事的。

毕竟有一个欢乐的白北北在。

说起来，以前的白北北更像现在的祁凉，总是能在第一时间出现保护她。

苏桃点燃了打火机，黄色的火光在北风中摇曳，微弱地生存着，她抬手护住了火苗，又觉得这种行为有些傻，莫名其妙点燃打火机，又没什么用处。

当她松开手，正琢磨着能用这打火机做什么的时候，眼前出现了一双球鞋。

名牌标志显眼，限量的款式让苏桃不屑地撇了下嘴，她伸手握了一团雪。

比雪还冰凉的声音夹杂着慵懒："小姑娘，想外婆了吗？"

苏桃手里的雪团"啪"地掉在雪里，散开了。

祁凉是出来透气的。

他和陆天几人在台球厅待了一晚上，没什么意思。陆天也不知道抽什么风，窝在沙发上暗自神伤，也不跟他们一起玩，祁凉实在受不了他这副窝囊样子，就借口出来了。

没想到，还捡到只"小野猫"。

苏桃抬头傻愣愣看着他，仿佛没反应过来面前的人是谁。好一会儿，她才恍然，猛地站起来，可在雪地里蹲麻了的双脚不争气，苏桃身子不稳，直直往祁凉的方向栽过去。

祁凉后退一步，伸出手扶住了她。

小姑娘被冻了很久，身上头上落了雪，衣服冰凉，垂着的眼里都是慌乱。

祁凉沉了目光。

她今天状态一直不好，要搁在往常，这时候早就挣扎着跳出去了。

苏桃有些无措，不好意思地站直身子跺了跺发麻的脚，又像只兔子一样在原地蹦了蹦，棉衣的帽子跟着她的动作上下起伏。等缓了过来，她才吸吸鼻子，垂下头不敢看祁凉。

她怎么都不会想到，会在无家可归这么狼狈的时候遇到他。

实在是丢死人了。

祁凉看着她红红的耳朵和鼻尖，冷着脸把自己的围巾摘下来戴在苏桃脖子上，细心缠好，挡住她冻得通红的小脸，只露出一双无辜的眼睛。

女孩眼睛清澈，可怜地瞅着他，带着点小心翼翼。

祁凉立在她面前，帮她挡住了大风。

他放缓了语气，像是怕惊扰到她："这么晚了一个人在外面干什么？"

苏桃垂下眼睛，过了一会儿，拿出了刚刚买的糖，问道："你吃吗？"

她极力想掩饰自己的情绪，却还是被那一点细微的颤抖声音出卖了。

祁凉不是小孩子，也不是白北北，没有那么容易被她骗。

他低头看她的手，白嫩的手指被冻得发红，他鬼使神差地直接握住了她的手。

被他的动作惊到，她下意识想抽回来，却被宽厚的手掌捞起另一只手一起握住，瞬间被温暖包围。一热一凉温度相撞，苏桃微微颤了颤身子，心也跟着颤了颤。

她的手很凉，不知道在外面待了多久，这么晚了也不回家……明明就很难过，还非要逞强。

祁凉没有多问，只是默默帮她焐着手。

男生的体温通常比女生高，祁凉又是刚从室内出来，比打火机好用多了。他就这么站着，头顶落了薄薄一层雪，还有一点落到他的睫毛上，他像是没有察觉，低头神情专注。

像一幅画一样。

苏桃看得有点呆，没有再挣扎，心里酸涩又难过。

真是没救了，都这种时候了，她竟然还贪恋这样的温暖。

"你干什么啊？"她别扭地小声发问。

"怕卖火柴的小姑娘为了报复社会点燃核弹，所以来送点温暖。"

这人损起来也真是毫不留情，明明行为很暖男，可一开口就想让人把他按在雪地里摩擦。

没多久，苏桃的手就缓过来，带了点温度。祁凉松开手，苏桃觉得跳动的心空了一小块，怪怪的。

"你干什么……对我这么好？"苏桃也知道这样的动作有些亲密，缓过来的手柔软温和，无措地相互搓着。

祁凉漫不经心抽出她手里的打火机，说道："我乐意。"

似乎是察觉到小姑娘的不开心，祁凉轻笑一声："说了要罩着你，万一被冻死了，我岂不是责任最大？"

苏桃忍了半天才说："你能说点人话吗？"

祁凉：……

苏桃看着他气闷的表情，想到这人一般很少被怼，很没义气地抿唇笑了起来。

路灯下，祁凉的眼睛很亮，他摇了摇手里的打火机，扬起嘴角说："现在时代变迁，不卖火柴卖打火机了啊。"

她伸手要拿回来："关你什么事。"

祁凉不让她拿到："你就对客人这么说话，万一我要买呢？"

苏桃本来就不需要打火机，他不给也就不抢了，双手插在衣服兜里取暖，只用眼神谴责他。

祁凉被她逗笑，戳了下她的脑门："还敢瞪我。"

苏桃不满地说："北北整天说你好，你是给她灌了什么迷魂汤了？你明明就很讨厌。"

"你有没有良心，我不好谁好？白北北？每次帮你的人都是我好吧。"

"那也是北北要求的。"苏桃反驳道。

祁凉嗤了一声，三句话不离白北北，跟着了魔一样，比恋人还在乎……他心里不舒服，又没法直说自己吃了缸陈醋，无奈叹了口气："走啊。"

苏桃警惕地后退一步，一副他是坏人的样子，问道："去哪儿？"

祁凉忽然起了个坏心眼，他掏出兜里的糖给她："薄荷糖可以让心情平静，要试试吗？"

苏桃好奇过薄荷糖的味道，又怕会发苦一直没敢买，既然他主动送过来，没有不接的道理。

苏桃伸出手，一颗白色的椭圆形糖果躺在掌心，她小心翼翼拿起来，放进嘴里之前犹豫地问："会苦吗？"

祁凉脸不红心不跳地说："不会。"

苏桃信了他的话，放进了嘴里。糖在舌尖翻滚，很快味道扩散开，强劲的薄荷味道在口腔里乱窜，伴着苦涩麻痹了舌头。

苏桃几乎立刻就想吐出来，祁凉威胁道："不许吐。"

祁凉到底是祁凉，苏桃看着他比雪还冰冷的眼神只能继续含着糖，满腹怨念。祁凉瞧着她凉得哈气，很不给面子地笑开了。

凉气一直蹿进喉咙，又从喉咙蹿上头顶，她整个人仿佛都浸在冰凉里，站在雪地里实实在在体验了一把"透心凉，心飞扬"，一呼吸都是通七窍的感觉，凉得嗓子疼。

祁凉刚才的那一点温暖在苏桃心里烟消云散。

都是骗人的！

苏桃皱着一张小脸，好不容易把糖咽下去，嚼都没有嚼。祁凉笑够了就憋着笑瞧她，摸了摸她的头，跟摸小狗一样，问道："想去哪儿？"

哪里都不想去，她想回家了。

苏桃环顾四周，又看了眼时间说："太晚了，我该回去了。"

就算再不想面对，也没有办法永远逃避现实。

她终究要回去的。

祁凉也没说什么，让苏桃等一会儿，去取了自行车过来。苏桃看着祁凉把座椅上的雪拍掉，沉默了一会儿说："其实我自己也可以的，你不用送我。"

祁凉不以为意："谁送你了，顺道而已。"

苏桃指着自行车后座雪滑掉后留下的水渍说："我的裤子会湿掉。"

……

亏他还以为是怕他累到。

祁凉不知道从哪里拿出抹布仔仔细细擦干净座位，说道："可以了吧，小公主！"

苏桃摸了一把，还是一副很勉强的样子，她还是觉得麻烦他不太好，而且总觉得和祁凉走得太近了会被误会，她继续推托："不允许骑车带人的。"

祁凉觉得好笑，戳戳她的木头脑袋："这么晚了不会有交警叔叔抓你的。"

祁凉跨上车，不给她拒绝的机会，侧过头催她："上来。"

苏桃只被苏父骑车带过，那也是很小时候的事情了，久到她已经忘记了那种感觉。她抿着嘴唇，小心地坐上自行车后座，双手紧张地攥着车座，身体僵硬。

离得这么近，她能够闻到祁凉身上的薄荷味和衣服上的洗衣粉味道，两种气味混合，十分清新好闻。少年脊背宽阔，和黑夜相融，让人格外安心。

苏桃犹豫了许久，缓缓地抬起手扯住了少年的衣摆。

祁凉感受到轻微的重力，微僵了一刻，嘴角不自觉地翘起，连他自己也没有察觉。

街上没什么人，周围都是白色，自行车压在雪上发出"嘎吱嘎吱"的声音，

北风从两人耳畔刮过，呼啸着卷着雪花，形成一层薄薄的雪纱，漫天飞舞，绮丽唯美。

苏桃没有坚持太久，太冻手了，她没一会儿就收了回来，把手缩在袖子里。没了那道重力，祁凉觉得自己背后凉凉的，少了点什么。碰上下坡的时候，他提醒苏桃："抓紧一点啊，可能会快。"

路上有雪，雪下有冰，祁凉骑车技术再好也不可能完美控制好速度。

苏桃立刻听话地握住了车座，刚做好心理准备，祁凉已经开始下坡。下滑的速度比她想象得还要快很多，她不得不心惊胆战地搂住了祁凉的腰。

祁凉在苏桃看不到的时候嘴角上扬，又加快一点速度。

"你慢点啊！"苏桃的声音不算很大，混在了风里。

"我也想慢，可下面的冰雪不允许啊。"祁凉大声喊。

也不知道是不是少年人精力旺盛，祁凉只在长袖 T 恤外套了个薄棉外套，苏桃隔着衣服仍旧能感受到他滚烫的体温，烫得她脸颊发红。她不敢用力，手指微微发软发麻，直直麻到心里去。

按照苏桃的指引，祁凉的自行车在小区门口停下，他下车的时候瞥了眼，记住了小区名字。

女孩还围着他的围巾，呼吸间都是清凉的薄荷味道，头顶落了点雪，被祁凉拍掉。

他不太想现在就放苏桃回去，于是磨蹭着问："真不用我送你进去？"

"小区里很安全的，"苏桃冲他摆了摆手，"你快回家吧。"

"不回。"苏桃像只鹌鹑一样被他拉近，大佬开始耍无赖，"我有个问题想问你。"

苏桃努力维持着距离，视线不断往旁边瞥，怕小区里有熟人出来误会，还要抵住祁凉凑近的动作，紧张地问："什，什么？"

"你……"祁凉想问她和白北北到底是什么关系，可临到嘴边还是咬了下舌尖，换了一句，"当初为什么喜欢高程？"

苏桃没想到他会问这个问题，愣了一瞬，才故作沧桑地说道："大概

是我当初眼瞎，被明媚的阳光和好看的条纹衬衫迷了双眼吧。"

祁凉不可置信地问："你喜欢衬衫？"

这是什么玛丽苏的校园暗恋理由？

苏桃欢快地点头："我是制服控呢。"

祁凉的表情有些古怪，"哦"了一声。

他好像都没有衬衫西装这样的衣服。

好像是该置办一套了。

告别祁凉，苏桃沉默着回了家。

家里已经收拾干净了，主卧的门关着，屋里过于冷清安静，她放下书包换了鞋，推开了卧室门。

苏父不在，苏母背着身子在摆弄手机，听到声响回过头，见到是苏桃，也没什么好态度："这么晚不回家你去哪儿野了？知不知道自己是个小姑娘！"

苏桃没接她的话，淡淡地问："我跟谁？"

"什么？"

"你不是和我们班主任说了吗？你们离婚后我跟谁？"

以前苏父苏母吵得太凶，最后也没讨论出个结果，苏桃就一直在苏家住了下去，只是没人管，一天三餐都要自己解决。父母虽然离婚了，苏父的工资卡却还在苏母那里，每次要交什么费用苏桃都只能跟苏母要，苏母一定会先抱怨几个小时才不乐意地给她。

她像个众人嫌的小孩，谁都不愿要，谁都不爱管。

后来上了大学，倒是靠着奖学金和打工赚的钱勉强过了。

苏母没想到苏桃会这么直接问出来，愣了几秒，满脸疲惫地回答："跟我，你爸管不了你，这都高二了，你不能分心，也不能缺人管。"

苏桃也没有太大的意外，事情已经变了轨迹，后续也不会和之前一样。

她心如止水，转身出去，临关门前，她忽然问："你知道我上次英语考了多少吗？"

苏母用不耐烦掩饰尴尬："就那点分还好意思说，你赶紧去学习，瞧瞧你那数学！不行给你找补课班。"

苏桃面无表情关上门，把苏母的唠叨和抱怨都关在门里。

她的英语考了一百零六分，比上次提高了将近一半的分数。

第九章

1

谁想和你做朋友

s w e e t   p e a c h

上午最后一节课永远都是过得最快的一节课，政治老师听到下课铃声还意犹未尽，但没有拖堂。他把东西收拾好，对同学们说："打第二遍铃再出去啊，别吵。"

三中为了减轻食堂负担，实行分层式就餐，高三第一拨，高二第二拨，高一第三拨。但往往高三去完，就不剩什么好吃的菜了，这也是为什么白北北喜欢拉着苏桃去校外吃的原因。

苏桃看着外面空荡的走廊望眼欲穿。

好想早一点去吃饭啊……她很喜欢吃食堂的炸串和菠萝咕咾肉，酱料和制作方法跟外面饭店不一样，是校园餐独特的味道。已经很久没有吃过了，她在回来后又总是被白北北拖出去，食堂吃的次数少，她一直心心念念的这两个菜也没抢到过。

祁凉向来不守规矩。

他注意到苏桃的眼神，起身走过去，站在门口挡住苏桃的视线，说道："走啊。"

苏桃很想去，但是没到时间，她摇头道："不行。"

祁凉心想：守着规矩又不能给你加分。于是他不跟她多说废话，直接拉出她的桌子，让开一条缝让她出来。班里所有人都看着这边，纷纷窃窃私语。

苏桃不知道自己该不该动。

祁凉冷淡地抬眼，低声喊："让你们说话了吗？不知道保持纪律！"

众人腹诽：你说这话良心不痛吗？

但终究没人再敢说话了。

白北北见状喜滋滋地跑过来说："走啊，桃子。"

既然祁凉已经要去了，大不了被发现的时候抛下祁凉她们两个跑掉。

白北北心里打着的小九九，苏桃并不知道，她还是有些犹豫。路和在一旁请求加入提前吃饭的小分队："凉哥，我也可以去吗？"

祁凉扫了路和一眼，没记起他是谁，不过既然是苏桃的新同桌，便略一点头，算同意了。

路和做了个胜利的动作，也催促苏桃："走吧，苏桃，晚了就没吃的了。"

这个时候再守规矩就矫情了，总不能让三个人都等她。

苏桃放下了笔，和他们一起提前溜了出去。

食堂里人声鼎沸，飘了满屋的饭菜香气。一进门两个女生就携手奔向炸串的窗口，苏桃走到一半又折返回来，把自己的饭卡交给路和，拜托他帮忙打一份菠萝咕咾肉。

路和对苏桃印象很好，欣然应允。可在苏桃走后，祁凉将他拦了下来。

祁凉没说话，冲着他伸出手。这动作换成别人会以为他在要保护费，但路和是个小机灵，他心领神会地把苏桃的饭卡交给祁凉，识趣地跑走了。

幸好有大佬，不然他都抢不到自己爱吃的菜。

苏桃的饭卡是和钥匙绑在一起的，上面还挂着一个紫色的金属挂牌，刻着一些外文。祁凉看着眼熟，想了一下，拿出手机把钥匙的图案拍了下来。

食堂里有很多的窗口，祁凉随便站在了一个队伍后面。

周围聊天的人有注意到他的，骤然安静下来，小心地打量着祁凉，猜

测他为什么会到食堂来吃饭。

他站的这一排的同学也逐渐意识到自己身后站着个大佬，尤其是祁凉前面那一个男生，腿一软差点给祁凉跪下，他自动让开位置，别人也纷纷效仿。

祁凉一下子从最后一个跃到了第一个。

他没动，冷着脸命令："排好队。"

让开路的人愣了一会儿神，比刚才还快地瞬间恢复队形，祁凉又变成了最后一个，而且没有人敢排在他后面。

周围人也都不敢再看祁凉，果然这个传闻中的大佬气势很可怕，不过，这还是个遵守纪律、知道先来后到的大佬。

安静是会传染的。

以祁凉为中心向四周扩散，没一会儿整个食堂都没有什么声音了，大家都在默默打饭，不敢有什么大动作，也不敢随便说话。

苏桃和白北北站在最里面的窗口等着炸串出锅，正聊得热火朝天，就见所有人都不怎么说话了。苏桃奇怪地问："这是怎么了？"

还是白北北有经验："肯定是怕凉哥吧。"

苏桃有些惊讶："也不至于有那么可怕吧？"

"凉哥其实不会到食堂来的，"白北北看过去，"你也知道他这个人孤独惯了，大多都是和陆天他们去校外吃的，校内谁敢靠近他两米内啊？"

苏桃曾亲身体会过各种流言蜚语的夸张，知道被人区别对待是什么感受，她望过去，只见祁凉孤零零站在队尾，低头摆弄着什么，孤独又清冷。

想到之前在烤肉店的时候祁凉问她的话……

难得大佬来一次，苏桃忽然觉得自己有责任，也有义务让他体会到食堂和同学的温暖。

祁凉那队的速度很快。学生们默不作声依次打好饭菜，后面有这么个

"瘟神"站着，脚上都跟装了滑轮一样。食堂大妈还奇怪，今天这是怎么了，一个个也不纠结了。

轮到祁凉，慢了下来。

他缓步走到窗口，指了苏桃想吃的那个菜，然后插着兜一言不发。大妈利落地把菜装到盘子里，瞄了他一眼，觉得眼生，说道："同学，第一次见你啊。"

"嗯。"出于礼貌，祁凉应了一声。

大妈也看出这孩子不爱说话，估计是刚转学过来不久，就没再搭话，多给他加了一勺。

祁凉打了饭，随便找个位置坐下。

周围人一看他落座，纷纷换到远处的位置，很快他的周围空出一片。祁凉一直都表情淡漠，不是很在意的样子。

苏桃看在眼里，心里有点发紧。

人孤独久了，其实会更加在意其他人的看法，表现得太明显也不太好。

苏桃想了想，坐到祁凉对面，温和地说："祁凉，你渴吗？我去买瓶水吧。"

"不渴。"

苏桃本想安慰一下祁凉，他这么冷淡，反倒让其他人觉得他更加难以接近，她垂下眼睛，一时不知道怎么办才好。

白北北感觉到气氛僵硬，插话道："桃子，我渴了，我们一起去买吧。"

苏桃还未点头，祁凉就放下筷子，说道："我去。"

白北北愣住了。

苏桃看着桌上自己的饭卡，顺手揣起来，也跟上去。白北北想说什么，没来得及。

买水有独立的窗口，祁凉感觉到身后跟过来的人，偏头看了一眼："跟来干什么？"

"你不知道我和北北喝什么。"苏桃编理由编得理直气壮。

"除了可乐，还有什么？"祁凉反问。

苏桃一时语塞，还是反驳道："我不想喝可乐了，我想喝……"她仔细看了看窗口摆着的饮料，指着粉粉的瓶子说，"我想喝这个。"

祁凉拿起来看了眼，嘴角带了笑，揶揄地问："喝桃子味的？"

苏桃这才发现那瓶是桃子味的气泡水。

她心虚地摸了摸鼻子，嘴硬道："有什么不行？"

"行。"祁凉付了钱，把可乐和桃子汽水塞到苏桃怀里，自己也拿了一瓶桃子汽水，粉色和他实在是不相匹配。

他眼睛带电，低声说："我也喝。"

苏桃有些疑惑，不是为了安慰他的吗，怎么反被调戏了？

她气急败坏地跺了下脚，跟上祁凉的脚步。快到位置的时候，祁凉忽然停了下来，苏桃马上止住脚步，才没撞上去。

她疑惑地抬起头，对上祁凉那双墨色的眼瞳。

"其实没事的，"祁凉摩挲了一下饮料瓶身，抬眼看她，"我没觉得怎么样，你也不用安慰我。"

没有人无坚不摧，白北北总是说祁凉有多厉害，可他也不过是一个十八岁的少年而已。

苏桃轻轻摇了摇头，说道："我们是朋友啊。"

祁凉微愣，在苏桃转身的时候又撇了撇嘴。

谁想和你做朋友？

回了位置，白北北早就等不及开吃了，见他们回来又抹抹嘴，装出一副乖乖等着的样子。苏桃知道她嘴馋，把盘子里大部分的肉都夹给她。

祁凉在对面看着，一点胃口都没有。

苏桃以为他还在因为周围人的异样目光别扭，为了活跃气氛，她讲了个笑话。

"有一天，小向日葵说他不喜欢李白了，陆游气坏了。小向日葵问他妈妈怎么办，妈妈说你找欧阳修啊。"

白北北一下就笑了出来："哈哈……"

其实很好笑的，第一次听到的时候苏桃就笑了好久，但是她讲出来好像就少了些趣味性。

苏桃正犹豫着要不要再讲一个笑话时，白北北笑得不停歇，拍了拍苏桃的肩膀说："我听过这个，是网上小视频里给狗子讲睡前故事对吧，哈哈哈……"

祁凉挑眉看着苏桃："狗子？"

苏桃眼神惶恐："不不不，不是那个意思！那是只很可爱的柴犬！"

祁凉：……

祁凉吃完饭就和陆天他们一起到教室里拿手机打游戏了。吏遥他们打了好几局，陆天被虐得实惨，哭唧唧地寻求祁凉的安慰，发现祁凉连游戏都没开。

"凉哥，你这是找什么呢？"

陆天见祁凉刷着手机淘宝，很是稀奇。

难不成是打算给白北北买生日礼物？算起来没剩几天了，他也没买礼物呢，零花钱已经见了底，这个月实在是太穷了。陆天想了想，还是回去跟家里再要一些吧，要是送不好的东西，生日聚会就会变成命案现场。

纪末修也凑过来瞟了一眼，"哎"了一声："凉哥，你什么时候追星了？"

祁凉正在找的是苏桃的钥匙串上挂的金属吊牌，是某国民偶像组合的周边之一，苏桃喜欢这个组合，祁凉不是第一天知道。

他当初第一次遇见苏桃的时候，她哼着的就是这个组合的歌曲。当时回家他就搜了歌名，从此一直记着，白北北也在不经意间吐槽过苏桃追星的事情。

祁凉收了手机，淡淡地说："没有，随便看看。"

纪末修狐疑地看了他一眼，笑道："随便看看？离苏小仙女的生日可

还有大半年。"

祁凉不怒反笑:"谁说是生日礼物了?"

这回都不掩饰一下。

纪末修"啧啧"两声,可真是没救了。

上学的时间说快也快,说慢也慢,几次月考后,转眼就到了期末复习阶段。苏桃成绩稳步前进,白北北也在艰难缓慢地往上爬,祁凉倒是自在,在转来后的第二次考试中狠狠露了次脸,一下跃到全校第二。

众人哗然。

苏桃却很苦恼。

她发现祁凉特别喜欢给她讲题,讲题就讲题,还嫌弃她笨,她又没求着他讲题!

祁凉还很在意他自己的成绩,总是要在苏桃面前时不时提起一下,好像这样的炫耀能够让他得到些什么。但是不管苏桃是赞赏还是不理他,他都很不开心。有一次路和见两人之间气氛尴尬,特意赞美祁凉想缓解一下,结果这哥们儿理都没理,还催着路和快走给他让位置。

男人心海底针。

苏桃不明白,不开心你还在我眼前晃什么?

不过祁凉这样频繁地给苏桃辅导数学,确实让她的成绩提高了。眼看苏桃的成绩一点点上升,大佬竟然也生出一丝丝自豪感来。

白北北的生日在十二月的最后一天,也就是元旦假期的前一天。

苏桃提前告诉了母亲白北北过生日,算是告知了行程。苏母当时正忙着干活,没工夫搭理她,只是随口应了,让她早点回家。

北风凛冽,苏桃换了件长款羽绒服,带着礼物到了约定的地点。

地点是祁凉订的,在星曜会所,据说是有祁家的股份,从外面看星曜就是一家豪华会所,里面更加富丽堂皇。

苏桃在服务员的带领下来到包厢，一路都不敢用力呼吸。

这老板一定很喜欢金色和镜子。

苏桃推开包厢门时，祁凉和陆天他们在一旁打台球，赵洋和徐婧坐在沙发上吃水果，穿着校服，有一种格格不入的感觉。

见到苏桃，他们才缓和了一点紧张的表情，招呼苏桃过去。

"北北呢？"苏桃脱下外套放在一边。

"去卫生间了。"徐婧正在吃葡萄，酸得她牙发软。

正说着，白北北甩着湿润的手进来，看见苏桃立刻转了个圈："桃子，看我漂不漂亮？"

白北北是真的精心打扮过了，平时扎着的头发披散下来，化了很淡的妆，穿了平时不会穿的裙子，摇身一变成了小公主。

苏桃真心实意拍了拍手赞美道："超级漂亮！"

别人夸奖都没有苏桃夸奖让白北北高兴，她坐到苏桃身边，揽着她的手臂说："你觉得路之遥会喜欢吗？"

苏桃视线微凝，不忍打击她，说道："会的。"

白北北害羞地在她胳膊上蹭了蹭。

坐在一边的赵洋静静听着她们说话，在白北北提到路之遥的时候默默握紧了衣服兜里的东西。

徐婧眼巴巴看着男生们玩台球，很有兴趣的样子，她不敢自己过去，拉了拉苏桃，说道："苏桃、北北，我们也去玩台球吧。"

白北北摆弄着手机没抬头："你们去吧，我还有点事。"

苏桃知道她是在和路之遥聊天，放在身侧的拳握住又松开。

上一次白北北生日，她没有去，并不知道当时发生了什么让白北北那么难过，自她回来后很多事情都改变了，她没有把握自己可以解决这件事情。

唯一能够求助的人……

她看向台球桌那里，祁凉穿着白衬衫，气质清冽干净，和陆天他们待在一起竟然生出些不太和谐的感觉。

苏桃对着徐婧点点头，徐婧欢快地拉着她过去。

陆天他们很欢迎女孩子加入进来。

祁凉将最后一个球打入球袋，直起身子，看到苏桃，免不了愣了一下。

苏桃平时总穿着校服，以至于每次看到她穿着便装都难免惊艳。今天她为了不抢寿星白北北的风头穿了条宽松的背带裤，里面是红色的毛衣，头发扎成一个多了毛的丸子头。

强迫症大佬皱眉道："过来。"

苏桃被他严肃的语气弄得一蒙，乖乖走过去，问道："怎么了？"

他把苏桃转了个身，拆了她的头发。

苏桃想阻止，"啪"的一声，被他拍开了手，倒是没留情。

白北北都听见了，闻声看过来，大声喊："凉哥，你别欺负桃子！"

苏桃一动不敢动。

少年的力度轻柔，生怕拽疼了她，打的那一下其实也不疼，就是有点痒。

其他人旁观这一幕，默默吃了这拨狗粮。

祁凉沉默着把苏桃的头发捋顺重新扎起来，直到头发都不翘了，他才满意地松开了手，还顺便拍了拍。

她摸了摸脑袋后面的小鬏鬏，瞅瞅祁凉，心里说不出什么感觉。

上次别人给她梳头还是小学运动会的时候，她求着妈妈梳两个小辫子。

她抿了抿嘴唇，在祁凉以为她要道谢的时候，她却说道："祁凉，你能帮我个忙吗？"

祁凉眼皮一跳，觉得不会是什么好事。

这件事情不能当着白北北的面说，苏桃把祁凉拉到一边，把众人八卦的目光甩在后面。

陆天号叫着："凉哥，你不仗义，你私吞小仙女！"

祁凉拿起桌上的苹果丢过去，正中他的头。

陆天啃了口苹果，实惨。

白北北沉浸在自己的世界里，对这边的事情毫不知情。她看着手机屏幕上自己发出的一堆话和路之遥新发的朋友圈，气得拿起桌上的杯子灌了几口下去。

走廊总有人，祁凉带苏桃到了隔壁包厢。

包厢的隔音效果很好，只能听到一点隔壁的音乐。苏桃走进去，祁凉站在门口开了灯，问道："要我帮什么忙？"

鬼鬼祟祟避开白北北，一定是和白北北有关系。

苏桃拽了拽背带裤的带子，下了决心才说："你能帮我拆散北北和路之遥吗？"

纵然在祁凉的意料之中，但"拆散"两个字听起来也有些奇怪。

苏桃可以说：你帮我教训一下路之遥让他离白北北远一些，也可以说警告路之遥对白北北好一点。

但这个"拆散"，听在祁凉耳朵里有一种别样的意思。

他不知道想起了什么，往前几步，用脚带上了门。

"为什么要拆散他们？"

她犹豫地说："路之遥他其实不喜欢北北，是故意耍她的。"

"你怎么知道？"

苏桃总不能说自己曾经经历过，说了祁凉也不会相信。

她这一停顿，让祁凉更加怀疑。

祁凉心里一直有一个猜测，这个猜测很奇怪，联想到苏桃对白北北的过度关心，也想不出其他的缘由。

苏桃期盼地看着祁凉，希望他给出一个答复。

这样无辜直白的眼神让祁凉莫名烦躁，仿佛就在说她有多在意白北北。

包厢里开了空调，热风包裹着他们，祁凉解开了一颗衣扣，他坐在沙发上，抬眼看着苏桃，直截了当地问："你是不是喜欢白北北？"

苏桃呆了呆，不明白他为什么忽然问这个，她点了点头，很自然地回答："喜欢啊。"

祁凉的脸色变得很古怪，他动了动嘴唇，想说什么，又憋回去，整个人处在一种纠结震惊又预料之中的状态里。

苏桃一脸莫名其妙。

祁凉纠结半天，又问了一遍："你真的喜欢白北北？可是白北北是、是女……"

他知道这么问不太好，可还是忍不住。

他设想过苏桃肯定答复后，他该怎么办，但事实放在他眼前，还是很难接受。

苏桃并不明白他为什么露出这副表情，只觉得他奇怪，听到他嘟囔的那两句后猛然反应过来，表情比他还不可思议地问道："你该不会是以为我对北北是那种情侣之间的喜欢吧？"

祁凉嗓子都哑了，艰难地挤出话："难道不是吗？"

他又怕苏桃被点破后尴尬，自暴自弃地说："你放心，我很开明的，不歧视你们。"

什么乱七八糟的！

苏桃又气又无奈，又觉得好笑，这该是什么样子的脑洞才有这样的误会啊！

她扶了扶额头，解释道："你想多了，女生之间亲密一点很正常，我没有那样的心思……我拿北北当闺蜜的。"

这个解释太过苍白无力，祁凉并不相信，反驳道："你总是给她带新鲜的水果，还一点点洗过了，甚至一个个擦干净才递给她；你给她买糖买早餐买好多吃的，还在钱包放她的照片，还是她短发时的样子；你恨不得寸步不离白北北，生怕她磕到碰到，这也是当闺蜜的表现？

"还有，这次你要拆散他们。你对路之遥没有了解，怎么就知道他是骗白北北的？难道不是因为你吃醋？"

或许是祁凉的语气太重太认真，苏桃被他带进沟里，真的开始检讨自己，也为自己争辩了一句："我和她的合照只有那一张，没有其他的可放，而且她也对我很好啊。"

她对白北北的关心是因为以前的亏欠，一心想把最好的都给白北北，却没有考虑过她的行为会不会过度。

苏桃没想到自己做那些事情会被误会，也没想到第一个误会的会是祁凉，他应该是想多了吧。

祁凉突然又说了句："那我也对你很好啊。"

她对祁凉的确不如对白北北好。

毕竟这个人还帮过她很多次，让她避免了很多危险和麻烦，还因为她受了处分受过伤……苏桃抿紧嘴角，这样看来她真的有点不知恩图报。

"算了。"沉默许久，还是祁凉先打破了尴尬的气氛。

他很快就收拾好情绪，双手插在兜里，冲苏桃扬了扬下巴："事情我知道了，你看好白北北就行。"

苏桃看着他，眼里一点一点浸满了光，她笑着点点头："谢谢。"

祁凉满含怨气地瞥了她一眼。

除了谢谢就没有其他的，他对她的好她能记住一点就算不错了。

时针指向十点，不知道谁放了首生日快乐歌，陆天他们端来了蛋糕。

白北北心情不佳，她放下手机，强打起精神许愿，又嫌弃陆天偷吃了她的水果。陆天嘿嘿笑着，没像往常一样反驳她。

气氛有些僵硬。

所有人都看出来白北北情绪的落差，也知道原因。

苏桃看了眼手机上的时间——路之遥竟然没有来。

她不知道上一次路之遥是不是也这样放了白北北鸽子，又或许是做了更过分的事情……苏桃握紧了手机，不自觉皱了眉。

突然眉心被弹了一下，祁凉给了她一个安心的眼神。头顶霓虹灯闪烁的光点映在祁凉眼里，格外发亮，苏桃抿抿嘴唇，错开了视线。

她总觉得最近对上祁凉的目光，会心律不齐。

白北北吹灭蜡烛，包厢里的灯打开晃了下她的眼睛，有点发涩。

她看了一圈围着她的人，偏偏就是没有她喜欢的那一个。

学习……苏桃也用功学习，可从来不会失她的约。就连赵洋这样回家就关在房间学习的人都来了她的生日会，那个人竟然还找这么拙劣的借口。

感动加上难过，白北北终于忍不住，"哇"一声扑到祁凉怀里哭起来。

祁凉坐在桌子上，是除苏桃外离白北北最近的人，这会儿被她突然袭击，惊吓之余几乎当时就要拽开她，却撞上苏桃的眼神。

苏桃对他摇了摇头。

白北北这时候最需要安慰，她最依赖的人是她心里无往不胜的英雄。

祁凉双手僵在半空，在苏桃收了眼神以后，才不情不愿地虚抱住白北北，象征性拍了她两下以作安慰。或许是在祁凉那里得不到安慰，白北北抬起挂着泪珠的脸重新扑向苏桃，还埋怨了一下："凉哥，你骨头太硬了！"

这说的是人话吗？

祁凉扯过纸巾用力擦着衣服上的泪痕，盯着苏桃怀里的白北北恨不得射出几枚钉子。

白北北浑然不知，在苏桃香软的怀里哭得伤心。

祁凉看不下去，起身出门冷静一下，纪末修跟过去，手里递了根烟，揣度着他的脸色多说了一句："说到底，还是因为太在乎才会瞎想的吧。"

祁凉视线落在纪末修身上，隔开了他的手："我戒烟。"

"我早就想问了，你妈妈不止一次让你戒烟吧？以前从来没听你答应过，苏桃出事以后你就答应了？"

祁凉漫不经心地摆弄着手里的糖盒，倒出两颗白色糖果，不经意想起那天雪地里女孩白嫩的手掌，他没否认也没承认，反提醒纪末修，"我不希望苏桃知道这件事。"

"为什么？"

"早恋违反校纪。"祁凉将糖盒在手中转了一圈塞回兜里，咬着糖说得模糊。

纪末修差点要笑死，心想：这话从你嘴里说出来一点都不真诚，你违反的校纪还算少吗？

奈何纪末修打不过祁凉，微一颔首算是答应了。

反正他也不爱多管闲事。

有了苏桃的安慰，白北北缓和多了。

她擦着脸上的鼻涕和泪水，委屈地问苏桃："我是不是很丢人？"

苏桃摇了摇头说："你是世界上最好的女孩，值得更好的人，现在还早着呢，等以后毕业了……"

祁凉从门口进来，带着寒气，一身冷厉。纪末修都还穿着棉服，他就一身衬衫来回晃，也不知道冷。

苏桃想到他的误会，转了话："一定会有更多的人上赶着追你跑的。"

"桃子，你真好。"白北北蹭了蹭她，"你也会的，会遇上一个很喜欢很喜欢你的人，满心满眼都是你的人……"

祁凉不知道有没有听到，目光刚好望过来。

苏桃垂下眼睛，睫毛颤了颤，拿起一块水果塞进白北北嘴里，把她的废话堵回去，说道："我现在只想好好学习，考大学，以后的事情……以后再说吧。"

第十章

你好啊，新同桌

s w e e t   p e a c h

白北北仰慕路之遥的事情，大部分人都知道，她性格张扬，心思单纯，喜欢一个人就要宣告全世界，把全世界的好都给那个人，对苏桃也是这样。

一开始路之遥也的确拒绝过，在白北北一再的坚持不懈下，他也就不再说什么，默默地接受了她的一切关心照顾和宣示主权的行为。

白北北自然而然以为路之遥就算不喜欢她，也至少是承认这段关系的。

然而她却没想到，生日会当天，路之遥不仅放了她鸽子，还把和她的聊天记录放到了网上，委婉地表示自己被纠缠的为难。

一夕之间，白北北像一个笑话一样被别人闲聊诋毁，变成了人们口诛笔伐的对象。

白北北也不是没有去找过路之遥，却被他拒之门外，用别人来挡枪。

活脱脱一个男版"白莲花"，摆明了早有预谋。

苏桃知道后简直气炸了。

期末考试的最后一天，苏桃去了重点高中。

重点高中的教学任务比其他两所高中重，期末考试比他们早，放假却比他们晚。

学校组织自习，老师们不常来，偶尔有校领导经过巡视，也只是走走样子。他们坚信自己的学生都很自律，望过去一派安静学习的模样，便转身回了办公室喝茶打诨，也没有想过这个年纪的孩子们正是会伪装自己，欺骗家长老师的时候，他们走后学生就活跃起来。

操场上偶见几个跑出来的学生，一会儿就没了影子。走廊里安静，教室里除了写字的落笔声还有窃窃私语的声音。

苏桃在校门口张望一下，把校服往书包里一塞。路过保安室时，见保安大爷躺在椅子上听着京剧，咿咿呀呀的声音传出来，苏桃蹑手蹑脚弯了腰，进去得相当顺利。

路之遥被同学找出去的时候以为是哪个仰慕他的女生，衣冠楚楚出来，真像个人样，见到苏桃的面，也只是愣了一瞬间，没有慌乱，反倒笑了。

就是在苏桃眼里有些恶心。

"这不是苏桃同学吗？请问找我有事吗？"

苏桃看不懂，她也直直望回去，冷冷地说："你心里应该很清楚。"

苏桃清清冷冷地站在那里，视线基本是和路之遥平行的。

他们之间只能是为了白北北。路之遥面带微笑，像一个品学兼优的好学生，说道："莫非是……历史竞赛时对我一见倾心？"

苏桃瞪大眼睛看着路之遥，无法想象他为什么会这么不要脸。

下课铃声打响，教室里发出吵闹声，走廊里三三两两的学生走过，视线都若有似无地往他们身上飘。在他们眼里，苏桃和其他来找路之遥的女生别无二致，眼神里不免带着些鄙夷，却忘记了自己曾经也是其中的一员。

苏桃无语了一会儿，厌弃地撇开眼神："路之遥，你以为自己很厉害是吗？"跟个吉祥物一样谁都喜欢，谁都爱，谁都想摸摸？哪里来的自以为是的资本。

他反问："难道不是吗？"

苏桃不太会骂人，也不知道怎么打击别人的信心，她为了不让自己显得气势弱，提到了祁凉。

"给凉哥擦鞋都不配。"

她算是知道白北北为什么总是会不自觉搬祁凉出来了，光是提到他名字就很有气势，令人闻风丧胆，瑟瑟发抖。

路之遥表情有一丝的崩裂，随即一摊手："卿本佳人，奈何从贼？"

祁凉原本就是重点高中的，路之遥对他不仅仅是从别人口中听到，也真真切切看到过他打架时把人按在墙上的冰冷眼神，比撒旦还可怕。

这样的恶劣人物在他眼里也只是仗着一张脸好看才吸引那么多女生趋之若鹜罢了。

想到这些，他鄙夷地哼了一声："苏桃，你看人的眼光真的不行，高程也好祁凉也好，都不是什么好东西。"

苏桃冷漠地问："哦，你是？"

"我当然……"路之遥后知后觉，咬着牙把话吞了回去，"你不要骂人。"

"我没有啊。"她无辜的眼睛眨了眨带了狡黠。

路之遥握了握垂在身体两侧的拳头，心想：小瞧她了。

大部分人都知道苏桃温柔可欺，却很少知道她之前反抗的事情，也不知道她现在转变了性子，不再是原来闷声闷气任人宰割的了。

不过她的长相还是有欺骗性的。

场面一时僵持住了。

苏桃自己没什么计划，她是想着撕开路之遥那张虚伪的面具，但能力有限，她了解不多，无处下手。

路之遥则是重新开始审视苏桃，眼里带了些玩味的笑。

"你知道方平成吗？"

苏桃僵住了。

"他因为说了你两句闲话，被祁凉打成重伤，现在还在医院昏迷不醒，"路之遥抬起手随意摆弄着腕上的手表，"都说红颜祸水，他也挺冤的，不是吗？"

要不是苏桃这次回来知道方平成以前做了什么，怕是真的会信路之遥的"几句闲话"和"挺冤的"。

她突然明白了路之遥对她的态度以及戏耍白北北的缘由。

书包因为太重被搁在窗台上，她一手拉着书包带子，一手插兜，轻蔑地看着路之遥，说道："方平成做了什么说了什么，你以为我不知道吗？学习好不代表人品好。你应该谢谢祁凉手下留情，要是他真的逞口舌之快或者对我做了什么，他连进医院都没有缘分。"

苏桃到底是不会任由别人欺负的，曾经经历够多了，在这个世界上，除了白北北她放心不下，就没有其他什么可留恋的了。

她身上突如其来的决绝冷酷不是十几岁的高中生能够理解的，路之遥眼神闪了闪，划过一丝慌乱，强逼着自己镇定下来。

不过是一个小女生而已，又不打架。

路之遥重新挂上那抹虚伪的微笑，看起来却不像最开始那样完美。

"祁凉？说到祁凉，我还有问题想要问你，你觉得他为什么要帮你？方家当时说什么都要告他的，一旦告了他就是故意伤人。他已经成年了，你应该明白法院会怎么判！你以为拿钱就能摆平吗？不是的，是他爸逼着他按着他的头认了错。他爸本来打算直接把他送到国外了，他却非要转到三中。要不是三中校长需要祁家的那笔赞助怎么可能容得了他？苏桃，你觉得他做这些是因为什么？"

路之遥咄咄逼人的质问让苏桃脑袋一片空白，张着嘴一句话都说不出。

她不知道路之遥这些话是真是假，但她知道方平成被打得有多严重。小巷里被鲜血模糊的脸依稀浮现在眼前，她有些反胃。

路之遥看着苏桃脸色苍白，达到了想要的效果，他打算乘胜追击，突然被飞来一脚踢中了肚子，话到嘴边全部堵了回去。

苏桃也没料到这变故，傻愣愣看着，嘴巴半张，来不及出声眼前的人已经飞出去，光影一般滑出几米。周围的学生看到了都惊呼一声，想要去扶起路之遥，但看到来人都惊恐地跑掉了。

原本还有点热闹的走廊，如撒旦降临，一点声音都没了。上课铃声突兀响起，连教室里都静悄悄的。

祁凉双手插在兜里，慢悠悠走到苏桃面前挡住她一半的视线。冬天没有多少温度的阳光打在他的身上，半面光明半面黑暗。

苏桃忽然想起在小巷里遇到祁凉那次，他好像也是这样插着兜走过来，浑身戾气，眼神冷冽，一身浓烈的薄荷味道冲刷了苏桃的大脑，让她清醒。

祁凉勾着嘴角，盯着路之遥的眼里没有一点温度。要不是有苏桃在，路之遥现在恐怕已经动不了了。

路之遥捂着肚子，在地上挣扎了几下，勉强站了起来。

苏桃松了一口气，幸好，祁凉没有用全力，他是知道分寸的。

路之遥咳了几下，喉咙里涌上一股血腥味，他咬着牙，说不出话。

他以前只看过祁凉打人，对这些使用暴力解决问题的人不屑一顾，如今自己挨了一下，才知道那些人以前有多痛苦。

他怒视着他们两个，迟迟不敢过来。

路之遥敢对着苏桃胡言乱语，却不敢当着祁凉的面说，除非他想像方平成那样躺在病床上度过余生。他知道祁凉是干得出这种事情的。

祁凉冷嗤一声，嫌他窝囊，视线转向自己身后的苏桃身上。

小姑娘还是被吓到了，眼角微红，可怜生媚，他喉结动了动，嗓子已经哑了一半，问道："你没事吧？"

苏桃好好站着，这话是明知故问。

祁凉明知道路之遥没有那个战斗力，更加不可能在这么多人的面前对苏桃做什么，但知道苏桃来了重点高中他还是提起了心，惴惴不安，无法放下，果然，一来就听到路之遥的胡言乱语。

他是有些心虚的。

很多事情藏在他心底也很久了，也习惯了用那样的手段去处理问题，他怕苏桃会害怕，所以转学以后没有再打过架。

而她现在知道了，她会怎么做？祁凉有些紧张。

苏桃仰起头看他，凌厉的脸部线条被阳光照得柔和，紧抿的嘴唇暴露了他的心境。

苏桃微微笑，掩下了眼里的情绪："没事。"

每次祁凉都来得这么及时，她怎么会有事？

"你怎么在这儿啊？"

"你能来，我不能？"祁凉反驳完，又低了声音，"你不是都把这件事情交给我了吗，怎么还自己过来？万一出点什么事……"

苏桃眨眨眼："我能出什么事啊？"阳光下她脸上的绒毛都能看得清楚，白净的小脸上扬着淡淡的笑容。

祁凉"喊"了一声，转过脸。

苏桃盯着他微微发红的耳朵半分钟，笑出了声。

可不是他之前欺负她的时候了。

路之遥这时候已经恢复一些体力了，他站在不远处看着两人关系密切，心里冷笑：还真是"天生一对"啊！

楼道口传来了匆匆的脚步声，路之遥站在他们对面能够看到来人是谁，他勾了嘴角，又压下去，做出一副负气受伤的模样挪着步子过来，算准了祁凉不会再动手。

苏桃也听到了声音，回头一看，心想：糟糕，一定是有人告诉学校领导了。

她拉着祁凉想走，祁凉却没动，他只是拍了拍苏桃的手放下，轻声说："放心。"

来的果然是重点高中的教导主任朱岩，身后还跟着爱打小报告的学生。

朱岩比起刘挺来更像一个教育工作者，头发都在，板正地梳到脑后，戴着金丝眼镜，身材微壮。他严厉的视线在路之遥、祁凉以及被祁凉挡得好好的苏桃身上划过，沉声开口："祁凉，你来重点高中干什么？你已经不是我校的学生了。"

苏桃下意识皱了眉毛，这么多人在场他却直接质问祁凉，连事情经过

都不问？

祁凉顾左右而言他："您又胖了？最近吃得不错吧。"语气不是尊重，是调侃和嫌弃。

朱岩面上划过一丝尴尬，随即喊道："别转移话题！这是怎么回事？"

祁凉斜斜站着没说话，连解释都懒得开口，显然是习惯了。

苏桃不动声色地拽住了他的衣袖，被他在身后牵住了手，安抚性地捏了捏。

路之遥不会放过恶人先告状的机会，连忙说："主任，他们是来找麻烦的！祁凉不分青红皂白就打了我。"

朱岩瞥了眼神情自若的祁凉和紧张僵硬的苏桃，眉毛沉了下来，是发怒的前兆。

转了学还回来闹事，真是反了天了！

祁凉觉得挺好笑的，平时自己总说白北北傻，说得多了怎么就真的傻到被路之遥这样的演技骗过去？该去治治眼睛了。

"小同学，"朱岩把眼镜往上抬了抬，看清苏桃的模样，对她招了招手，"对，就是你。你来告诉老师刚才发生什么了？"

路之遥校服上黑色的鞋印还是挺明显的，苏桃不明白朱岩为什么要问她。

被点了名，她也不能在祁凉身后继续缩着，错开身子往前走了几步，她面对同龄人可以来去自如，面对长辈老师却总是紧张，说不好话。

她手指绞在一起，小声说："刚才……"她余光瞥了一眼盯着自己看的祁凉，"路之遥故意挑衅，祁凉就……就轻轻踢了他一脚。"

就轻轻踢了他一脚？

朱岩嘴角下沉，瞅了眼那个黑色印子。

路之遥是个什么样的学生，朱岩心里还是有数的，祁凉他更了解，打架闹事逃课无一不做。要不是学习成绩还可以，当初怎么都不会留下他。

他沉思片刻，指了指祁凉，问道："你来这里到底是干什么？三中放假了吧。"

祁凉略一点头，嘴角扯出嘲讽的笑容："所以来找一下以前同学叙叙旧。"

苏桃这才知道，祁凉到三中是降了一级的，怪不得比她大，先一步成年了。而方平成也好，路之遥也好，都是他以前的同学。

她微微惊讶地看向祁凉，后者对她挑了挑眉，带了点得意的神色。

苏桃没有理他。

祁凉的话，朱岩连半个标点符号都不信，能把方平成打成那个样子，关系好不到哪里去，有什么旧可叙？

可意外的是，他简单问了几句，没有责备也没有训斥祁凉，只是挥了挥手，很不耐烦地说："没事快走！别在这里影响本校学生学习。"

祁凉却说："不急。"他转向路之遥，收起了散漫的样子，"两天内我要看到你对白北北的道歉和事情的真相，如果没有……我有的是办法让你退学。"

路之遥霎时间脸色惨白。

开什么玩笑！道歉？他凭什么道歉！本来就是白北北缠着他的！

他愤怒地盯着祁凉，发现祁凉不是在开玩笑也不是随便说说，表情非常认真。他心里开始害怕，他已经高三了，真要为一个什么都不是的坏学生退学？

路之遥狠狠别过了脸，一言不发。

祁凉全然不顾他的反应，对苏桃眼神示意，迈开步子走了。苏桃跟在他身后，小步跑着，路过朱岩的时候特意瞄了一眼，只见朱岩脸色铁青，却还忍着不发火。

好奇怪。

出了重点高中的校门，苏桃才感受到外面的寒冷。

她裹紧衣服，快步跟上祁凉。祁凉腿长走路快，听到后面细碎的脚步声，

他放缓了步调，苏桃很快和他并肩。

"重点高中的教导主任有把柄在你手里吗？"不然为什么没有发难？要是换成刘挺，他肯定直接把祁凉按到他父母面前控诉其罪状，能从天亮说到天黑，一个字都不重复的那种。

祁凉的话飘在风里："他收过我妈妈的礼物。"不然也不会留他这样的学生在校这么久。

苏桃了然。

两个人一路走着，谁都没有先说离开，有一搭没一搭聊着，从学校趣事聊到考试题目，竟然一点也不闷。

苏桃踢着路上的雪，抬眼偷偷看他。

祁凉侧脸的线条更加立体，比雕刻的还精致，他的耳朵被风吹得发红，头发随意分开，一根都没有翘，望过来的眼睛里只容下了天地里的一个她。

苏桃难免心跳漏了一拍。

"苏桃。"他的声音也很好听，低沉慵懒，带着少年特有的音质。

她心里打鼓，一声一声，逐渐节奏加快，每一个鼓点都牵着她的所有情绪。她从这种情绪里品出什么，对近日以来的心律不齐有了答案，却不敢看向祁凉，发出了一声鼻音的"嗯"。

祁凉纠结着，像是有什么难以启齿的话。他焦躁地含了颗糖，薄荷的清冽让他定了神，说道："不管别人说了什么，你有想知道的事情，都可以来问我。"

他指的是路之遥的话吗？苏桃眨了眨眼睛，瞥见他眼里的紧张，低下头说："我知道的。"

不论祁凉因为什么做了那些事情，她都不会自作多情，她还有很多事情要去做，他也有自己的人生要走完，能够相交的不过是这两年而已。

知道了……就完了？

祁凉做好了一切准备，甚至连托词都想好了，她却没有顺着问下去，他像充好了的气球又瘪了下去，心里不是滋味。

是不在意，还是不想知道？

他盯着苏桃毛茸茸的脑袋，很想扳起来看着她的眼睛望进她心里去问：你到底是怎么想的？是真的不知道吗？

但他不敢。

祁凉自己也觉得好笑，竟然还有他不敢的事情。

苏桃敏感发现周围的气温下降了好几度，面前人的沉默让她不解地抬起头。祁凉别开脸，语气冷了下来，比北风还刮人："你快回去吧。我还有事，先走了。"

这一次他没有把苏桃送到门口。

苏桃不知道自己什么时候又惹他生气了，她瞧着几百米外的小区大门，又瞧了瞧负气走掉的祁凉，一脸莫名其妙。

她也没问什么，他怎么就生气了？

苏桃寒假有补习，每天沉浸在学习里，偶尔被白北北缠着出去寻些好吃的食物，愉快地过到了除夕。

白北北今年去了乡下奶奶家，站在农村特有的大院子里踢着积雪和苏桃煲电话粥。两个女孩来来去去聊了很久，从黄昏到天暗下来，也没有停歇。

白北北自己还没完全转好心态，一直在聊别人的事情，提到最多的就是祁凉。

祁父回来了，知道祁凉转学后一点点安分下来，原本是很欣慰的，父子俩却不知道为什么又一言不合吵起来，祁凉脾气大摔了门就走，在陆天、纪末修、吏遥他们家里分别待了好几天，现在也没回家，不知道住在哪里。

苏桃默默听着，笔下的练习册上面只留下一个写了一半的"祁"字，她顿了顿，补上"祁"字。

汉字有它独特的魅力，你不写完，永远都不知道它会是一个什么字。

电话那头隐约传来别人的声音，白北北大声应了几下，跟苏桃告别匆匆挂了电话。

外面的鞭炮声一直没停，屋里却安静得没有太大声音，苏桃放下笔走到窗前。

黑夜蒙着薄雾微微发白，小区里没有人，到处堆着积雪，露出下面褐红色的砖头。各家各户灯火通明，好似一夜都不打算关。苏桃隔着窗子，能够看到对面厨房忙活的场景。

过年苏母还是做了丰富的菜肴，这时候正在客厅看着春晚包饺子，时不时笑几声，苏桃关着门，听不太清楚是什么节目。

手机一直在振动，班级群里老师和几个班干部在发红包，运气王接上，白北北已经抢了很多，刚才还和苏桃炫耀着。

苏桃心想：哪里都很热闹，除了她。

安静了一会儿，苏桃的手机骤然响起，打断了她无用的发呆。她被"爱豆"的歌声吓了一跳，后知后觉是有人给她打了电话。

苏桃看着屏幕上跳动的两个字，意料之外地眨眨眼，迟疑了几秒才接起来。

祁凉的声音被鞭炮声覆盖住大半："下楼。"

"什么？"

苏桃以为自己听错了，她转过身往外面望去，小区里依旧一个人都没有，被车库挡住的小区大门只能看到一条随风飘着的红色横幅，是社区弄来迎新年的。

"我在你家小区门口，"祁凉声音微哑，"下来。"

苏桃惊讶又不敢相信，她连电话都没挂，拎起外套就准备出门，又折回来拿了围巾。

苏母听到她的声音，疑惑地问："大过年的你去哪儿？"

苏桃磕巴了一下："哪，白北北找我有点事，我先去了！"说完就跑，生怕母亲发现什么端倪。

苏母不疑有他，捏着一半的饺子，想了想又往里面添了馅。

这些孩子过年都要跑出去，一刻也闲不住！

苏桃是一路飞奔到小区门口的，大街上连车也没什么，更别说人了。苏桃傻愣愣看着，在想自己是不是被耍了。她也是傻，大过年的祁凉怎么可能来这里找她？

突然苏桃的肩膀被戳了戳，她惊了一下，回过头，看到空荡荡的小区门口，心里已经有了数。她气闷地又转回来，祁凉一根手指戳在她额头，眼里都是温柔的笑意。

苏桃没好气地说："幼稚。"

街道上的积雪已经融化了不少，台阶上的雪早早被扫掉比较干净。祁凉单手插着兜，站在一片干净的空地上，穿着黑色的棉服，里面是一件开了一颗纽扣的衬衫，锁骨隐约可见。

放假将近一个月了，他们两个都没有联系过。他现在突然出现，一点样子都没变，还是带着嫌弃地说："这么慢。"

苏桃张了张嘴，想反驳他，眼眶却热了。她吸吸鼻子，怕他发现，低下头小声嘟囔："谁让你来了？"

祁凉"喊"了一声："没良心。"

夜色浓郁，无边蔓延着，他漆黑的双眸在路灯下更加明亮："亏我还想着跟你说第一声新年快乐，送你新年礼物。苏桃，你没良心啊。"

他的话像一个小小的锤子敲在苏桃的心上，她的睫毛颤了颤，不服气地抬起头："事先说好啊，我没有准备礼物。"

"知道，反正你一直都不在乎我就是了，"祁凉拖了长音，捞起苏桃的手摊开，竟然还带了些委屈，叹着气，"只有我想着你。"

苏桃怀疑祁凉是不是最近和陆天他们待得太久，被同化了。

他变戏法一样拿出了一个盒子放到她手里，四四方方的深紫色盒子绑着酒红色的丝带，拿在手里硬邦邦的，微微凉。

苏桃没想到祁凉真的准备了礼物，还精心包得这么好。

"拆开啊。"他催促着。

苏桃合上微张的嘴巴打开盖子，把东西拿了出来，是个水晶球，里面有五个小人站在舞台上拿着话筒，穿着不同颜色的衣服。

苏桃愣了一瞬才问道："这该不会是我的'爱豆'吧？"

"本来打算给你买周边的，但是周期太长，而且没什么新意，刚好我有个亲戚在做这种小东西，就让他帮了个忙，"祁凉说着拿过水晶球倒过来晃了晃，按了底座的开关，"它还会唱歌。"

欢快熟悉的音乐传出来，五个小人开始转圈，水晶球里大雪纷飞，和冬天格外相配。

苏桃的心跳跟着节奏一上一下，喜悦和幸福感蔓延在心里，都忘记和祁凉道谢。她小心捧着水晶球，像捧着珍宝一样。

祁凉少见她这么开心的样子，也没忍住翘了嘴角。

他就知道她会喜欢。

她表面装得坚强百毒不侵，其实内心柔软，一点小事就能开心好久。

"可是我真的没有给你准备礼物。"苏桃想起这个，有些自责。

她兜里连颗糖都没有。

祁凉本来就没指望她能准备，耸耸肩膀，看她小脸皱成一团盯着水晶球。暖黄色的路灯下，睫毛浓密，看向他的眼睛水汪汪的，祁凉忽然觉得自己不能放过这个机会。

一次也好，就再近一些。

他喊她："苏桃。"

苏桃正苦思冥想着要怎么给祁凉回礼，下一刻就落进了一个温暖的怀抱中，薄荷的味道包裹住她。她握紧了手里的水晶球，呼吸都放轻了。

保持这个僵硬的姿势站了几十秒，祁凉也没有要放开的意思。苏桃听着不知道是自己还是他的强烈的心跳声有些慌，她动了动，小声喊道："祁凉。"

"别动，让我抱一会儿。"

抱一下，他就能坚持到天荒地老。

祁凉双臂紧了紧，将苏桃完全扣进怀里。他的头蹭在她的颈侧，睁开眼就可以看到她白皙的脖颈，鼻间都是淡淡的清香。

两人都心乱如麻。

苏桃比祁凉矮一些，需要踮着脚才能配合他。她僵着身子，一动不敢动，脚麻腿麻，腰也有些疼，不知道过了多久，祁凉才放开她。

"好了，礼物收完了。"他语气轻快，耳尖却是红的。

苏桃脸颊发烫，瞪了他一眼。

少女娇俏的眼神没有一点威严，反倒惹得祁凉笑得更欢，苏桃恨不得把他埋到雪里。

过了寒假就是高二下学期了，复习的节奏变快，更加紧张，日复一日地考试做卷子，苏桃几乎分不出什么其他心思。而白北北可能是受了情伤的原因，竟然也跟着苏桃开始学习，愈发自觉，不需要苏桃的监督。

教室座位也一换再换，苏桃和祁凉越隔越远，彼此的互动限于讲题和眼神交流，两个人却像是心照不宣一样，都没有提起除夕夜的事情。苏桃连白北北都瞒了下来，她总觉得有点心虚，又不知道自己在心虚什么。

期中考试后换座位，苏桃一进教室就傻了眼。

祁凉来得早，坐在窗边撑着头，不知道在看什么。桌上摊着本书，上面字体清秀，一看就不是他的。不知不觉间，身边有一人落座，他冲着窗外扬了扬下巴，轻声说："春天了啊。"

苏桃顺着他的目光看过去，学校里最粗的那棵柳树已经抽了芽，"万条垂下绿丝绦"，顺着风轻轻摇摆。

时间是挺快的。

祁凉转过来看她，故意伸出手说："你好啊，新同桌。"

苏桃微笑："你以为我没有看到黑板上你的名字和别人的名字换过的痕迹吗？"

也不知道董明是怎么想的，竟然把她和高程排到一起了。现在被祁凉换掉，她还是有点庆幸的，毕竟高程太难缠了。

祁凉对她没有回握不太愉悦，苏桃想到以后还要坐一段时间，不情不愿伸出手去。祁凉一把握住，男生皮肤比女生粗糙一些，他轻轻蹭了蹭她的手背，忽然说："我给你看手相吧？"

苏桃抽回手。

神经病！就是要占她便宜！

祁凉低笑出声。

苏桃以为和祁凉做同桌会很麻烦，却没想到都这时候了他还是在课堂上大睡特睡，下课了还能给苏桃讲一两道题。她震惊于祁凉头脑的聪明，也对自己认真听课还不如他感到挫败。

祁凉看出苏桃的小心思，用笔敲了敲她的脑袋，问道："凉哥厉害吧。"

"可厉害了。"

祁凉笑，瞧这不服气的样子。

学霸是学霸，可还是有失足的时候。

祁凉语、数、英三科占据百名榜第一，唯独历史成绩平平。陶元亮可算逮到他了，一节课四十分钟说了他二十分钟，剩下一半的时间都用来夸几乎满分的苏桃了。

这一对同桌再次惹来了全班的八卦视线。

下课后，白北北也忍不住来调侃祁凉："凉哥，你这历史成绩，老祖宗都要从棺材里爬出来了。"

祁凉没好气地说："滚。"

苏桃在一边忍着笑，跟着落井下石几句。

祁凉转着笔，等她们说够，忽地扯过苏桃的衣服领子，将她拉近自己，低声在她耳边说："课代表，很得意啊？"

苏桃：……

白北北见形势不对，拔腿就跑，还不忘嘱咐苏桃："哄凉哥就靠你了。"

苏桃和他们相处久了，还是能屈能伸的，她讨好地笑了笑，扒着祁凉的手，语音软糯："凉哥，我错了。"

祁凉已经不吃她这一套了，脚踩在苏桃椅子的横梁上，稍一用力，她就撞进了他怀里，胳膊放在她椅子后面虚揽着，把卷子拍在她面前，阴阳怪气地说："现在轮到你了，苏老师。"最后三个字被他咬得格外暧昧。

苏桃打了个激灵，往外面挪了挪。

风水轮流转，给祁凉讲题苏桃还是有点兴奋的，她搓搓小手，拿过笔来，摆出小老师的姿态，仔细给祁凉讲解。

女孩嗓音温柔，伴着柔风吹进祁凉的耳朵里。祁凉撑着头看她，嘴角带着笑，一个字都没听进去。

开玩笑，真以为他不会？

"第二次鸦片战争的时间……"苏桃敲了敲桌子，"你在听吗？"

"嗯，在啊。"祁凉视线不移。

苏桃不信他："第一次鸦片战争时间是多少？"

祁凉想都没想，顺嘴就扯："1940 年？"

人家快解放了你才开始近代史？

苏桃瞪着他："看卷子，看我干吗？"

"你好看啊。"

苏桃听到后面同学的偷笑声，羞愤地在桌下踢了祁凉一脚。

好想打死他。

祁凉还有个英语课代表的身份，几乎是什么都没管过。董明瞅他心烦，不想让他白占一个位置，命令他去教研处取卷子干点活。

祁凉连教研室在哪儿都不知道，走了一半遇上陆天，被他们叫走打篮球，正好苏桃买水回来，祁凉就把这个任务转给了她。

苏桃连拒绝的机会都没有，人就走远了。她叹了口气，回教室放好水，

179

再去帮祁凉取了卷子。

董明让祁凉去取是有原因的。

这次的英语卷子是从外校买来的，题量大，厚厚一摞重量不小。苏桃看到那一摞试卷的时候感受到了绝望，教研室老师认识苏桃，免不了为她说几句话："你们班男生不行啊，怎么让女生来拿？"

苏桃无话反驳，干笑几下，默默抱起试卷往回走。

踩着上课铃走到楼梯口时，路和从下面急匆匆跑上来，看到她提醒道："苏桃，你鞋带松了。"

苏桃把试卷往上托了托，偏过头看到了散开的鞋带。

但现在这情况也不允许她系啊，她踢了踢鞋带防止踩到，继续往前走了几步。

祁凉就站在教室门口，转头过来四目相对。苏桃小声喊道："祁凉，你帮我……"

话还没说完，祁凉就已经走了过来，并蹲下身子。

苏桃一惊，看到他修长的手指简单翻飞，帮她系上了鞋带。她还没缓过神，祁凉又已经站起来自然地接过了试卷走进教室。

苏桃低头看着自己两只鞋子不同的系扣，眼睛眨了眨。

祁凉系的鞋带好像比她系得好看。

第十一章

1

你是不是一直都觉得我会拖累你

S w e e t   p e a c h

埋头在试卷里的日子总是过得很快，天气很好的某个周末，苏母不知怎的心血来潮带着苏桃去了鹿取山。

一起去的还有苏父。

路上交流不多，却没有之前那么冷淡了，还轮着问了苏桃许多近况，尤其是在学校的事情。

苏桃知道奶奶、外婆，还有母亲的朋友都在劝母亲和父亲复合，在亲朋好友的撮合下，两人的关系似乎缓和了一些。

这让苏桃有一点开心。

没有人会不希望家庭幸福，苏桃伪装得再坚强冷漠，家庭也永远是她心里的一根刺，是她最柔软的地方。

去鹿取山需要坐大巴，苏桃和苏桃坐在一起，苏父从后面递来两瓶饮料，苏母接过给苏桃拧开，又嫌弃苏父没有买矿泉水，苏父辩解几句，两人又拌了嘴。

外面阳光温和，苏桃喝了一口饮料，心里也微微发暖。

鹿取山没有被开发过，山路崎岖且远，鹿取寺在山顶，三人爬了一会儿都体力不支。苏母坚持不下去，打了电话，没一会儿就听见摩托车的突

突声。

寺庙的接待人骑着摩托车下来接他们，但是一次只能载两个人。

苏母和苏父对视一眼后，把苏桃推到摩托车上。

苏桃不禁愣了愣。

接待人让苏桃坐稳了，一踩油门没了影子。苏桃回头望，父母冲她挥着手。

摩托车的发动机声音大得震耳朵，苏桃坐在后面紧紧攥着座位，身子随着山路颠簸。山风掠过她的脸颊，把她的头发吹得乱七八糟。

接待人热情好客，大声和她说："景色不错吧？"

鹿取山上一片绿色，树木野草丛生，路边不知名的小花在苏桃眼前一晃而过，她连颜色都看不清，但空气清新，天空湛蓝，和城里对比明显。

苏桃大声应了一下，吃了一嘴的风。

她扒掉嘴里的头发，偷偷把吃进嘴里的灰吐出去。

还是不说话的好。

山路九曲回肠，摩托车快速行驶着，苏桃体验了一把速度与激情。到了寺庙前，她跳下车，腿肚微微发软，差点没站稳。

接待人让她自己进去溜达，掉转车头又去接苏父苏母了。

苏桃跺了跺脚，和门口的一只土狗眼对眼相视了一会儿，土狗甩甩身子"汪"了一声，苏桃踏进了鹿取寺。

寺庙清静，院里有一棵粗壮的栀子树，上面开着白色的栀子花，风一吹过，满寺飘香。

苏桃被风吹眯了眼睛，她揉了揉，进了大殿。

一进殿，花香迅速飘散，浓重的香火气息包围在苏桃身边，她抽了抽鼻子，抬头望去，如来佛祖坐在殿上，俯视世间苍生。

苏桃心头突来一阵悲悯，能够重回这人世间，重新感受着一草一木的气息，回到白北北身边保护她，还获得了上辈子没有的朋友，要感谢神明。

她跪在蒲团上，双手合十，虔诚地参拜。

苏母信佛，家里也供着菩萨，但苏母不知道，苏桃每天早上起来的时候会上三根香，真心实意求菩萨保佑白北北。

她现在心里想的也是白北北。

她向佛祖许愿，求他一生呵护白北北平安喜乐，让白北北事事顺遂，好好过完这一生，不要再为她所累。

许完愿，她又诚心拜了旁边的四大天王和其他神佛，裹了十足的香火气才走出殿门。

刚踏出去，一阵微风轻拂，她愣在了门口。

栀子树枝繁叶茂，白色的花在风中摇曳。树下站着一位少年，白衣黑裤，刘海搭在前额，比往日里乖顺一些，手里捏着一枝栀子花，微微仰头轻嗅，唇边渐染笑意。

风轻轻动，苏桃的心也被吹得动了动。

"你怎么在这里啊？"

祁凉回过头，看到一身素净的苏桃脸颊薄红，短裙下的膝盖微微泛红，身上带着轻微的香火气。

他微微挑眉，也很惊讶，反问道："你能来我就不能？"

他说话总是很不讲理。

苏桃懒得和祁凉计较，抬头望树，树下栀子花的味道更加浓郁，不是沁人心脾的甜，是略醉人的香。

祁凉手下一用力，一朵花落在他掌心。

苏桃见了不免责备："你随意折花，不怕僧人打你啊？"

"未必打得过。"祁凉扬起嘴角，把花戴在苏桃的头上，苏桃觉得傻，被他喝住，"别动。"

那朵白花插在苏桃的丸子头上，祁凉没忍住笑了："是挺傻的。"

这人烦不烦！

她想把花扯掉，祁凉又不准了，握着她的手腕放下，把她拉近一点，

说道："别乱动，挺好看的。"

是哦，相信你才怪！看你疯狂上扬的嘴角！

"你来是为了白北北？"

虽然早知道答案，祁凉还是忍不住问。尽管苏桃解释以后他心里没那么多芥蒂了，但是多少有些后遗症。

见女孩微微点头，他心里就发酸，问道："那我呢？"

苏桃一愣，对啊，祁凉对她也很好。

她想了想，转身要跑回去，被哭笑不得的祁凉拉住手腕。女孩的手腕温滑，他忍不住握紧了一点。

祁凉温柔看着她，轻声责备："你以为你是小菩萨要普度众生，谁都给许个愿？佛祖都没工夫管你。"

"别乱说话！"

苏桃下意识地捂住了他的嘴。

风吹得树叶哗哗响，树下两个影子一动不动。

四目相对，苏桃听到自己胸腔里的心脏跳动声，她倏地收回手，脸颊烫得不像话。

祁凉反应过来，摸了摸红透了的耳朵，不以为意地说："说说怕什么。"

"神明能听到的。"

小姑娘煞有其事地瞪着他，祁凉没忍住笑，摸了摸她的脑袋。

真可爱。

两人在树下闹了一阵，被一道清丽的声线打断。

"小凉。"一个温婉的年轻妇人站在车边向祁凉招手。

苏桃见过她，在祁凉到三中报到的那天，是她领着祁凉来的。

祁凉低声解释："我妈非说这寺庙灵，带我来拜一拜。"

鹿取寺就是白北北之前给苏桃求符的地方，苏桃若有所思点点头。

"你也是被家长逼着来的？"祁凉一脸无奈。

苏桃笑了笑。

其实是苏母要来，她自己跟来的。她以前不信这些，苏母想带她来她都不愿意，如今苏母不逼她了，她倒是自己要求了。

命运还真是不讲理。

祁母没有再催促，静静站在车旁，苏桃算是知道祁凉为什么这么好看了，随母亲啊！

风中的祁母有些单薄，祁凉不再磨蹭，和苏桃告了别，跑过去让母亲上了车。祁母上车前跟苏桃摆了摆手，苏桃一惊，连忙回礼。

黑色轿车顺着山路离开，摩托车才突突突地响起来，苏父苏母到了，这两个人比来之前互动更多了一些。

苏桃望着风中摇动的栀子树，抿嘴微微笑了。

体育课不会像以前一样给他们更多玩耍打闹的时间，但跑完操后的自由练习也给了他们不少的放松，只要能出来透口气，就比待在教室里做题学习好。这么想着，学生们就连跑步都没了怨言。

体育老师是新来的，和学生们打成一片，偶尔会和他们讲一些自己以前的事。他对大学的讲述让这些还带着稚气的学生对大学生活翘首以盼，增加了学习积极性。也因为这个，他成为所有老师里最受欢迎的一个。

苏桃的身体恢复得很好，已经可以重新进行体育锻炼了。申请的时候，体育老师拿着本子瞧了她一眼，带着笑说："能跑了？别又摔跤啊。"

有男生跟着打趣："放心吧老师，我们会护好小班花的。"

班花是陆婷佳，小班花是苏桃。

最开始是白北北故意气陆婷佳才这么叫苏桃的，后来不知道从什么时候开始，男生们也开始这样叫苏桃，还开始在外班炫耀。

苏桃的形象已经比之前好了很多，摘掉眼镜露出心灵的窗户，剪了头发人精神不少，看久了有些清秀的漂亮。青春期男生们的心开始躁动，路过三班的时候都忍不住多看她几眼。

苏桃不太习惯受到别人的频繁关注，被男生拦住故意问问题接近的时候也不好意思拒绝，所以每当这时候，祁凉都会不知道从哪里出现把她拉走。久而久之，男生们也只敢口头开个玩笑。

苏桃不知道的是，少年人的想法单纯，这样明目张胆的维护几乎让所有人都默认了他们两个的关系。

调侃了几句，老师就让他们到跑道上准备热身跑。

苏桃个子高，站在女生的第一排，紧挨着男生后面。

祁凉趁别人不注意回身弹了弹苏桃的头，在她耳边低声说："小班花，要不要给凉哥写作业啊？"

苏桃瞪了他一眼，不好意思地顺了顺自己的头发。

身后有一束不友善的目光盯着她，她觉得不舒服，回过头去看又什么都没发现。

她微微皱了眉毛。

三中的操场不如其他两所高中，还没来得及修塑胶跑道，人群乌泱泱一过，土质的跑道激起尘土飞扬。

苏桃被呛得咳嗽了几声，步伐缓慢，白北北想陪着却被她往前推了推。

苏桃已经提前办了体测免考，跑成什么样子都没关系，可白北北还要过体测，练习强度不能马虎。

一旦落下就会越差越远。苏桃跑着跑着就变成了最后几个，她加快步子想追上大队伍，身后的陆婷佳和叶瑶依次超过她，陆婷佳仰着头"不小心"地撞了苏桃一下。苏桃一个趔趄，被高程扶住。

高程想都没想就责备陆婷佳："你没长眼睛啊！"

陆婷佳瞪着两人，仇恨的目光流转，拉着叶瑶头也不回地跑远了。

高程担心地检查苏桃身体有没有问题，被她推开。她冷淡道谢，拒人于千里之外，尽管她的两条腿灌了铅一样，视线也渐渐不清晰——眼睛里进了沙子，她的隐形眼镜好像挪位了，她也不想依靠高程。

"小班花，你没事吧？"祁凉不知道什么时候到了她身边，挤开了高程。高程再不乐意，也插不进去。

苏桃已经没多少力气了，却还嘴硬想要跑下去："没事，还有一圈呢。"

祁凉瞧着她愈发苍白的嘴唇，一直想揉眼睛又不敢揉，不由分说地牵住她的手腕扯了她一把。她脚步一绊，被祁凉带着往前慢走缓气。

"一步都不行！你打算真变成瞎子？"

他怎么还记得这个？

白北北也发现了她的不对劲，跑过来扶住苏桃，问道："桃子，你怎么了？"

还有几个同学也七七八八凑过来关心她，苏桃看得模糊，心里却酸酸的。

真是和以前完全不一样的光景。

围观的人没来得及搭话就被祁凉隔开，高程更是连边都碰不到。祁凉不耐烦地说："白北北带苏桃去厕所，你们聚在这干什么？不跑了？"

白北北得令，带着苏桃走了。

大佬一皱眉，再关心苏桃的人也不敢凑近，躲在一边，用眼睛望着，窃窃交流。陆婷佳和叶瑶站在人群外围冷眼旁观，哼了一声。

体育老师悠然走过来，拍了拍仍然望着苏桃背影的祁凉，低声笑道："你这也护得太明显了，不怕被发现？"

祁凉淡淡瞥了眼体育老师八卦的表情，没把他的话当回事："我的人，我乐意。"

真的是嚣张啊。

体育老师无奈地摇头笑了笑，年轻就是好，狂妄地以为自己能保护全世界，想到自己当年……体育老师默默叹了口气。

女厕所水龙头哗哗流着水，白北北在凉水下洗了手，晶莹的水珠甩得到处都是。苏桃避开水管渗出来的水，对着小镜子重新扶正隐形眼镜，她眨了眨眼睛，眼前才重新清晰起来。

白北北瞧着半弯身子的苏桃，忽然说："桃子，你有没有发现凉哥对你格外好？"

苏桃的动作一顿，直起腰，问道："有吗？"

白北北坚定地点了点头："比对我好多了！同样是女生，凉哥只把我当兄弟，不把我当女孩看！"

明知道白北北在开玩笑，苏桃却笑不出来。

祁凉不把白北北当女孩看才能和白北北一直以兄弟关系维持这么久的友谊，那自己呢？祁凉是怎么看自己的？真的只是普通同学吗？

苏桃摇摇头，觉得自己越想越偏。

不然还会是什么。

突然，有三个字从苏桃的脑海里蹦出来，吓了她一跳。

这是什么乱七八糟的想法！

她匆忙洗了手，冰凉的水冲刷手腕，除去了暑气，也让她冷静了下来。

她把手在校服上随便抹了抹，转身要走，却见白北北神秘兮兮地拉住她，鬼鬼祟祟躲进了厕所里面。苏桃正要发问，白北北却"嘘"了一声，侧耳听着外面的声音。

"真的没事吗？"

"放心，主任又不知道是谁发的。"

"可要是被祁凉知道……"

"他怎么会知道是谁发的？"

"但这样是不是太过分了？苏桃也没招惹我们。"

"没招惹？高程跟个哈巴狗一样缠着她，还没招惹？"

"你们两个不都分开了吗？"

"分开了我也不让他好过！苏桃那个贱人，凭什么抢我的东西！"

……

说话声伴着脚步声由远及近，苏桃听出这是陆婷佳和叶瑶的声音，接下来她们说的话被水流声所掩盖，不过大致也和祁凉跟苏桃有关系。

有阴谋。

苏桃自己被捉弄没关系，她不想连累祁凉。

她和白北北互相对视一眼，几乎立刻默契地做了决定。

陆婷佳拿着镜子在摆弄自己的头发，叶瑶站在一边拿着手机偷偷按键，两人都没听见脚步声，等她们意识到身后有人，已经晚了。

苏桃悄无声息地出现在她们身后，一把夺过了叶瑶手里的手机。

"你干什么？"

叶瑶吓了一跳，陆婷佳看到苏桃，伸手就要把手机抢回来，被白北北用胳膊隔开。

"别乱动，我可不保证不会打人。"

苏桃按住白北北的胳膊："别闹。"

白北北吐吐舌头，开个玩笑嘛。

陆婷佳愤怒地瞪着她们，见苏桃看到照片以后，她"咯咯"笑了两声，诡异扭曲，眼神跟淬了毒的刀子一样，扎向苏桃的心。

"怎么样？照片拍得好看吗？"

白北北一头雾水，她回头看苏桃，问道："什么照片？"

苏桃拿着从叶瑶手里夺过来的手机，手微微发颤，是气的。

上面是消息发送的页面，内容只有一张照片，背景在篮球场，主角是苏桃和祁凉，苏桃还记得那天是校联赛。

照片角度选得很好，不管怎么看都是两个人举止亲密，苏桃的手还攥着祁凉的衣角，头微微仰着，祁凉低着头，一点也看不出 PS 的痕迹。

想要发给谁，听了刚才的对话不言而喻。

这时候，是没有撤回功能的，就算删除了这条记录，对方也一定会看得到。苏桃翻了翻聊天记录，庆幸的是厕所网络不好，并没有发出去，红色叹号很明显。

苏桃松了口气，把照片删掉，也删掉了聊天记录，甚至在相册里找了

一番，确认没有其他的也没有备份。

外面艳阳高照，苏桃浑身都渗出了冷汗，一层又一层，寒冷至极。

但凡看过照片的人都会认为她和祁凉的关系不单纯，学校里最近抓早恋抓得紧，这摆明就是把他们两个往枪口上送。

在三中，早恋要比打架闹事严重多了，老师家长不会听你的辩解，也不会接受你的保证，只要你有端倪就会死死掐住，绝对不让早恋有一点生长的间隙。

祁凉最近已经很老实了，很久没有打架闹事，也没有顶撞老师、违纪犯错，最多就是上课睡觉。只要他安稳度过这一年，高考前他的记过就会被完全抹去。但是要是被刘挺误会他和苏桃早恋，祁凉一定是首当其冲被谴责的一个，包括她也会被重重处罚。

苏桃本以为陆婷佳只是骄纵了一点，没想到陆婷佳会做这样的事情，也想不到陆婷佳会讨厌她到这样的地步。

苏桃都被气笑了。

她有绝对的身高优势，居高临下看着陆婷佳，眼神轻蔑："就这？你就想凭这个让我身败名裂？陆婷佳，你是小孩子吗？当天在场那么多人，主任也在，你以为几张借位照片就能诬陷我和祁凉，这不就是当着老师的面说他们眼瞎吗？"

她的视线淡淡扫过呆立在一旁的叶瑶，继续说道："自己恶毒就算了，还要拉着别人，到时候被处罚你是不是也要推别人出去顶罪？怪不得高程和你分开，你这么小就蛇蝎心肠，真是被家里宠坏了，以为自己无法无天是吗？"

叶瑶瞬间明白了苏桃的意思。

手机是她的，消息是她发的。要是被校方发现，陆婷佳可以推得一干二净，她却会变成陷害别人的坏人。

她是被利用了。

陆婷佳做过什么她比谁都一清二楚，想到这些，她盯着陆婷佳的目光

也厌恶起来。

那些阴暗的心思都被苏桃一件件拿到台面上来，陆婷佳狠狠盯着苏桃，指甲掐在手心里，留下一道道红印子。

如果不是苏桃，她还是班里人见人爱、谁都要奉承几句的班花，甚至在全校也能获得广泛的关注。可苏桃一回来，一切都不一样了！班里人开始讨厌她，苏桃受到的关注也比她多，最重要的是高程也不理她了，还追着苏桃屁股后面跑，贱死了！

陆婷佳突然朝着苏桃的方向走了几步，叶瑶仿佛知道她要做什么事情，趁着她们不注意转身跑出去找人。

陆婷佳指着苏桃，要不是白北北挡着她就要戳到苏桃脸上了。

"你还好意思说！你就是个灾星，都是因为你！因为你高程和我分开！因为你方平成还躺在病床上！因为你祁凉差点进局子！祁凉有钱有势有长相，要不是因为你，我也不会盯上他！都是你的错！你就是个贱……"

"你给我闭嘴！"白北北一直没敢告诉苏桃方平成事件的后续，就是怕苏桃多想，她用力挡着陆婷佳，急切地撇开这件事和苏桃的关系，"桃子，你别听她的，不是这样的！"

不，是这样的。

苏桃心里有个声音在说。

她站在靠门的地方，阳光从外面照进来，炽热地烤着她的背，她却只觉得浑身冰凉，暗黑的角落仿佛有什么正在滋生。

她知道陆婷佳说的是对的。

路之遥之前也说了，祁凉因为她打了方平成差点进去坐牢。以祁凉家里的能力完全可以把他送到国外，让他接受更好的教育。可他却来了三中，一而再再而三地因为她受伤受处分。

她以为自己保护好白北北就可以了，却不可避免地把别人拖下了水。

都是她的错。

前世的白北北就是被她牵扯，这次又换成了祁凉。

她想保护所有人，却把所有人都拉下了水。

苏桃脸色白了又白，却还是强忍着维护祁凉："祁凉没有做错，只是做法不合适而已。方平成是恶有恶报，你也是！不管怎样你都不该拖祁凉下水，我会把手机交给学校，也会告诉学校你以前做的那些事情，你就等着处分吧！"

对于学生来说，没有什么比学校处分更加惭愧羞耻的事情。陆婷佳不允许自己背上这样的污名，她什么也顾不了，朝着苏桃冲了上去。白北北想拦，却被疯了一样的她甩在一边。

苏桃动作敏捷，瞥到陆婷佳冲过来便握着手机迅速一闪，陆婷佳扑了个空。

地上有漏出的水，混着泥土，从水管下面蔓延出来，苏桃躲开了陆婷佳，自己却一个脚滑，脑袋磕上水池，摔倒在地。钝痛和晕眩感交替袭来，苏桃摸了摸后脑，摸到湿黏的液体。

眼前是白北北焦急的脸，苏桃想要安慰她，却眼前一黑，再也支撑不住。

苏桃觉得自己陷入了一阵混沌，脑海里掠过很多事情，曾经的、如今的，数不胜数，走马灯一样，她完全来不及看。

等这些场景消失，最前方出现一束光亮。

苏桃看了看周围的黑暗，抬脚向着光亮的方向走了过去。

光亮晃着眼睛，她挡住视线，待光渐渐消散，苏桃看清了眼前的场景。

这似乎是在医院，她看到躺在病床上的自己盖着白床单，身上连着的各种医疗器械都被一一卸掉，白北北趴在她的床边哭得撕心裂肺，她身上还带着伤。

医生在和护士说着什么，她听不清。

突然门口传来声响，病房门被打开，一个身影逆着光走进来，是更加年长的祁凉，他风尘仆仆，面容冷峻得像一块石头。

苏桃心里猛地一抽，莫名其妙的悲伤铺天盖地而来。

白北北抽着鼻子，满脸泪水地望过去，嘴唇一张一合，说了什么。

苏桃却来不及听到，连思考的机会都没有，整个人轻飘飘的，一股极大的力量将她往上一抽，整个人扭曲起来，消失在空中。

醒来的时候，苏桃是躺在看似诊所的地方。

祁凉坐在床边，白北北坐在椅子上叽里呱啦讲着什么，她的语速太快，苏桃还没听清，她就说完了。

注意到她醒了，两束目光聚集在苏桃身上，她莫名脸颊发热，下意识想要抬起手捂住脸。

手动了动，却被握得更紧。

苏桃微愣，她视线下移，才发现祁凉握着她的手，没有放开的意思。

祁凉幽幽盯着她，瞧得她心虚。

她强行逼迫自己把目光挪到白北北身上，舔了舔嘴唇，问道："怎么了？"

"桃子你没事吧？陆婷佳竟然敢撞你！幸好你没事，要不然我一定让她负责你的下半生！"

那还是不要了。

苏桃当然知道自己摔倒了，还做了个光怪陆离的梦。梦里白北北没有死，死的只有自己，祁凉还出现在自己的病房……他为什么会在？苏桃不明白这个梦的含义，她苦思冥想，却换来剧烈的头疼。

白北北还想要跟苏桃讲些什么，见祁凉冷淡的眼神扫过来，白北北就不吭声了，很识趣地挠挠头，干笑两声："我先出去给你买瓶水，桃子你躺着啊。"

说完，人就溜了出去。

苏桃动了动，祁凉松了手，撤离的手撑在床边，和她离得近了一些，苏桃看到了他眼里的疲惫。

"你干什么吓唬她？"她病恹恹的声音带着点抱怨，有点撒娇的意味。

祁凉扯了扯嘴角，点了下她的额头，委屈地说："你就冤枉我吧。"

苏桃撇撇嘴，支起身子想要坐起来。祁凉连忙伸手扶起她，把枕头垫在她背后，说道："不用着急，给你请假了。"

"老师那里……"苏桃开了头却不知道要怎么说，"对不起……"

祁凉把她头发捋顺，碎发塞到耳后，顺手捏了捏她的耳朵，低声安抚道："没事，不是你的错。"

这亲昵的动作让苏桃缩了缩，她想起了陆婷佳的话。

"你就是个灾星，都是因为你！因为你高程和我分开！因为你方平成还躺在医院的床上！因为你祁凉差点进局子！祁凉有钱有势有长相，要不是因为你，我也不会盯上他！都是你的错！"

尖锐的声音响在耳边，苏桃揉了揉额角。

"苏桃，"祁凉双眸深邃，温柔的嗓音打断了苏桃的思绪，"别多想，没事的。"

苏桃不明白他的意思，皱眉看着他。她握了握拳，发现手里是空的，她想起原本攥着的手机，连忙问道："手机……"

"交给学校了。"祁凉把她的手放进被子里，柔声安慰，"你现在只要休息就可以，其他的事情学校会秉公处理的。"

"可是……"苏桃想问他会不会被牵连？

她这样纠结，把祁凉逗笑了。

"好了，别胡思乱想。你这么乖，刘主任对你印象不错，不会误会的。"

"万一老师找你怎么办？"苏桃见祁凉要抽身离去，下意识就拽住了他的衣袖，这样潜意识的依赖连她自己也没有发觉。

祁凉垂眼看着她纤细的手指，手覆了上去，温热的手掌包裹住她的，摩挲了几下。苏桃抬眼和他对视，莫名心慌起来。

祁凉眼里带着些许的笑意，温温柔柔地望着她，捏了捏她的脸颊："凉哥很厉害的，无所不能，相信我。"

他有些过于温柔了，苏桃奇怪他的态度，想再多问，他却捂住了她的眼睛，低声哄她睡觉。

"给你讲故事啊，从前的从前……"

"我不是小孩子。"

"有一个白雪公主，她有着乌黑的长发，白雪一样的皮肤，遇见了七个住在森林里的小矮人……"

富有磁性的低声自带催眠能力，苏桃明明刚刚醒来，又起了困意，在祁凉的胡扯故事里闭上了眼睛。

不知道过了多久，等床上的人传来平稳的呼吸声后，祁凉才小心地给她掖了掖被角，帮她整理了头发。

他看了她许久，微微俯下身，又停了下来，默默叹了一口气。

白北北的小脑袋出现在门口，她一路蹭过来，难过又纠结地说："凉哥，桃子睡了吗？"

祁凉声音平淡，听不出喜怒："嗯。"

"学校本来已经决定要开除陆婷佳和叶瑶了，后来因为叶瑶供出了之前欺负苏桃的事情，看在她认错态度良好的份上，学校对她处以留校察看。"

"嗯。"祁凉太过平静，让白北北都有些害怕。

"凉哥，你没事吧？"

祁凉把目光从苏桃脸上移开，淡淡瞥向白北北，问道："我能有什么事？"

不教训陆婷佳就很奇怪，这样的平静有点可怕，白北北不敢说，小心打量着他："要不要叫陆天他们过来？"

祁凉明白她的意思，摆手道："该得到的惩罚陆婷佳已经得到了。"他看向白北北，略带迟疑，"我有那么暴力？"

白北北光速摇头。

祁凉只是心疼，还有后怕。

为什么他没有陪着苏桃？为什么陆婷佳离开的时候他没有注意到？他以为自己可以保护好苏桃，却还是让她受了伤。

她在受伤前还维护了他，醒来以后又担心自己。

祁凉赶走了白北北，自己陪在苏桃身边，伸手戳了戳她柔软的脸颊。

傻不傻啊……

第二天回到学校，班级里安静得可怕，苏桃在这种诡异的气氛里惴惴不安地等着董明的召唤，却平稳地度过了一天。

这不正常。

她看向在座位上睡着的祁凉，不知道是不是心有所感，祁凉睁开了眼睛，刚睡醒还不是很清醒，他打了个哈欠揉了揉眼睛，撑着脑袋看她，嗓音还带着刚醒的低哑："看我干什么？喜欢我？"

想得美！

苏桃别过脸去。

祁凉垂目看她，勾了勾嘴角。

耳边是他的低笑声，听到他坐直身体活动的声音，苏桃往外面挪了挪。她刚要挪椅子，就发现椅子异常地沉，低头一看，能不沉吗？祁凉踩着呢。

苏桃瞪他一眼，挪了身子。

祁凉微微笑着，看着苏桃毛躁的头发，抬手拍了拍，捋顺了。

讲台上，老师发现祁凉的动作，目光微沉，喊道："祁凉，起来把这道题做一遍。"

祁凉：……

下午大课间，刘挺亲自检查做操情况，祁凉也被拎出去，教室里清清冷冷只有苏桃一个人在，她安静做着题，又起身把前面的垃圾桶倒掉。

看到黑板角落的值日表的时候，她意外发现陆婷佳的名字被画掉了。

她终于意识到哪里不对劲——她一天没有听到陆婷佳的声音，也没有见到叶瑶。她又转过头往两人的座位上一看，空空如也，一本书都不剩。

她呆立在讲台上，久久才回过神。

下午的大课间休息时间会更长一些，苏桃望了眼操场上打球的黑色身影，走到白北北旁边的位置上坐下。

白北北本来和赵洋闹着，听到周围安静下来，扭过头，见到一脸严肃的苏桃，心说：糟糕，苏桃那么聪明的一个人，怎么可能会猜不到。

她"哈哈"干笑两声，望着门口，想溜。

苏桃挡在她身前，问道："陆婷佳和叶瑶是不是出了什么事？"

坐在旁边的徐婧不明所以，也没有看到白北北的眼神暗示，奇怪地问："苏桃，你不知道吗？陆婷佳退学了，叶瑶被留校察看，在家反省。"

退学？

苏桃以为只是记过，没想到竟然直接退学了。

她微微睁大眼睛，难以置信过后是长久的无奈。

自作孽不可活，陆婷佳和叶瑶也是该受些惩罚才能意识到自己的错误。

白北北怕苏桃多想，替祁凉解释："桃子，这是校方的决定，和凉哥一点关系都没有！他可担心你了，你昏迷的时候一直陪着你，他怕你不喜欢都没有再教训她们……"说多错多，白北北捂住了嘴。

苏桃对白北北露出一个安抚的微笑，表示自己没有事情。她的心思飘远，心里的大石头却越压越重。

陆婷佳和叶瑶对她只是一个小插曲，虽然脑袋还疼着，但事情已经结束了。

况且她知道祁凉不是那种乖戾的人，他做事情都有分寸有原因，但也正因为如此，她才更加担心。

陆婷佳有一句话说得没错，祁凉确实是因为她才卷进了不少的事情里，很多事情本可以避免，却因为她变得更加严重。所以只要有她在，祁凉就会像以前的白北北一样，一生被她所拖累。

说不定还会像白北北一样……因她而死，而这次，她不会再有第二次机会去弥补。

苏桃心事重重，快到家时才想起来自己忘带练习册。

她翻了翻记着作业的本子，望了一眼还亮着的天，叹了口气，转身往学校走。

其实可以第二天早点到校补的，但苏桃不喜欢那样。

晚自习已经开始，学校里静悄悄的，路过教学楼楼下的时候，苏桃习惯性地瞅了眼停车位，没有看到董明的车，估计是回家带孩子了吧。

天渐渐暗下来，她快步走进教学楼，到了班级门口，门口的谈话声让她不自觉停下了脚步。

"你说祁凉怎么会看上苏桃呢？"

"谁知道？可能是缠着他的人太多有点腻，想换换口味吧。"

"那他眼光也太差了！他不知道高程都看不上苏桃？"

"最近高程不是反过来缠她了吗？不知道她有什么手段，这么会蛊惑人心，真以为摘了眼镜、剪了头发就变好看了？又不是巴啦啦小魔仙！"

"就是就是！殊不知大佬就是玩玩而已，真以为自己能贴上祁凉？"

……

议论声在没有老师看着的情况下越来越大，传到白北北耳朵里，她摔了笔："一天天说什么呢！嘴巴那么大不如去喝长江水看能不能装得下！"

她吼了一声，班级安静下来，没一会儿又开始小声地议论。

苏桃攥着书包带子的手微微发白，她迈着平稳的步子走进教室。说闲话的人没想到她会回来，张着嘴巴，神色有点难堪。

苏桃走回自己的位置找出数学练习册，又面不改色地走出教室，全程没有看教室里的任何一个人，也就没看到想喊住她的白北北的眼神。

出了学校，她才缓缓地吐出一口气，手心被掐得发麻。

体测那天，苏桃没有下楼。

她在教室里做着题，偶尔往窗外望望，视线总能从白北北身上滑到祁凉身上，她看着那个清瘦的身影，轻轻皱起眉头。

要怎么办才好呢？

体测分为男女两组，男生跑的圈数多，比女生先测完。

陆天和纪末修凑在一起喋喋不休议论哪个班的女生好看，哪个女生又偷偷早恋和谁在一起。

祁凉坐在篮球架上，伸长双腿，望向教学楼。

树叶被风吹得沙沙作响，他寻找着自己班的窗户，妄想能够从这么远的距离看到什么。

旁边还有其他班的男生在，他们背对着篮球架看着女生们跑步，聊着聊着，嘴贱的毛病就犯了，没注意到祁凉，所以一点也不顾及在场这么多人。

"哎，你知道三班的陆婷佳转学了吗？"

"知道。她不是品德不端，拿着手机拍别人隐私吗？"

"知人知面不知心，真是可怕。不过他们班的苏桃也很好看，那双腿……啧啧。"

"你怎么这么猥琐？有照片吗？"

"我还真拍了……"

男生掏出手机想要翻找出照片，突然身后飞来一个篮球，直接砸上他的脑袋，后脑像被铅球砸中一样，嗡嗡地疼。

男生骂了句粗口，转头一看，祁凉站在篮球架上，沉着脸问道："你刚刚说谁好看？"

体测很快就结束了，学生们成团回来，一个个累得不像样子。苏桃在同学进来的时候已经放下了笔，她望着门口，自己也不知道在等什么。

直到上课，祁凉也没回来。

董明也没有像往常一样来教室说些教导的话。

她心里奇怪，回身问后桌。后桌是个男生，见到苏桃回头蒙了一秒，差点咬了舌头："苏桃，你不知道啊？祁凉打人了，被老师拎到教导处去了。"

什么？

苏桃睁大眼睛，秀眉蹙着。

男生以为她在担心祁凉，很热心地告诉她事情经过，最后还感叹："凉哥真的是冲冠一怒为红颜啊！"

他兴奋地讲述着祁凉的"英雄事迹"，苏桃却越听脸色越差。

他又为她打了架……又是因为她。

苏桃在座位上呆呆坐着，不知道坐了多久，她站起身，似乎是做了什么决定，出教室去了教师办公室。

祁凉被耳提面命一下午，全程不耐烦听着，离开教导处后，他以为董明还会教训他，可是没有。

他心里有些不安，一踏进教室，原本吵闹的班级渐渐安静。

祁凉目不斜视往座位走，忽然脚步一顿，视线落在讲台旁边的苏桃身上，他又看了眼自己位置旁边的空桌子，一把拉住苏桃，将人带出了教室。

苏桃被他吓了一跳，手中的书落在地上。她挣了挣手腕，发现已经红了，皱眉轻斥了一声："祁凉你放开！"

"为什么要换座位？"

少年冷漠的视线落在苏桃身上，她顿了一下，不敢看他的眼睛。

"我近视，看不到黑板，要坐到最前面。"

祁凉信了她的邪，她都在这儿坐了快一个月了，现在才说看不见？他把苏桃往自己的方向拉了拉，要带她回原来的座位，说道："我不许。"

"祁凉，你放开，我已经和老师说过了！"苏桃感觉骨头都被他攥得生疼。

阵阵寒意从祁凉身上传来，苏桃在这时候才想起来祁凉本来就不是什么怜香惜玉的人，只是平时对她温柔而已，而且自己对他的影响……真有这么大了吗？这更加坚定了苏桃要换座位的心。

开玩笑，怎么可能放她走？

祁凉舍不得对苏桃发狠，也知道苏桃吃软不吃硬，他稳了下情绪，尽量不吓到她，难得压低声音："苏桃，不换好不好？"

苏桃却心意已决，说道："放手。"

"苏桃……"祁凉是真的不敢放开手。

其实只是隔开座位而已，以前也不是没有过，可一旦尝到了甜头，他就不想再回到之前一个人的时候了。

"祁凉，放开！"苏桃是铁了心要和祁凉保持距离，不论他怎么样都不会心软。

"为什么？"他又问，"因为我？"

苏桃深吸一口气："高考前时间太紧了，我不想因为其他事情分心。"

"我是其他事情？"

"祁凉，我已经经历过被人非议的时候了，不想再经历一次，你放过我好不好？"

祁凉忽然觉得自己很可笑。

刚刚刘挺指着他骂，说年轻人青春躁动很正常，但是不要耽误好学生，他在这里一厢情愿，对方未必会把他放在心上。

他没把刘挺的话当回事。

他以为至少苏桃不会和其他人一样，只要有一点污点就将他判了死刑。她能对白北北好到那个程度，至少也可以渐渐接纳他。

不过十几分钟，苏桃就狠狠扇了他的脸。

他咬破了舌尖，血腥味冲进口腔，问了一个问题："你是不是一直都觉得我会拖累你，会影响你，会妨碍你？你和别人想的一样，我就是无药可救，对不对？"

苏桃心里说：不是的，是我拖累你才对。

见她沉默着没说话，咬着嘴唇为难的样子，祁凉的心渐渐冷下去，眼中好像有什么东西破碎了。

他松开了手。

苏桃手上一轻，心里瞬间空荡，像龙卷风过境，到处破败，什么都不剩下。

她知道自己不能再和祁凉纠缠下去，她怕自己心软，于是转身装作没看到他压抑的情绪，回了教室。

本以为以他的性子还会再纠缠一下，或者发火，或者打她，又或者怎么样……然而都没有，之后他都平静接受了。

像暴风雨来临前的平静。

苏桃和祁凉开始了显而易见的冷战。

白北北夹在中间只觉得大夏天如寒冬来临，瑟瑟发抖，这样的状态一直持续到了高三第一次模拟考试。

苏桃考进了百名榜前十名，白北北激动地说以她这样的成绩下去，别说一个庆应义塾，一百个也能拿下。

这当然是玩笑话，苏桃看着历年庆应义塾的分数线和书桌上厚厚的资料书，还是很头疼的。

她还差得远呢。

唯一有优势的，就是在刚回来的时候就着前世的记忆把日语N2给过了，按照以前的基础，准备起N1也简单很多。

"哎？凉哥怎么跌出百名榜了？"

白北北一句话让苏桃翘起来的嘴角僵住，她拿过成绩单在最下面找到了祁凉的名字——几乎各科都是零分，他怕是根本没去考试。

徐婧有些可惜地说："哎呀，我还期待着他考第一呢。"

说来也奇怪，以前祁凉一直保持着全校第二的名次，不论第一如何换人，他都稳如泰山，每一次都适当地少做几道题，以表示自己的"谦虚"。很多人都在好奇，他到底什么时候会拿出自己的真实能力。

苏桃看向窗边空着的位置，皱眉问白北北："他有多久没来上学了？"

白北北担忧地摇摇头，偷摸瞄了苏桃一眼，心里叹气。

从他们冷战开始，祁凉就很少到学校了。

他好像又变回了以前的那个祁凉——冷漠孤寂，漠视一切。

白北北瞧着自己闺蜜的姣好侧脸，计上心头，"噔噔噔"地跑过去拿起祁凉座位上厚厚的一沓卷子塞进苏桃手里，交付她一项重任。

"桃子，你去给凉哥送卷子吧！顺便把他劝回来！"

苏桃几乎是立刻就拒绝："不行，我不能去。"

"你不去谁去？除了你，凉哥谁的话都不听。"

"他什么时候听过我的话？"

"嗯……你不让他打架的时候。"

……

旁边徐婧也跟着附和，苏桃于是把求助的目光抛向帮白北北解决数学卷子的赵洋。

赵洋的眼镜已经加厚了镜片，愈渐沉重，总是往下滑。他扶了下镜框，说道："从心理学的角度来说，人的确会更加听心里最重要的人的话。"

还不如不说。

苏桃试图挣扎："就算这样，那也是以前，他现在……一定还生着我的气，不会听的。"

"所以要你去哄他！骗他也可以！"白北北不听她继续废话，把卷子整理好装进苏桃的书包塞进她手里，"你逃不掉的！这是你的使命！"

放学后，苏桃站在白北北提供的台球厅地址门前，心里止不住叹气。祁凉不会因为不想见她，把她打出去吧？

她垂下头，泄气地踢了踢脚边的台阶。

第十二章

我和你一起考大学，好不好？

s w e e t   p e a c h

台球厅三楼被包场，楼下热热闹闹，楼上冷清，只有几个人在。

陆天和纪末修两个人有一搭没一搭地在打台球。吏遥倚在窗边，他高考失利了，没考上合适的学校，家里打算把他送往国外，最近都憋在家里死磕英语，难得出来一回，也没什么太大的情绪玩。

吏遥看着楼下那个穿着校服的小黑点，笑了一声，对着沙发上的某人扬声说："你家小仙女来了，你不下去接一下？"

陆天一听有女生来，兴奋地叫唤："哪里哪里？小仙女在哪里？"

纪末修毫不留情地拍了他一掌："那是你的吗？喊什么！"

见真正的主人公还在沙发上躺着一动不动，吏遥往楼下又望了眼，说道："人不在了，可能走了吧。"

沙发上的人这才动了动，翻了个身。

三人对视一眼，不约而同地叹气摇头，英明神武的大佬因为一个女人精神萎靡，传出去怕是要被人笑死。

苏桃抱着书包在门口犹豫了将近半个小时，还是走进了台球厅。

祁凉要是因为她的故意远离导致成绩下滑，她会更加愧疚的。

猜不到祁凉的态度，苏桃不敢大张旗鼓表示她来了，在服务员友好询问是否需要带领的时候，她也摆摆手，说不用。

她踩着铁质楼梯上到三楼，先探出了一个小脑袋，黑溜溜的眼睛在上面扫视一圈，观察情况。陆天和吏遥在台球桌旁一人拿着一根台球杆，弯下腰打着球，没看到祁凉的影子。她正奇怪着，身后传来一个戏谑的声音："小同学，你找谁啊？"

苏桃吓得差点踩空，纪末修带着坏笑没扶她，任由她自己强行扶住栏杆，对她的到来并不惊讶，似乎是意料之中。

苏桃结结巴巴地为自己的偷窥行为解释："我……我来找……"

"凉哥在上面。"纪末修不等她说完就带着她上了楼。

陆天和吏遥像是正在争论刚刚打进的球算不算数，见到纪末修带了人上来，一丝惊讶闪过，很热情地和苏桃打招呼。

"小仙女你好啊！"

苏桃干笑几下，抬起小手摆了摆。

陆天指了指沙发，又抹了抹脖子，示意苏桃祁凉的心情不好，让她小心一点。

苏桃点了下头，小步挪到沙发旁。

祁凉从头到脚都盖着毛巾被，盖得严严实实的，连根头发都看不到。

苏桃把书包放在一边，蹲下来小声叫他："祁凉？"

祁凉没有反应。

"祁凉。"

祁凉还是没有反应，或许是睡着了，或许是不想理她。

苏桃的手紧张地蹭了蹭膝盖，小心翼翼地道歉："祁凉，对不起……我知道你对我很好，比对北北还要好，就因为这样，我才不想因为我的事情影响你。我没有觉得你无可救药，我知道你很好，非常好！你是我见过的最优秀的男生！可是你真的不能再打架违纪了。现在都高三了，你这样会不能毕业的，也会影响以后的升学……"

苏桃絮絮叨叨说了半天，对方一点声音都没有，甚至都没有动一下。

她失望地垂下眼帘，心说：他是真的很生我的气吧。

要是放在以前，他顶多几天就又开始逗弄她，连句重话都不舍得说。

她是真的伤了他的心。

这明明是她想要的效果，可她心里却那么难过，甚至不比祁凉好多少。

她知道自己这样不对，所以这段时间一直用学习来麻痹自己，可每次总会不经意地往他位置上看。哪怕他不在，她的心也会被风吹起的窗帘扰得乱七八糟。

苏桃的心像被放进了榨汁机里搅来搅去，一刀一刀割着，又疼又难受。

她又不是真的没有心，怎么会不明白祁凉对她的好和关心，怎么会不知道他是怎么想的？可是她不能那么自私，已经害了一次白北北，不能再祸害别人了。

她抹了抹眼睛，带了点鼻音："我知道我伤害了你，你可以不理我，但是作业要写，课还是要回去上的。只要你回去，我做什么都可以。你要是真的这么讨厌我，大不了我就……"

"转学"两个字还没说出口，背后有一个冷淡疑惑的声音传来："苏桃？"

苏桃身子蓦然僵住，她望着沙发上的人形物体，迟疑了半天，掀开了毛巾被——一个人形抱枕躺在上面，因为她的掀动还晃了晃。

后面陆天、纪末修和吏遥三人已经笑成了一团，笑声传到苏桃耳朵里，让她的脸烫得吓人。

苏桃回头一看，祁凉正皱眉瞅着她，穿着一身黑衣，清清冷冷的，可能是刚睡醒，头发有点乱，带着点颓废的意味，他手里拎了一个便利店的袋子。

丢死人了！她刚刚都说了什么啊！

苏桃把自己埋进沙发里，她再也不想理那群男生了！亏她上来的时候还觉得他们人好，没有因为祁凉的事情对她冷言冷语，敢情在这里等着她！

她瞠目结舌又羞愧的样子让祁凉在瞬间就明白刚刚发生了什么，他将袋子甩在沙发上，转身拎起台球杆对着三人横扫过去，换来了一阵乱七八糟的叫唤声。

"凉哥，我错了！"

"凉哥，你见色忘义！"

"凉哥，你忘了当初是谁陪你上刀山下火海的吗？"

"祁凉你给我轻点！"

祁凉吼道："滚蛋！谁让你们欺负她的！"

几分钟后，吵闹声没了。

苏桃捂着发烫的脸，把手扒开了一点缝，想看看发生了什么。她的视线刚刚聚焦，一个身影就挡在她面前，她吓得噌一下站起来，摇摇晃晃跌坐在沙发上。

祁凉扶了她一下，就势把她按在沙发上，靠近了一些。

男生的清冽气息严严实实包住了她，薄荷糖混着烟草的味道让苏桃先发制人开口质问："你抽烟了？"

祁凉微愣，随即笑了下："你管我？"

他黑沉的眼睛静静盯着她，眼里都是薄凉。

她还来做什么呢？

苏桃想起那天祁凉受伤的眼神，偏过头错开视线，伸手去够书包，说道："我是来给你送卷子的……"

她的胳膊再长也架不住祁凉挡着不动，苏桃先前被戏耍一通，现在又被他困在这一块小地方，本能地将他们视为一丘之貉，甚至潜意识觉得是祁凉默许他们这么做的。

她焦急地推了推他："你让开啊！"

那点力度什么用都不顶，祁凉任由她推了推肩膀，俯下身子盯着她的眼睛。

207

两个人的距离实在是太近了，苏桃轻轻屏住呼吸，把头往后仰了仰，可后面是沙发靠背，她避无可避，稍微一动就有可能发生什么，她连眼神都没有地方搁。

"你来找我就是为了送卷子，嗯？"

……

"不说话，是心虚还是不敢说？"

……

"苏桃，你心跳很快。"

……

他眼前就是女孩白嫩的皮肤，她抿着嘴唇，微垂睫毛，轻轻颤动两下都撩拨着他的心。祁凉知道自己是在逼她，但他又何尝不是在逼自己？

他往后退了点，轻笑的一声像猫爪一样轻轻抓了一下苏桃的心。

"苏桃，陆天说你是来真情告白的，不辩解一下吗？"

苏桃喘出一口气，立刻辩解："不是——"

"我没有觉得你无可救药，我知道你很好，非常好！你是我见过的最优秀的男生……只要你回去，我做什么都可以……"

话还没说完，苏桃听到了自己的声音，软糯委屈，娇里娇气。

她起了一身的鸡皮疙瘩，伸手要抢祁凉的手机，祁凉往后一撤，她扑了个空。

祁凉站在她面前，晃了晃还在重复播放的手机，舔唇笑了："销毁证据可不是个好孩子。"

"祁凉你给我！不是你想的那样子！"苏桃满脸通红，羞耻到无地自容。

陆天竟然还录音了！

她一定要让白北北收拾他！

祁凉不会给苏桃抢到的机会，他伸长胳膊按了几下，手机在他手里一转，落进了裤兜里，然后他摊开手对着苏桃挑了挑眉道："自己过来拿。"

苏桃又气又羞，这不摆明就是要占她便宜吗？她要是过去就是羊入虎口，自投罗网，非被他生吞活剥了不可！

她扭过身子不理他，祁凉得意够了，赶紧过去哄人。

就是这样，哪怕她原地不动，只要叫他一声，对他笑一下，他就可以把剩下的路走完，走到她面前来。

"好了，删是不会删的，但我也不会外传的。"祁凉的意思就是自己"随便"听听。

他想起陆天把录音交出来保命时说的话："小仙女的声音真是让人骨头都酥了，同样是女生，白北北怎么跟只藏獒一样？"

祁凉思考了一下，"灭口"还是有必要的。

苏桃狐疑地瞅了他一眼，这个她还是相信的，就是不知道他会不会跟个变态一样每天放在耳边循环。

祁凉问道："吃饭了吗？"

肯定没有，苏桃一放学就过来了，哪里有时间吃饭。

她低头看了眼时间，把卷子给祁凉拿了出来说："我得走了，你记得写啊，还有下周一记得回学校上课。"

祁凉从袋子里拿出便当，斜斜地瞥了一眼厚厚的卷子："我为什么要回去？"

苏桃一时语塞，竟然想不到他回去的理由。

高三完全是复习，以祁凉的能力不回去也不会差多，不像她，为了能让自己往更好的方向走，必须要付出更多的努力。

可是他不回去，不能毕业啊。

但这个肯定说服不了他。

便当经过刚才那一番闹腾已经凉了，祁凉也不在意，他掰开筷子，随意拌了拌，他没指望苏桃会说出什么理由来，他太了解她了。

她这次来也绝对是白北北要求的。

他多买了个饭团，还温着，他拿出来递给了苏桃，问道："苏桃，我和你一起考大学，好不好？"

苏桃正紧张地揪着自己的校服衣摆想理由，闻言一愣，她抬起头，看到祁凉眼里波光微动，期待又小心。

她的心告诉她不可以答应，可是不答应，他一定不会回去。心里的天平摇摆不定，苏桃怔怔看着他，忽地想起了白北北的话，哪怕是骗他，也要让他能够回到学校顺利毕业。

过了半晌，她才说："好。"

她的脸上并不是愿意的表情，哪怕是为了劝他回去的假话，但这个想法也只在祁凉脑海里一闪而过就被他揣进角落按死在墙缝里。

没有假话，就算是假的，他也心甘情愿认为是真的。

"回学校好不好？我们一起学习。"

祁凉还没从她的那声"好"里反应过来，她又说了这一句。

长久的沉默后，祁凉点了头："周一就回去。"

目的达到，苏桃没有再待下去的必要。她弯下腰去捡地上的书包，一只手拽住了她，往前一拉，她跌入了一个温热的怀抱。

祁凉把她按在怀里，抱得很紧。

苏桃知道他现在还在意她之前的话，顺从地没有挣扎。她把下巴搁在他的肩膀上，待了一会儿，轻轻嗅了嗅。

"祁凉，别抽烟了。"

祁凉单手搂着她，掏出兜里的烟盒和打火机丢进了垃圾桶，说道："没抽，是纪末修硬塞给我的。"甩锅甩得很自然，苏桃没有揭穿他。

这么安静地抱了一会儿，苏桃想起一件事情。

"有一个问题，"她伸出一根手指，"在学校不能让别人知道我们两个和好了。"

小姑娘在担心什么，祁凉当然知道，女孩名声还是很重要的。他略一点头，低眸温柔地看向她，说道："好，只要你不再故意疏远我就好。"

苏桃别过脸，小声说："不会的。"

起码在高考前，她不会的。

高三的时间过得异常快，除了一摞又一摞的练习册和白花花的卷子，其他什么都没有留下。黑板上高考倒计时的数字终于变成了两位数，老师们也开始活跃气氛，不再像之前那样营造紧张感。

毕业典礼和考前誓师大会在高考之前举行，所有高三学生穿着校服在操场上集合，等着领导讲完话去拍毕业照。

站在太阳下听了校长和刘挺气势磅礴地念叨了一个小时，白北北抖了抖汗湿的白衬衫，小声喊前面的苏桃："桃子，现在几点了？"

苏桃瞄了眼前面的董明，把手背过去让白北北自己看表。

白北北被阳光晃得睁不开眼，好不容易看清了，忍不住抱怨："再这么晒下去怎么拍毕业照啊，丑死了！"

苏桃没办法安慰白北北，因为她自己也这么想。

再好的防晒霜也敌不住紫外线直直射过来，这么长的时间，且不论一身的汗，再白皙的皮肤也会被晒得黑几个度，学校照的照片又不会给修图……

不知道是不是听到了背后的动静，祁凉扭过头，迅速撩起苏桃的刘海拍了一下。她还没反应过来，祁凉就已经迅速地转了回去。董明和一群老师聚在阴凉处，拿着扇子扇风，没注意到这边的异样。

苏桃心跳如鼓，抬手摸了摸额头。

冰凉的降温贴贴在额头上，传来丝丝凉意，还有一点微弱的薄荷味道。

到了真正要拍毕业照的时候，学生们都没了力气，一个个垂头丧气，完全没有早上来的时候那样朝气蓬勃。

苏桃个子高，站在女生排头，等男生被安排好以后，才带着队伍走过去，走到正中央再被叫停，多出来的女生从另一面进入，依次排好，这样拍出来的照片对称，学生之后就是老师。

摄影师很挑剔，这个学生要换个位置，那个老师要往左一点，又折腾

了一会儿。苏桃站在大太阳下抬头望了望天，有些绝望。

摄影师好不容易调整好位置，回到相机前。

身后一阵清凉的风忽然吹动苏桃的后襟，她扭过头，一个白色的猫耳风扇出现在眼前，祁凉带着笑，把风扇往她前面凑了凑。

"你转过去，我给你吹。"

苏桃脸被晒得有些红，她转回去，摘掉了和额头一个温度的降温贴。

摄影师埋在相机后面说："我数'三二一'，你们就喊茄子啊。"

白北北在苏桃身边嘟囔："哎呀，真是老土。"

摄影师："三、二、一——"

白北北："茄——子——"叫得比谁都大声。

苏桃感觉自己垂在身侧被前面人身子挡住的手被后面的人勾了勾，牵过小指。

夏风干燥温热，她的刘海被微微吹起，小手指被捏了捏，身后凉风阵阵，甜丝丝沁到心里，好像没有那么热了。

集体的毕业照拍完，学生们开始自由拍照。

苏桃和白北北连五张都还没拍到，身边就已经围了一群人，争着要和她合影，她受宠若惊，不好拒绝，一一答应了下来。

好不容易拍完，白北北要拉着祁凉跑过来，苏桃又被人拦住了。

"课代表，来来来，咱们两个合个影。"

陶元亮从半路杀出，将苏桃拎到老师堆里拍照，拍完照又拉着苏桃的手开始感叹："哎呀，你真是我带过的很难得的学生。

"本来以为你就是平平无奇，没想到成绩越来越好，老师很欣慰。

"课代表你可不能忘了老师啊，你大学要报什么专业？历史我觉得就不错，研究方向也挺多，你考虑一下啊……"

"苏桃，"董明走过来问道，"你决定好留学的学校了吗？"

苏桃瞥了眼等得无聊的白北北和树下的祁凉，点了点头。

苏桃要去哪所学校，是和家里还有董明交流研究过的，董明当了这么多年的老师，见过不少学生，都没有苏桃这样乖巧的，除了之前的那次告白事件很出格……不过后来董明也知道她是被陆婷佳逼迫的。

董明叹了口气："其实大学不管这些的，祁凉他也是个好孩子，你可以试着接受他。"

"老师，"苏桃打断董明的话，"我已经决定了，他有更好的未来等着他，我们差距太大，比不上的。"

苏桃不是没有努力过。

就算没有祁凉，她也想要考庆应义塾。留学考试、高考、日语分数这些其实都不需要她过分担心，但是有一个问题她不能忽视——她的家庭经济状况支撑不起她的学费。

庆应是日本数一数二的私立大学，在全世界的就业率也能排到前九，但是学费问题真的没法解决。

日本的奖学金制度和中国不一样，毕业以后是要还的。她没办法保证自己以后的情况，不能冒险。

苏桃思来想去，还是把庆应义塾从备选大学里画掉了。

她可以更改她的命运和别人的命运，却无法改变那些一开始就注定的事情。不属于她的东西，一开始就不该奢望。

苏桃走到白北北身边，挽住她的胳膊。祁凉倚在树上，偏头看着苏桃，风吹起了少年的衣摆，不羁的外表下是干净的灵魂。

这也是祁凉和其他人不一样的地方。

白北北夹在中间，宛如一个醋缸子："真羡慕你们两个，不用为学校发愁。"

苏桃好笑："怎么不发愁啊，高考还没个结果呢。"

"那肯定能过啊！"白北北重重地拍了拍苏桃的手，"你们两个的成绩高我一大截呢。"

"还有几天，你可以再努努力。"

"不了不了，我要放松一下，你不觉得我的头都秃了吗？别等到时候考试我要戴个假发去。"

祁凉笑了声："考场都分开了，你怕什么？"

"怕给你丢人！"

"没事，断绝父女关系就行。"

白北北哭丧着脸埋进苏桃怀里："桃子，你看他，就知道欺负我！你快收拾他啊！"

苏桃哭笑不得。

高考如约而至。

苏桃在考场上看着发下来的全国二套卷，政治卷上写着历史题，历史卷上写着政治题，还是抽了抽眼角，至今也不能理解出题人的想法。

好在她早有准备，这些对她来说没有任何难度。

苏桃答完题，看了眼时间，只花了一个半小时。

外面"轰隆"一声，打了个响雷。

教室里有点阴暗，监考老师打开了灯。光亮晃了眼睛，头顶是"吱呀呀"转着的风扇，苏桃搓了搓裸露在外面的胳膊，拿起放在椅子上的外套穿好。

没过一会儿，天上噼里啪啦开始下冰雹。

坐在窗边的学生望出去，灰暗的天空雾蒙蒙一片，冰雹打在窗户上很响，像是世纪大片里的末日场景，没做完题目的学生有点焦虑。

监考老师站在窗边看了会儿，安慰他们："安心答题，你们家长一定都会来接的。"

苏桃抿抿嘴唇，在卷子上涂满数字和字母的空隙。

她的父母……早上都没有送她。

父母的转变苏桃是看在眼里的，之前的忽视他们也在弥补，她的家庭关系已经开始修复。苏桃不急于一时，但难免会有些失落。

交卷出了考场，冰雹夹杂着雨水落下，砸在地上留下小小一个冰球。

高考不能带包，所以大部分人都没有带伞。苏桃看着一群天不怕地不怕的学生冲了出去，和其他人聚在教学楼前避雨。她站在柱子旁，紧了紧没什么作用的薄外套。

回来的这段时间里，她掌握了一个规律。

她发现个人身上的事情，比如她、祁凉和白北北都因为再次重来而改变了原本的一些事件线，但高考题型改革这样的大事，或者不受人为控制的天气这一类不会更改。所以她知道，那次夺走她和白北北生命的暴雪灾害还是会重演。

雨不见停，还有越下越大的趋势。她想着要不然冲回去算了，踌躇间，看到一个熟悉的身影逆着人群跑过来，抖落伞上的冰雹。

苏桃一愣，连忙上前，问道："你怎么来了？"

"找你啊。"祁凉撩了一把湿透的头发，湿了的眉眼更加深邃，带了点邪气。

苏桃从兜里拿出纸巾给他擦，眼眶湿热，在冰凉的雨天烫得她看不清。祁凉握住她的手，另一只手拿过了纸巾。

她低声责怪他："下这么大的雨和冰雹，你从重点高中过来肯定会淋湿的啊。"

高考分校分班考，苏桃在二中，祁凉在重点高中，白北北在一中，都是分散的。苏桃是距离最远的一个，祁凉竟然从城北跑到城西，真的是傻得不行。

祁凉享受着苏桃的温柔，手心温热，他捏了把她的脸，说道："这不想着让你看看我湿身诱惑是什么样吗？"

这个人到底是哪里来的，脸皮厚得能一本正经地跑火车啊？

苏桃瞪了他一眼："那现在怎么出去啊？"

"打伞出去呗，笨。"

外面天空阴沉，空气中起了一层薄雾，哗啦啦的雨和冰雹坚持不懈地下着，不出去，一时半会儿也不会停。

祁凉把她揽在怀里，低头提醒："要走了哦。"

苏桃刚要答应，整个身子被祁凉往前一带，两个人冲进雨幕里，头顶脚下都是冰雹落下的声音，嘈杂又安静。

祁凉用力把苏桃压进怀里，生怕她沾了雨水。苏桃贴在他的胸膛，听到他有力的心跳，一下一下加快，她抬起手，轻轻扯住了他的衣服。

身后是还等在教学楼门口的学生们。

"那是祁凉吧？"

"这也太浪漫了吧！"

"这么大的雨，大佬的浪漫我们承担不起。"

……

一段路既长又短，苏桃反应过来时，已经到了校外的超市门前。

校外人更多，还有很多家长。苏桃不好意思地挣开祁凉的怀抱，他也没介意，暂时收了伞。

祁凉问道："你爸妈没来吗？"

苏桃望了望，还真在人群外面找到了那两个张望的身影，她愣了愣，点头道："来了。"

"那快去吧。"

苏桃走了两步，忽然停住脚步回头看祁凉。

少年穿着白色的T恤，肩膀和头发已经完全湿透了，下身也惨不忍睹，可他还是那副风轻云淡的样子，含笑看着她，眼里盛着满满的温柔，又肆意张扬。

这么好的人，她却要伤害他。大概祁凉知道以后，一辈子都不会再想理她了。

苏桃又走了回来，在祁凉面前站定。

"怎么，舍不得我？"祁凉挑起嘴角，故意逗她。

苏桃抿着嘴唇，想到之后他们不会再见面，就难过得无以言表。为了不让祁凉看出她的反常，她抬手搂住了他。

祁凉没想到她这么直接，没忍住笑了出来，他回抱住她，安抚地拍了拍，说道："知道你舍不得我，以后想见随时都可以，名正言顺，嗯？"

苏桃却不撒手，耳边是他湿掉的头发，冰凉的水顺着她的脖颈滴进衣领，她打了个寒战。超市里是熙熙攘攘的人群，有人牵着手在里面挑选东西。

她软着声音说："祁凉。"

"嗯？"

祁凉搂着她的腰往怀里按了按。

"你要好好照顾自己，不要随便就打人。"

祁凉失笑："我哪有……"

"也不要再抽烟了，发生什么都不要。"苏桃吸吸鼻子，完全不给祁凉说话的机会，"大学不会有人再纵容你了，也没人在乎你打架厉不厉害。你要收敛一点，千万不要再惹事了，尤其是在异国他乡……"

祁凉再反应迟钝，也听出苏桃的情绪不对劲。

他想要扯开她看看她怎么了，苏桃却不肯放手。

"你让我说完。我知道你很在意别人的看法，我告诉你，你真的很好很好，凉哥是我见过的最好的人了！"

"苏桃？你别说了……"

苏桃松开他，跳出他的怀抱，露出明媚的笑脸："报到之前我们都不要见面了，我还要准备入学考试，你会让我分心的。说好啦！"

她是笑着的，祁凉却笑不出来。苏桃的态度太奇怪了，不像是在短暂分开前的嘱咐，倒像是……告别。

他心里一紧，拉住苏桃的手，下意识确认："你真的会去庆应义塾吧？"

苏桃保持着微笑，把一切的情绪都压在心里："当然了，那是我理想的学校，是我'爱豆'的母校啊，好不容易有机会拿到Offer，怎么会不去呢？"

她眼里满是真诚和坚定，祁凉半信半疑地松开了手，犹豫了一下，还是不太放心，问道："不见面，那我想你了可以打电话吗？"

"嗯！"苏桃乖巧地点点头。

祁凉松了口气，看着她跑到她父母身边，在伞下和母亲依偎着。

一个奇怪的想法从他脑海里跑出来——她应该……不会骗自己吧？

第十三章

1

他没有一点久别重逢的意思

sweet peach

　　高考结束后的暑假比以往的每一个假期都要长。

　　陆天也要被家里送出国，走前组织了一场小型的聚会来庆祝和告别。他请的人也不少，连徐婧、赵洋都找了，一群人没了高考的压力，嘻嘻哈哈地闹成了一团。

　　祁凉躺在沙发上，眼睛紧紧闭着，耳朵里塞着耳机，和其他人的欢乐形成了鲜明对比。

　　吏遥走过去坐在他身边，递给他一根烟。他们和祁凉做兄弟这么多年，怎么可能察觉不到他的情绪低落，稍微一想根源就知道是谁。陆天让白北北联系苏桃的时候，苏桃也没有来，可想而知这两个人是闹了不小的别扭。

　　刚放假就闹别扭，这两人的"情趣"也是……非比寻常。

　　祁凉感觉到有人坐过来，睁开眼睛，望着眼前的香烟许久，推开了。

　　"她不喜欢。"祁凉声音很低，带着疲惫和沙哑。

　　他还记得最后一面的那天，苏桃说的那些话，果不其然是告别。她把一切都安排好了，甚至还演了那么久的戏，在离开前一直顺着他，接他的电话，然后不声不响地离开，生怕他难过。

　　真是心狠啊……

吏遥一脸的难以言喻，许久才憋出一句话："祁凉，你认真的？"

祁凉淡淡瞥了他一眼："我什么时候不认真了？"

……

世间女生千千万，一个苏桃就能把祁凉治成这个样子，吏遥真是没想到。祁凉看上去没什么问题，除了颓废疲惫一些，没有别的变化，徐婧他们都看不出来。

可他都不发脾气了，这说明什么？说明他已经伤到极致，连脾气都懒得发。

吏遥似乎可以明白苏桃为什么想要跑了，于是说："就你这样，不把小姑娘吓跑才怪。"

"我很可怕？"祁凉的视线幽幽转向他。

吏遥咽了口口水，往陆天他们那边去："你们玩什么带我一个！"

祁凉坐着看陆天他们手忙脚乱假装玩游戏，没什么感情地扯了扯嘴角。

白北北拿着奶茶走过来，问道："凉哥，你怎么了？"

祁凉蹙眉，"我很可怕？"他又问了一遍。如果这是苏桃想要离开的原因，他可以改，其实对待苏桃，他已经很收敛自己的脾气了。

白北北茫然地点点头，又迅速摇头，差点被奶茶呛到。

祁凉愣了愣，如果他的兄弟们都这么觉得，那苏桃还真是受了不少委屈。

"给苏桃打电话。"

"苏桃说她要复习……"

"打电话。"

白北北迫于威胁，面带无辜地拨通了电话。很久的嘀声过后，对面才传来一个温柔的声音："北北？怎么啦？"

再次听到她的声音，也不过半个月，却像是过了好几年，里里外外透着一股陌生感。祁凉握着手机，心酸地想到，苏桃很少这么温柔地和他说话。

祁凉在苏桃又问了一遍后，一边起身往外走，一边说："是我。"

祁凉已经做好苏桃会立刻挂掉电话的准备，但她没有，他能够听到她小小的喘息声，还是没忍住质问："为什么不接我电话？"

"对不起……"

"还有别的吗？苏桃，你除了说对不起和谢谢，还有其他的话对我说吗？"

苏桃还没回应，祁凉听到了她那边传来一个稚嫩的声音："姐姐，姑姑叫你去吃饭。"

苏桃捂着话筒说了声"知道了"，温柔得不像话。祁凉听着就忍不住心软，他想说只要你回来我就原谅你，可苏桃却铁了心地要和他斩断关系。

"祁凉，你家世好长相好成绩好，不论到哪里都是别人关注的焦点，会有更好的未来，也会遇到更好的人……"

"苏桃你不许说，我不许你说这样的话！"

以往甜软的声音说出这样的话，祁凉生出了几分恐惧，他想要打断她，苏桃却不准。

她踩在红色的石砖上，一格一格走过去再走回来，语气平静得不像话。

"我不是那个人。我就是一个丢到人堆里都找不到的小透明，如果没有那次告白事件让你碰巧撞到我，你根本不会注意到有我这号人物；如果不是北北坐在我后面，你也不会成了我的后桌，更加不会对我有什么感情……"

"不是这样……"

苏桃吸了吸鼻子，这些话她早就该说了，在祁凉打电话之前，反反复复在腹中嘴边来回了好多遍，就是说不出口。他只要一叫她的名字，那轻淡低沉的嗓音就让她溃不成军，哪里舍得把这样带刀子的话说出口。

可她不能再犹豫了，她怕再犹豫，就真的会答应他的所有要求。

苏桃快速把话说完："这些本来都是不存在的，也不可能有结果的，你还会喜欢其他人，其他更好的人，不要在我身上浪费时间了，不值得。"

"苏桃！你给我闭嘴！"祁凉咬牙切齿，恨不得立刻飞到苏桃面前逼她把话都咽回去。

苏桃不管不顾，说了最后一句绝情的话："我们不要见面了。"

"你敢挂……"祁凉的话隐没在嘟嘟声中。

手机音量大，在场几个人的脸色已经很难看了，他们知道祁凉和苏桃闹别扭心情不好，以为只是小打小闹，谁能想到竟然是这么个情况？

他们都屏息观察祁凉的反应，生怕他怒火中烧一个没忍住做出什么出格的事情。

白北北更加一脸蒙，后知后觉意识到什么，深觉自己责任重大，小心地蹭到祁凉身边。

"凉哥，对不起啊，桃子她什么都没跟我说，"她瞄着自己的手机，"你放心，我一定想办法把她劝好！"

祁凉紧紧握着白北北的手机，压抑着怒气。苏桃说他们的相遇本就是一场意外，两个完全不同的人，哪里能求得来结果呢？

可是不是这样的。

只有他自己知道，他对苏桃从来都不是一时兴起，从来都不是。

他用力握着手机，硌得手心生疼，却远不如心里的疼痛。

白北北心疼地看着自己的手机，怕祁凉真的一个忍不住就给砸了。

那可是新买的啊！

不知道这样僵持了多久，祁凉终于动了动身子，把淡漠的目光放在白北北身上，仿佛要把她看穿。

"她报了哪个学校？"

"啊？我不知道……"

"白北北，最后一次机会。"

如果说苏桃会告诉谁她去了哪里，那个人一定是白北北。她永远都不会抛弃白北北，却可以如此轻易地抛弃他。

看，她就是这样，除了白北北，谁都走不进她的心里。她修建了一个铜墙铁壁，四面无缝，连风都进不去。

他曾经以为自己可以慢慢撬开一点缝隙钻进去，或者靠着他的守护和热情融化她，可是都没用。她做了一个假象，骗了他，骗得渣都不剩。

白北北在祁凉冷漠的眼神中意识到自己即将性命不保，连忙报了学校的名字："H大！"

祁凉把手机丢给她，头也不回地出了门。

挂了电话，苏桃站在院子里，很久才挪动了一步。

这一次，他是绝对不会再原谅她了。

她摸了摸心口，真疼，像是有谁在往外拽着她的心，连着血管和筋肉一起撕扯，血液都涌到一处，挤压着争先恐后涌出来。

又疼又闷。

不该是这样的啊，她不该有这么喜欢他才对。

苏桃缓慢蹲下，大口大口地呼吸，眼泪止不住地往下掉。

"姐姐？"

小表弟去而复返，手里握着一大把鲜花，身后跟着一只晃着尾巴的土狗，模样倒是挺俊，就是蹭了一身的泥。土狗在看到痛哭的苏桃以后，默默垂下了尾巴，发出一声嘤咛。

苏桃蹭掉眼泪，深吸一口气，把悲伤憋了回去。

"我马上就回去。"

"那个哥哥很喜欢你吧？"

苏桃一愣，小表弟十岁，个子和蹲下的苏桃差不多高，圆圆的大眼睛看着苏桃，清澈懵懂。

苏桃没忍住笑了笑，伸手扯了下他的脸颊，问道："你这么小，知道什么是喜欢？"

小表弟摇摇头说："可是那个哥哥给你打了好多电话，姐姐借我手机的时候他一直在打，我都没办法玩游戏了。他还一直给姐姐发消息，一定是很喜欢姐姐才会这么做的吧。"

“可是不是喜欢就行的……”苏桃抱着双膝，喃喃道。

这个世界上有太多太多的事情，是喜欢跨越不了的。未来的雪灾会是个什么样子，命运改变后会有哪些不一样，连她也预料不到。

然而这些对于十岁的小表弟来说还太早，他不会明白。

苏桃摸了摸表弟的头，带着他回了屋子。

一年后。

初秋微凉，樱井神社内树静风不止，阳光照在神社前的空地上，形成星星点点的光斑，古朴的质感扑面而来，有种穿越时空的感觉。

苏桃往箱子里塞了五百日元，拉着红白两色交缠的绳子摇了铃，清脆的铃声瞬间清除杂念，她行了两礼，拍了两下手再次行了一礼。

风轻轻扫动地面的灰尘，吹起她的刘海，苏桃睁开眼睛，转身下了台阶。

“桃子！”赵怜站在神社门前朝苏桃招手。

神社的老奶奶站在旁边微笑着递给赵怜两个篮子。

苏桃快步走过去：“小点声啊。”她对着老奶奶用日语道了歉。

老奶奶望着眼前柔软的女孩，笑着摇了摇手。

赵怜耸耸肩，把篮子给苏桃，说道：“快选御守呀。”

赵怜是苏桃在大学的同学，两个人宿舍住得近，又都是北方人，一拍即合，成了朋友，这一次也是两人一起到关西来。

赵怜性格豪爽，光顾着挑选御守，篮子里已经放了好几个，搞得苏桃哭笑不得。

“你拿那么多，神明保佑得过来吗？”

赵怜想想也是，一番纠结以后，只拿了学业御守，顺便塞给苏桃一个。

苏桃下意识推托，被她硬塞进手里，赵怜不满地说：“来樱井神社不求姻缘，你这是对樱井桑的不尊重。”

苏桃心想：樱井桑要是知道你这么说，倒也不会怎么样。

这里流传着一个传说，都戏称 Arashi 的樱井翔是“结缘神社”，但凡和他合作的女演员，都会很快结婚。这样的奇妙缘分，让很多粉丝和路人都慕名而来，蹭一下同名的樱井神社的好运。

苏桃握着结缘御守，无奈地叹了口气："我觉得，拜翔哥哥求学业更加好用。"

"你哪里还需要求学业，你已经是八神教授最最疼爱的学生了好吗！如果以后不回国，说不定可以直接让教授给你推荐到某个大型企业，杰尼斯怎么样？"

"谢谢，不用了，"苏桃付了钱，把御守挂在包上和赵怜往外走，"我已经是实习员工了。"

赵怜撇嘴："你这是在招嫉妒！"

苏桃笑得温柔。

"凉君！"

走到神社门口，一声日语让苏桃猛然顿住脚步，她转过头，看到一个女生挽着另一个男生的胳膊正往里走。

都是很典型的日本人，一眼就能看出来。

苏桃松了口气，同时还有些失落。

赵怜先走一步去开车，苏桃站在神社门前默默在地上写了个汉字，又擦掉。

这么久了，倒是她把自己给困住了。苏桃一步一步走下神社的台阶，往赵怜开车过来的地方走去。

她走后，女生挽着男生的手走到树荫下，对着坐在树下看书的某人很是不满。

"凉君！"女生挽着男生的手走来，"叫你怎么不答应啊？"

祁凉合上书站起身，单手插在兜里，一身黑衣衬得他格外挺拔。他淡淡地说："没听到。"

女生莫名其妙，就几步距离没听到？

男生贺垣和祁凉是舍友，了解祁凉不爱搭理女生，他拍了拍女朋友的手安抚她，三人一起进了神社。

站在绘马前，女生兴高采烈地把自己写着"第一志愿当选"的牌子挂上去，在众多五色彩绘中发现了特殊的一个。

"凉君！"她又叫祁凉。

祁凉皱着眉走过来，不耐烦地回绝："你应该叫你男朋友。"

女生摇摇头，把绘马指给他看："这是你的名字吧？"

祁凉瞥了一眼，熟悉清秀的笔迹让他怔了片刻，一把拿过来，震惊中带着些许欢喜。

上面用日语写着：愿白北北一生健康顺遂，愿祁凉能够得到心之所爱。

最后还画有一个小小的桃子图案。

欢喜一闪即过，贺垣过来的时候看到的就是祁凉锁着眉毛盯着别人的绘马看，像一个偷窥狂。

他调笑："你不怕被神社的人打出去？"

祁凉没有生气也没有烦躁，压根就没理他。他盯着绘马看了许久，才小心地挂回去，把它扣了过去。

祁凉冷哼了一声。

心之所爱……她是觉得他这么快就会喜欢上别人，还是自己后悔了？

北海道下初雪的那天，整个土地被大雪覆盖，高大的银杏树也覆上了白衣，目光所及之处都是一片白色。

苏桃是后来才知道，庆应义塾和北海道交换了一批学生，时长为三个月，刚好是一个冬天。

同学知道苏桃格外关注庆应义塾的消息，把这件事情跟她讲的时候，她正在外面陪着赵怜，听了以后也没什么反应，只是微微眨了眨眼睛，看着前面摆姿势的赵怜，机械地按下快门键。

同学搞不懂中国人内敛的情绪，无趣地耸了耸肩。

好不容易见到雪，赵怜开心坏了，又是拍照又是录像，衣服都换了好几套。

苏桃裹着棉衣在一边看着，深觉赵怜一点都不像一个北方人。

赵怜对此质疑振振有词："我出生在北方，可是七岁就和妈妈搬到了广州，当然很少看到雪。"

苏桃摇摇头："你这是欺诈。"

赵怜看着那么较真的苏桃，趁苏桃不注意，在地上抓了一把雪捏实朝苏桃丢过去，结结实实砸中了苏桃新买的大衣。

苏桃：……

一场打雪仗大赛在即，来传消息的两个同学也加入了战局。

赵怜没想到，一向文弱温柔的苏桃竟然在打雪仗这方面这么生猛，她有些招架不住，索性扬了一把雪，雪沫飞扬，苏桃看不清眼前。

苏桃凭着直觉丢出雪球，"啪"的一声，雪球四分五裂。

赵怜的声音在后面响起："苏桃，你往哪儿丢呢？"

苏桃盯着逐渐走近的黑色身影，呼吸开始不畅，大脑一片空白。

少年依旧是那个少年，他似乎又高了一些，棱角更加锋利，眉眼间都是冷淡和疏离，目光落在她身上，仿佛在看一个陌生人。

八神教授跟在祁凉身边，看着从庆应义塾来交换的学生身上的大印记，瞬间血压就高了。

"苏桃！"上了年纪的日本教授已经可以清楚准确地念出苏桃的名字了。

他本来是打算带祁凉参观一下留学生院，让他先了解一下 H 大的大体环境，感受一下优良的学术氛围。现在好了，学术氛围没有，来的第一天先被欺负了，这要是心理脆弱点怕是直接就跑了。

赵怜也意识到了事情的严重性，在教授没看到她的时候撒腿就跑，丢下苏桃一个人顶包。苏桃心里苦，只能默默走到教授身边低下头，一副做错事情的样子。

祁凉盯着她毛茸茸的脑袋，抿着嘴，目光冷淡。

"凉君，实在是不好意思，我的学生太顽皮了，你不要太介意。"老教授亲自道歉，又不忍心把话说重，终究还是心疼自己学生。

"没事。"祁凉摇摇头，瞥了一眼紧张的苏桃，"不过老师您还是要管好学生，不负责任可不是什么好品德。"

毫不客气的语气让老教授愣了愣，他对着苏桃说："还不道歉？"

"对不起。"苏桃微微弯腰，自带软萌的日语音调被她吐出。

换了以前的祁凉哪会舍得她这么可怜，可现在的他却只是面无表情地从她身上移开了视线。

不接受。

老教授早就听说了这个交换生脾气不太好，他有些尴尬，打哈哈地把事情岔开，让苏桃写一份检讨给他，然后带着祁凉继续参观。

两人走远了以后，苏桃才缓缓吐出一口气，活动了下在雪地里冻僵了的双脚。

生气的祁凉，好可怕。

赵怜说跑就跑，连个影都抓不到。苏桃回到宿舍后，在 Line 上对她的不靠谱进行了谴责，然后脱掉湿透的衣服准备简单地冲个热水澡，洗到一半，突然没有热水了。

苏桃跳出花洒范围，伸出手试了试，调整了一下开关，还是只有凉水。

她挣扎了一下，就着凉水冲掉泡沫，穿上厚厚的棉睡衣和棉袜子，在寒冷的房间里打了个喷嚏，拨通了宿管的电话。

宿管说可能是管道有点问题，修理需要时间，让她提交申请书。

苏桃大致算了一下，从报上去到找修理工再到修理工报备到学校，最后到修理，怎么也得几天。这个过程的烦琐和麻烦让她有点头疼。

为什么明明一个电话就能解决的事情在日本会这么麻烦？她揉了揉太阳穴，去了宿舍管理处拿了表单填好交上去。

重新回到宿舍，苏桃想起教授让她写的检讨书，打开了电脑。

什么叫祸不单行？

在苏桃打了十个喷嚏，检讨书还剩下个尾巴的时候，电脑蓝屏了。

她坐在电脑前吸了吸鼻子，打开手机搜了搜解决办法，跳出来的都是"如何挑选新电脑"，苏桃面无表情地关上网页，拨通了赵怜的电话。

赵怜还在外面，很抱歉地表示她在联谊，暂时回不去，让苏桃去找别人想一下办法。

苏桃在电脑前坐到太阳落山，金灿灿的阳光照进来，她被阳光晃了眼，鼻子一酸，忽然很委屈。

她想起雪地里那个高瘦的黑色身影，以往总会护着她、帮着她的那个人，现在也会用那样淡漠陌生的眼神看她，突然狠狠地刺痛了她的心。

半个小时后，苏桃红着眼睛敲了敲隔壁的门。

她记得隔壁是一个南方的男生，因为论文已经把自己关在房间里好久了，希望他可以借电脑给她用一下吧。

里面有窸窸窣窣的声音，好一会儿才有人开了门，高大的身影挡住阳光，逆着光的脸让苏桃恍惚了一下，惊讶地捂住了嘴。

怎么是祁凉啊？

她小心地透过缝隙往里面望了望——屋子里乱七八糟地堆着纸箱，地上也摆着很多东西，露出的床的一角铺着藏蓝色的床单。

苏桃望了望门牌号——

她走反了。

祁凉一手撑在门框上，一手把着门，微微挑起眉毛，语气冷淡："有事吗？"他说的还是日语，显然没有要和她久别重逢的意思。

门都已经敲开了，苏桃揉了下鼻子，垂下眼睛，小声问："我的电脑坏了，可以……"

"不会修。"

"砰"的一声，门被用力关上了。苏桃愣愣站在门前，刘海被门风吹

起一点又落下。

他怎么对她都不算过分，大概来北海道也是他不情愿的吧。

她失落地走回自己的门前，要开门才想起没有带钥匙，摸了摸没有兜的睡衣，苏桃强抿着嘴唇，倚着门板蹲下去。

她连手机都没有带……

大概是报应吧，她想。

不知道蹲了多久，苏桃的腿都麻了，赵怜也不像是要回来的样子。她站起来敲了敲双腿，又跳了跳，隔壁的门"咔嚓"一声开了，她的动作僵住，眼中惊喜又惊讶。

祁凉穿着外套出来，锁上门，瞥了一眼旁边动作怪异的她，头也不回地离开了。

苏桃塌下肩膀，整个人比泄了气的气球还瘪，她转过身，头抵在门上，轻轻敲了两下。

苏桃啊苏桃，你活该！

最后还是赵怜回来把电脑借给了她，她又顺便在赵怜的屋子里借住了一晚，第二天上课前才去宿管那里走完程序借了钥匙回到自己的屋子里。

北海道的冬天格外冷，流感盛行期间，苏桃身子弱，回去之后就发起了高烧。赵怜给她请了假，让她在宿舍里好好休息就匆匆上课去了。

房间里安静无比，偶尔有外面的风声。

苏桃病得迷迷糊糊，曾经和今世的回忆来回穿插，她沉溺在梦境里，怎么都醒不过来，像要溺死一般拼命挣扎，却都是徒劳。

隐约间，一双微凉的手覆在她的额头，带着清新的薄荷味道。

苏桃意识不清，分不清是谁，只本能地依恋凉意的来源，握住了他的手，还不许他抽回去，像个小孩子一样抱在怀里，含含糊糊地说话。

祁凉坐在床边，看着不断念着白北北名字的苏桃，不知道该说些什么。

这个时候了，他也没有白北北重要。

祁凉狠心抽回自己的手，起身离开，反正她也不在意自己，何必还在这里自讨苦吃。

"祁凉……"苏桃不知道梦到什么，声音带了哭腔，"北北……不要……不要死掉……不要留下我一个人……"

走到门口，祁凉停住脚步，他握着门把的手僵持了半天，才气闷地转过头看着床上的人。

要不是他听力确实很好，他真要怀疑刚才的那声喊是他听错了。

真是烧糊涂了什么都喊。

白北北还在 D 大好好的，这是做了什么奇怪的梦？

女孩体温太高，脸颊两团红晕，轻触仿若火炉。她颤着睫毛，眉心轻蹙，在噩梦里反反复复，手指无意识地摸索，似乎在找什么，嘴里还喊着他的名字，一声又一声，难过又心碎。

祁凉觉得好笑。

她也会难过吗？她也知道心碎？她一次次推开他、漠视他，现在这又算什么？

心里的质问都没有眼前生病的女孩重要，祁凉看着沉睡的苏桃，到底还是没有狠下心直接离开。

他坐回床边，把降温贴贴在她的额头，给她盖好被子。女孩循着凉意凑过来，嘴里不停念着他的名字，眼角湿润。

祁凉忍了忍，还是没有伸出手。

苏桃不知道自己睡了多久，她好不容易从梦魇中醒来，对眼前的一切都觉得陌生。赵怜担心地看着她，手放在她的额头，见她醒了收了回来。

"你可算醒了，吓死我了！"

苏桃茫然地看着她，眼睛缓缓动了动，扫了眼房间，除了她和赵怜，没有别人。

"赵怜。"

苏桃虚弱的声音让赵怜心里一颤，连忙扶起她，小心翼翼的，仿佛苏

231

桃下一刻就会消失。

"怎么了？"

"除了你，有人来过吗？"

赵怜停顿了一下，想到那个薄凉少年说的话，摇摇头说："没有，除了我，没有人来照顾你。"说完，她小心地打量着苏桃的神色，欲言又止的样子并没有让大病初愈的苏桃注意到。

苏桃没有听到自己期许的那个答案，默默地低下头。

是啊，她都那么过分了，他怎么会来照顾她呢？

她真是在白日做梦。

但是苏桃却还是开始下意识地关注起隔壁的动静，本来隔音特别差的房子也不知道怎的，一点声音都听不到。她一边担心祁凉，一边又觉得自己没有资格。

学校这么大，日剧里每天都在偶遇，可现实中想见到一面都困难。

唯一能见到的时候只有留学生一起上语言课的时候。

祁凉坐在教室一头，苏桃坐在另一头，隔着整个教室望眼欲穿。祁凉仿佛没有注意到苏桃投过来的视线，若无其事地上课，只有贺垣一个人在唠唠叨叨地数着祁凉有几个追求者，祁凉刚转来几天就已经有不少的追求者了。

祁凉淡淡地瞥了他一眼，视线越过他看到撑着头发呆的苏桃，苏桃似乎是注意到祁凉转头，连忙避开了视线。

那模样心虚极了。

以至于老师叫她回答问题她都没听到，赵怜喊她第三声时她才匆忙站起来回答。

祁凉微微勾了勾唇。

贺垣说得口干舌燥，忽然见他笑了，怔了两秒，顿时暗骂一句，自己刚刚说了谁的名字？留学生院的院花苏桃？

贺垣仿佛发现了什么惊天秘密，看看仍旧冷漠仿佛刚刚什么都没做的祁凉和险些被老师发现走神垂头丧气的苏桃……一个冷戾一个温柔，这两个人怎么看都不像是能凑到一起的吧？

苏桃坐下后，赵怜忍不住凑过来小声询问："你这几天都心不在焉的，不会是那天一个雪球误终身了吧？"

苏桃仿佛被人戳破心事，脸颊微微泛红："别乱说！"

赵怜：……就这模样她不多想都不行啊。

下课后，学生们争抢着去食堂，苏桃故意落后了几步，和祁凉错开了距离。苏桃这样，赵怜倒是不怀疑了。

要真是喜欢，不得抢着往上凑？

她万分庆幸，抱着书走在苏桃身边提醒道："你不知道，那个祁凉才来几天啊，就已经把留学生院搞得'一人为尊'，多少女生都在追求他，也不知道他有什么好，不就是长得帅点吗？"

赵怜的用词和白北北有得一拼。苏桃眨了眨眼，小声说："帅还是很有用的。"

这话是没错，但赵怜还是不太喜欢祁凉给她的感觉，有点敌意太浓了，她又没有做什么……赵怜摇摇头，不去想那些乱七八糟的，和苏桃一起去食堂吃饭。

吃完饭出来，恰好遇到让她惊讶的一幕，她连忙拉着本来要去图书馆的苏桃看。

苏桃本来对八卦没兴趣，却在听到祁凉名字的时候停了下来，望过去。

祁凉被几个人拦住了。

为首的人梳着飞机头，穿着夹克，叼着烟，一看就不是善茬。

赵怜说道："这是工藤静的哥哥吧？听说是什么帮会的。"

日本这样的情况不少，可是为什么要找祁凉？苏桃还没问，已经从旁人的议论里找到了答案。

"是不是因为之前祁凉拒绝了工藤静的表白，所以哥哥来给她出

233

气了？”

"这也太过分了吧！拒绝表白是常有的事情，怎么能够因为她是经管院院花就找人来呢。"

"这是人家地头，你管那么多干什么？"

"不过这次祁凉怕是凶多吉少了，没看学校保安都不敢拦吗？"

……

祁凉哪怕打架再厉害，这会儿遇上这么多人动真格的，苏桃也不知道能怎么样，而且在校内聚众……她抱紧了怀里的书，不管不顾地跑了过去。赵怜听八卦听得正起劲，一个不留神，身边人就不见了。

比起外围群众，当事人祁凉被拦下来时只是微微诧异，什么话都没说。

工藤已经说明了来意，轻蔑地问道："你就是祁凉？"

祁凉挑起眉毛算是承认。

"你拒绝了我妹妹，她现在要出家，我家里很着急，我来找你要个交代。"

"你妹妹是谁？"

工藤手里的烟差点烫了手，定了定神说："工藤静！"

"不认识。"

工藤旁边的小弟拎着棒球棍指着祁凉，吼道："你小子挺狂妄的，别人告白你都记不住人家名字是不是？"

"是。"

工藤也很无奈，他那个妹妹本来就是见一个爱一个的性子，他丢掉烟头，摊了摊手说："兄弟，知道你不喜欢，但我妹妹那总要有个交代。你就一句话，要不要……"

祁凉的神色本来一直都是风轻云淡的，插着兜站在工藤对面，不知道看到什么，他脸色微微变了，对工藤说："打我。"

工藤有些惊讶："什……什么？"

"你不是要交代吗？打我出气。"祁凉说这话时，眼神却是往一旁瞟的。

站在他身边的贺垣几乎是立刻就看到了跑过来的苏桃，有些无语，还挺能耐，用上苦肉计了？

工藤一听这种简单粗暴的办法也很满意，挥着拳头就打过去了。他本以为祁凉是要和他打一架，却没想到，祁凉生生挨了他的拳头，嘴角还被打破，出了一点血。

众人都蒙了，这是在碰瓷吧？！

工藤刚想理论几句，一个米色身影飞了过来，挡到祁凉面前。

"你们别过来！我已经报告学校了！老师一会儿就来！"苏桃看到祁凉被打的时候心都要提起来了，她哪里有时间报学校，自然是骗人的。

工藤见到有这么漂亮的女孩护着祁凉，心里也明白过来，他表示了对祁凉的鄙视后，带着小弟走了。

不过在苏桃眼里，工藤这是怕学校找人抓他们，害怕得跑了。

见人走后，她松了口气，连忙转身问道："你没事吧？"看到祁凉嘴角的伤口，她的心立刻软了。

祁凉的嘴角不易察觉地提了提，桃花眼一挑："关你什么事。"

苏桃脸色一白，攥紧了怀里的书。

贺垣腹诽道：你现在还装高冷？

苏桃知道祁凉讨厌自己，可是看着祁凉的伤，心里还是会很难受。她垂着眸子，嘴角微抿，想碰他又不敢碰。

"要不去校医院吧……"

"用不着，我没那么弱。"

"可是……"苏桃下意识牵住他的衣角，委屈的样子仿佛被欺负的是她。

祁凉低头瞧着那两根纤弱的手指，差一点就心软了，却还是狠下心扯掉她的手，心里一片薄凉，又嘲笑自己犯傻。

明知道她一定会管，就忍不住故意演给她看，可她又不会真的和他和好，她只是习惯了不让他做危险的事情而已。

可就算是这样，他也想和她再近一些。

祁凉在心里叹了口气，认命地合了合眼睛，冷冷地说："苏桃，离我远点。"

他怕她再这样对他，他就真的会忍不住想要挽回她。

苏桃听到祁凉隐忍又无奈的话霎时间红了眼睛，她只能看着祁凉走远，所有声音哽在喉咙，全都发不出来。

为什么一定要这样呢？

第十四章

1

没有万一，我不能放她一个人在危险之中

S w e e t   p e a c h

苏桃怎么都没想到，工藤静后来又想出了新的阴招——故意抹黑祁凉，还说祁凉欺骗女生感情。

要是简简单单的传闻八卦也就算了，可苏桃明显感觉得到，学校里除了贺垣，其他人都开始有意无意地疏远祁凉，甚至还针对祁凉。但因为是祁凉，这种针对他一般都漠视，真的闹到他眼前要找碴儿的，也几下就被收拾，所以传言变得更加离谱。

日本的校园暴力比中国可怕多了。

苏桃不想看着祁凉当个交换生都能被人随便指着议论，所以她找到了散播谣言的工藤静。

那时工藤静正和她的小姐妹开着茶话会，手里捏着一块小饼干优雅地喝下午茶。苏桃见到她这样更生气了，始作俑者这么自在，怎么能忍？

她不顾赵怜的阻挠走上前挡住了工藤静的阳光。

莫名其妙出现一个人，不只是工藤，其他人也很奇怪。

有人认出来苏桃是那天帮着祁凉的女生，小声讨论之后，工藤静就知道她是来帮祁凉的。

工藤静微微一笑，问道："有事吗？"

"没事找你干什么？晒太阳吗？"

或许没想到别人口里温柔的留学院院花会这么名不副实，工藤静愣了愣，但还是继续维持表面的客套："我怎么知道你要做什么？"

这种态度让苏桃更加生气。她强忍住心里的火气，努力让自己的语气平静："我希望你能够澄清谣言，向祁凉道歉。"

"你怎么知道是谣言？"工藤静没把苏桃放在眼里，只当作是祁凉的一个普通追求者，"怎么，你也喜欢他？小心被他骗了。"

苏桃的火气噌一下就起来了："你又不了解他，就因为他拒绝你，你就这么诬陷别人，你觉得他没有骗你很遗憾？"

工藤静噎住，差点没被她气死。

真是哪壶不开提哪壶，专往人伤口戳。

"我也没说什么，别人非要那么理解，我有什么办法？"工藤静站了起来，为了能和苏桃抗衡特意踮了脚，还是矮了半截，"不就是开了个玩笑，至于吗？"

工藤静的话一出口，赵怜就明显感觉到苏桃身上的气压不一样了。

苏桃好像……真的生气了，苏桃第一次生气，是因为祁凉？

"玩笑？现在全校的人哪有人把这话当玩笑？你不知道这样会影响他在校的评价吗？你就是故意的，因为他拒绝你，你觉得面子上挂不住就编出这种话，都多大的人了，你幼稚不幼稚？"

工藤静本来只是想要出口恶气，并没有真的想让祁凉的名声怎么样。被苏桃这一顿教训，她脸上红一阵白一阵，捏紧了拳头。

"你最好尽快澄清，不然我也有你的八卦可以编！反正是开玩笑，你不会当真的哦？"

工藤静有些气闷，没想到苏桃会这么无赖，她只能答应马上澄清。

很快事情解决了，学校里对于祁凉的异样声音也渐渐消失了。

贺垣把这件事情说给祁凉听的时候，祁凉只是皱了皱眉，没有发表什么言论。贺垣"哎呀"两声，说他没良心，人家小姑娘这么维护他，他还无动于衷。

祁凉心里冷笑：到底是谁没良心？想讨好我？门儿都没有！

北海道的冬天几乎一直在下雪。

苏桃早上起来，拉开窗帘，窗外都是雪花，看不到其他，不出意外的话，这场雪会断断续续下一整周。

她在日历上圈出了一个日期，是曾经她和白北北出事的那一天。苏桃看着逐渐逼近的日子，内心紧张起来。

当初出事的日子和她的生日很接近，当初也是因为她过生日，白北北想让她开心点才计划了旅行，没想到却出了那样的事情。

苏桃想到白北北那个先斩后奏、喜欢搞惊喜的性子，不放心地给白北北打了个电话。

白北北很快就接了起来，声音欢快："亲爱的桃子，你是不是想我了呀？"

苏桃听到她一如往常开心的声音，心中就好像驱除了这段时间的难过和纠结。

苏桃嘴角微翘："嗯。"

"嘿嘿……"白北北笑着，倒是先提起了生日的事情，"你快过生日了，有没有想要的礼物呀？"

她要是真的想买礼物，就不会直接问了。苏桃知道她是打算放个烟幕弹，于是说："没有，你不要擅自订机票来北海道。"

"你怎么知道？"白北北懊恼地捶了捶脑袋，"是不是凉哥告诉你的？我明明都跟他说了不要告密，我打算给你搞个生日惊喜的！"

突然听到祁凉的名字，苏桃猝不及防一愣，她慢了两秒才"嗯"了一声，在心里给莫名背锅的祁凉道歉。

总不能说她会预知未来吧。

白北北在电话那头耍起了小性子："不管不管，我都好久没见你了，超级想你！就算你说了我也要去，飞机票都不算事儿，你不用为我省钱！"

苏桃揉了揉太阳穴，哄道："乖，你好好上学，我在这边挺好的，等我放假就回去。"

"上次你就是这么说的，我不管！万一凉哥欺负你怎么办？你就只能自己过生日，多可怜啊！"

苏桃无法反驳白北北的话，因为她本来就打算一个人过的。凭祁凉现在的态度，就算知道，他也不会理她的吧，她更加不会厚脸皮去找他。

"我机票都订好了，等我到就行，也不需要你接！"

"不行！"苏桃立刻就拒绝了，她绝对不能让白北北陷入危险，想要让白北北放弃，一定要有一个完美无缺的借口，有课走不开这种都说服不了。

她情急之下，编了个理由："好了，我不瞒着你。其实我跟祁凉和好了，重新在一起了，你就让我们两个过一下二人世界吧。好不容易和好，我不得哄着点他？"

对面是长久的沉默。

苏桃心里打鼓，心说：这样子白北北总会听的吧？毕竟把祁凉搬了出来。

白北北不知道弄倒了什么东西，情绪非常激动："我就知道！我就知道！既然这样，那好吧，放过你了。"白北北忽然放低声音，"记得好好哄着凉哥啊！"

苏桃：……

怎么觉得白北北有些不怀好意呢？

好不容易说服了白北北，苏桃把手机丢在床上，松了口气。只要白北北不来，她不出学校，一定不会再出现那件事情的。

雪越下越大，苏桃望着窗外出神，想着应该也要给祁凉发条消息提醒他一下。她这样想着，就拿出了手机，却在编辑好信息要发出的时候犹豫了。

他恐怕，连看都不会看吧。

苏桃还在纠结，手机却突然响了，上面跳动的名字吓得她差点直接把手机丢掉，好在及时反应过来，接了电话。

"听说，我和你在一起了？"祁凉的声音夹杂着风雪，听不出情感，却让苏桃浑身一抖。

她怎么忘记白北北是个"凉哥控"，这种事情一定会第一时间打给祁凉求证的。

苏桃稳了稳心神，努力让自己声音平稳："其实……我可以解释的……"

祁凉却仿若未闻，继续说："白北北还恭喜我，抱得美人归，说你会好好地……哄我？

"苏桃，你没有话说吗？"

不知道是不是苏桃的错觉，她似乎从祁凉的语气里听出了一丝愉悦？她摇摇头驱赶这个想法，连忙说："有！"

"我不听。"知道她一定会解释，祁凉是真的不听，说完就挂了电话。

苏桃：……

他打电话来，就是为了求证她是不是真的拿他当挡箭牌？苏桃揉揉本就乱成一团的头发，把自己摔在床上，一点都搞不懂祁凉的心思。

不知道哪里出了差错，这一次大雪下了三天就停了，没有造成灾害。北海道政府积极除雪开路，出门一如往常，没有任何阻碍。

苏桃望着天空，心想：这一定是神明保佑，一定是神明听到了我在神社许的愿望。

二月初，苏桃跟着八神教授去了小樽。

那里有家旅馆的老板收藏了一本古籍，想让教授看一看，教授自然带上了苏桃，两人驱车赶往小樽。

沿路都是雪，苏桃想起了以前的事情，提醒教授开慢点。

八神教授透过后视镜看了她一眼，笑着说："年轻人比我这个上了年纪的还惜命。"

苏桃摸摸鼻子说："生命还是很重要的。"

"爱和自由同样重要，不要被命运束缚住了。"

苏桃眨了眨眼睛，微微笑了，心里却是一片苦涩。雪灾是没有发生，可谁知道后来还会发生什么呢？万一祁凉被自己连累……苏桃想了又想，还是不放心地给祁凉发了条消息，让他小心一点。

反正等到几个月后交换结束，他回到东京，应该就不会有事了。

旅馆老板是个矮小的日本男人。他接待了教授和苏桃，将两人安置在预留好的房间里，还特意给苏桃安排了一个带温泉的房间。

"女孩子都喜欢，尤其是异国的女孩子，泡温泉对皮肤好。"

老板如是说。

苏桃洗了个热水澡，穿着浴衣出来，教授已经和老板去看古籍了。苏桃不需要跟着去，她等着教授回来就可以。教授带她出来更多的是想让她体会小樽的风土人情，写一篇散文出来。

老板有个九岁的男孩，小小年纪已经可以打理店铺帮忙做事了。

苏桃出来的时候，他递给苏桃一瓶牛奶。

"热水澡和牛奶很搭的。"

男孩脸蛋红红的，害羞中洋溢着热情。

他叫谅。

和祁凉的名字同音。

或许因为这个，苏桃对他有种额外的亲切感。

谅告诉苏桃，他们原本不是这里的人，多年前，他们一家人来旅游的时候，他的母亲死在雪里。搜救队搜遍了整座山，也没有找到尸体。

老板为了陪着妻子，就留了下来，开了这家店。

深山里，谅没有那么多朋友，他比一般的孩子更加成熟懂事，也更加孤独。

苏桃看着他，情不自禁地想起了祁凉。

那个一身清冷孤寂，却内心温柔的少年。

祁凉和谅不一样，他有温婉的母亲和美好的家庭，却仍然孤独，谅是因为没有玩伴，祁凉的孤独却是骨子里的，天生就是这样。

前世和今生都没有任何的区别，一样的孤独。

他像一个英雄，每次在她最需要的时候出现，一点一点填满了她受伤的心，而她却"恩将仇报"，反过来狠狠刺了他一刀。

苏桃看着毫无动静的手机，默默叹了口气。

发出消息的第五天，祁凉还是没有回复。

第二天，苏桃还没起来，谅就敲响了她的门。

小孩子神采奕奕，穿着棉衣对她摆手说："桃子酱，你想跟我出去玩吗？"

"去哪儿？"

"后山，有猴子。"

苏桃眨了眨眼睛，难得的兴奋，问道："需要带食物吗？"

谅拍了拍自己的包，表示食物充足。

后山被厚厚的雪覆盖，苏桃走在谅的身后，心里总觉得有些不太安稳。

山上都是野猴子，不怕人，他们上去不久，猴子就过来抢他们的包，没有准备的苏桃吓了一跳。

谅轻车熟路地拿出食物给它们，并回头告诉苏桃不用怕，只要不侵犯领地它们就不会伤害人类。

苏桃表示自己清楚。

看着毛茸茸可爱的猴子，她也逐渐忘记了自己的担心。

两个人在山上待了一会儿，谅看了看远处的天，站起来拍了拍手，说道："要回去了，不然父亲会生气的，我又把客人带出来玩。"

苏桃笑着摸了摸他的头说："没事的，你就说是我的主意。"

谅摇了摇头："不可以说谎的。"

苏桃感叹他的乖巧，拍了拍他的头。

猴子很喜欢谅，缠着他不让走，一直跟着他们。苏桃看着身边的奇妙景象，心里想着要是祁凉在就好了。她还蛮想看到祁凉被一群猴子围着是

个什么样子的场景。

她这样想着，拿出手机给祁凉发了张刚才拍的照片，往上又翻了翻，她发了那么多条消息，他都未回复。

她甚至开始想，要是祁凉能够原谅她，她做什么都可以。

走到半山腰，谅的鞋带开了，苏桃先他几步，便停下来等他。

风云骤变就在一瞬间。

天暗了下来，安静陪着他们走的猴子突然尖锐地叫了起来，开始拽着正在系鞋带的谅往山下走。

谅被它拉了个踉跄，被苏桃扶住。

两人都是一脸蒙。

猴子上蹿下跳拉住他们往山下走，苏桃望了望远处的天，心里的不安加重，拉住谅的手加快了脚步。

然而还是没来得及。

他们没走几步，忽然间地动山摇，谅站得不稳摔倒在雪地里，苏桃下意识扶了树。

谅天真的脸上带了惊恐："地、地震了！"

苏桃在日本的这一年多也经历了几次大大小小的地震，都没有造成很大的影响，这次也是，不到一分钟，地震就停了。然而她知道，这次的时间不长，震感却很强。

比地震更加可怕的，是雪崩。

猴子已经没影了，苏桃顾不上那么多，拉着谅就跑，没一会儿，山上就发出轰轰的巨响，苏桃不敢回头去看。

死亡的恐惧再次降临，她体会过一次，还是不能平静地接受。

雪下滑的速度很快，声音逐渐接近，恐惧感占据了苏桃的内心。

她突然脚下踩空，控制不住向前扑去，谅想来拉她，却已经来不及。

雪铺天盖地地涌了过来，苏桃被瞬间淹没，连声音都来不及发出，她感觉身上逐渐沉重，满目的漆黑，周围安静极了，寒冷和疼痛朝她袭来。

临闭眼前，苏桃忽然想到，这一天刚好是她曾经死去的日子。

祁凉是被噩梦惊醒的。

他做了个很奇怪的梦，他梦见自己在奔跑，很急，却因为惦记什么不敢停歇。

他像在寻找着什么，又找不到。

醒来后，他揉乱了一头短发，不明白为什么自己会做这样奇怪的梦，右眼皮也一直在跳，心里莫名不安。

手机响了两下，是苏桃发来的消息。

他看了一眼手机，手握成拳，没有点开。

他下床洗漱回来，苏桃已经连续发了好多条。

祁凉点开聊天界面，先点开苏桃的消息，她发了很多，像报行程一样，一条接着一条。

祁凉认真看完，想象着她发消息时的样子，嘴角忍不住上扬。

最后一张照片里，他的女孩包裹得严严实实站在白茫茫的雪山上，围着他几年前送她的围巾，手比了一个小树杈，笑容明亮，她的身后是一个和几只猴子玩耍的小男孩。

他点了保存照片，想了想还是回拨过去，等了很久却只有冰冷的嘟声和机械的女声。

一直沉淀心头的不安感瞬间加剧。

待他想再次拨苏桃的电话时，贺垣的电话先打了进来："你知道苏桃和教授去了哪里吗？"

他当然知道，苏桃都告诉他了。

祁凉面无表情地说："不知道。"

贺垣语气很急："听说小樽发生了地震，学校现在都急疯了，教授那么大的岁数……他们去的还是山区，现在冬天会不会雪崩……"

祁凉听不到贺垣还说了什么，他找到了不安的源头，苏桃没有接电话

也有了原因，纵然他再不想承认，也猜到苏桃一定出了意外。

祁凉握紧了手机，随手拿起外套往外走："贺垣，车借我。"

"你疯了？那边还不知道什么情况，地震也不严重，万一没有雪崩……"

"没有万一，"祁凉走得急，带了喘息声，"我不能放她一个人在危险之中。"

被匆忙挂掉电话、对祁凉感情史毫不知情的网友兼前舍友贺垣同学拿着手机非常迷茫。

不会放谁在危险中？

八神教授吗？

苏桃感觉自己很轻很轻，像是飘浮在空中，她睁开眼睛，发现自己又来到了那个病房里，没有生气的自己躺在白色床单下，长鸣的嘀声尖锐刺耳，医生护士在低声交谈。

白北北在哭泣，风尘仆仆的祁凉站在门口，通红着眼睛。

病房里既安静也吵闹。

这是之前梦到的场景。

她已经死了吗？

又不太像。

梦里，祁凉艰难地走到病床前，白北北哭肿了眼睛看向他，痛苦万分地说："凉哥对不起，我没有保护好苏桃……是我的错……"

她身上衣服很脏，还染着黑污的油渍，脸上是脏的，病床也弄脏了。

"要是我开得慢一点，要是我看清了路，要是她在最后没有推我下去……"白北北泣不成声，连话都说不完整。

祁凉才二十出头，却颓废得不像样子，苏桃甚至看到他有了几根白头发。

他摇摇头，想安慰白北北，又不能控制自己心里的悔意和埋怨，他哑着嗓子，声音都在颤抖："要是她没有推你，我就要面对两个人的死亡。不怪你，是我的错，是我没有护好她。"

这一定不是她认识的那个祁凉，现在的这个祁凉不修边幅，消沉悲哀，一点都不像那个意气风发的桀骜少年。

苏桃飘在空中看着他们，觉得自己的心被牵扯得越来越疼。

她恍然。

这应该是上次出事时，她和白北北驱车过山路，白北北在驾驶座兴高采烈地跟她分享着什么，雪山路滑，方向盘往左一打，车子直直对着山崖冲过去。情急之中，她在最后一刻解开了白北北的安全带打开车门将白北北推了下去，自己则跟着车子坠落山崖。

苏桃脑海里闪过几个片段，很奇怪，又很熟悉。

原来北北没有死，死的只有她……

苏桃飘在空中动了动，有点开心。

医生走了过来，拿着一张纸，偌大的黑体字写着"死亡通知书"，问道："谁是病人家属？签一下字。"

"我是。"苏桃看到祁凉在拿过那一张纸的时候身体开始细微颤抖，纸张也跟着抖动，悲伤到极点，他眼睛里都是血丝。

雀跃的苏桃停下来看着他，产生了疑问：为什么祁凉会来？

"你和病人什么关系啊？"

祁凉张了张嘴，看口型似乎是要说夫妻或者是伴侣，但他又闭上了嘴。短暂的沉默后，他说："兄妹。"

苏桃在那一瞬间，感受到了他强烈的悲伤和悔恨。

他颤抖着写下自己的名字，一笔一画，和以往飞扬的字体不同，是很板正的字体，和苏桃的字迹很像。

医生走了以后，祁凉站在走廊里，紧紧握着死亡通知书，很久之后发出了悲恸的哭声。

曾被她遗忘的细节一一出现在脑海里，苏桃忽然间明白了什么。

她好像弄错了一件事情，一件很重要的事情。

她睡了很久，久到身体都没有了知觉，要动一动才能逐渐缓和过来。

苏桃的睫毛动了动，缓慢迟钝地睁开了眼睛。

眼前是白色的天花板，鼻间萦绕着熟悉的味道，她下意识动了下手，很轻微的动作，却立刻被察觉，她的手被紧紧握住，苏桃偏过头，看到了祁凉。

说实话，他这个样子并不比梦里那个他好多少。

想到那个梦，苏桃心里酸涩又难过。

她眼眶发热，想要用另一只手摸他的脸，半路又被他握紧。

祁凉皱紧眉头："别乱动，会跑针。"

"祁凉。"睡了太久，苏桃的声音如气音，太微弱。祁凉以为她是后怕，靠过去，伸手抹去她眼角的泪水。

"我在。"

可是她不在了，她什么都不知道，就把另一个他孤独地留在这个世界上。

她还自以为是，还那么狠心地对他。

苏桃控制不住地哭了起来，挣扎着坐起来，扑进了祁凉的怀里，紧紧抱着他。

她太虚弱了。

祁凉没想到她醒来会有这样的举动，又惊喜又震撼，他不敢用力抱她，只是将她圈在怀里，轻轻捋顺她的头发，努力控制因后怕到现在都无法平静的心情。

他是真的怕了。

苏桃在雪里被埋了近两个小时，找到的时候她浑身冰凉没有呼吸，只有很微弱的一点心跳。医生下了好几次病危通知书，幸好她挺了过来。

以为苏桃是吓坏了，祁凉小声安慰她，哄着她：

"你昏迷的时候一直在叫我的名字。

"梦到我了吗？

"梦到什么，我来救你了？

"好了，怎么哭得这么可怜？

"再哭我就亲你了。"

……

苏桃哭个不停，祁凉的衣服被她的眼泪浸湿了一大片，她抽抽搭搭抬头看他，水汪汪的眼睛仿佛在说：你亲啊。

祁凉转头咳了一声："那个，我去叫医生……"

他站不起身，苏桃抱得很紧，靠在他怀里拼命摇头，就是不放手。

祁凉继续哄："就按一下呼叫铃，好不好？我不走。"

苏桃犹豫着，慢慢地松开了他，又在他站起身的同时拉住了他的衣角。

她是真的在害怕，害怕……他走吗？

祁凉在心里叹了口气，握住她的手，按下了呼叫铃。

在医生检查过程中，苏桃的眼神一直望着祁凉，一寸都没有移开过。

贺垣站在旁边笑了笑："你这是患难见真情？"

真情？她现在大概只是被吓到了，等她好了以后怕是又要像以前一样。

祁凉靠在墙上，薄荷糖在舌尖翻滚，苦涩冰凉。

他希望苏桃经过这件事情可以知道他在她身边的必要，可是又害怕她只是暂时的依赖。

他回望苏桃，露出安抚的笑容。苏桃立刻抿了嘴，慌乱地移开眼神，不知道想起什么又转回来和他大胆对视。

祁凉也是一愣，走过去握住她放在外面的手。

苏桃凑在他耳边小声说："好疼呀。"

祁凉的目光落在她打着针的手上，刚才哭得太激烈，针已经脱出一点，需要重新扎。祁凉挡住她的眼睛，柔声安慰："别怕，疼就握我的手。"

苏桃回握住他的手，没有用力，整个脸埋在他怀里，不去看医生的操作。

她突如其来的强烈依赖让祁凉很满足，抱得紧了些，低声安抚，顺便嘱咐医生动作轻点，他家小姑娘身子弱性子娇，最怕疼。

医生：……

我的病人我不清楚？虽然说劫后余生，但这样秀恩爱还是过分了点！

第十五章

1

他喜欢的人自始至终都是她

Sweet peach

胜在年轻，苏桃恢复得很快。

她没有外伤，身体机能也没有损害，住院休养观察一段时间就没有太大问题了。

夜沉如水，窗外月色皎洁。

苏桃醒来，看到撑着头睡着的祁凉，眉间紧皱着，她伸出手摸了摸他的头发。少年的发丝柔软，苏桃顺着抚平他眉间的褶皱。

祁凉在她有动静的时候就醒了，感受着她的小心和轻柔，一时不想睁开眼。

女孩的手离开时，他带着困意掀开眼皮，将她纤细的手捏在手里，问道："怎么了？又做噩梦了？"

"你要走吗？"

苏桃的问题让祁凉措手不及。

这是在赶他？

他深吸一口气，点点头："学校那边还有很多事情，估计等到你康复回学校，我应该也回庆应义塾了。"

"你不要我了吗？"苏桃小声地问。

祁凉微微一愣，看着两人交握的手苦笑："苏桃，难道不是你不想见我的吗？"

苏桃知道她之前真的很过分，明明祁凉对她那么好，她却做出那样伤害他的事情。可是她也知道，祁凉要是真的不在乎她的，就不会昼夜陪着她。

他只是心里有芥蒂，害怕她会再次抛弃他。

"我错了。"她牵过他的手，纤细的手指划过他手心的伤痕，回想起以前的事情，心疼不已。

"我那时候想，你因为我打伤了方平成，受了伤，受了处分，差一点不能毕业……我连累你那么多次，不能再继续害你。但我却没有考虑你的感受，自以为是推开你，以为是对你好……"

她差一点失去了最爱她的少年。

"谁说是为了你，那是……看他们不顺眼。受伤也是帮白北北打架，和你有什么关系？"祁凉抽回手，没好气地说。

苏桃知道他嘴硬。

她静静看着他，平静地问："不是因为我？也就是说你不喜欢我？"

"这两个之间有什么关系？"祁凉脱口而出，注意到苏桃眼里的光才后知后觉自己被她带进了沟里。

还会套话了。

祁凉伸手捏了捏苏桃的脸说："你怎么不记得我点好呢？我为你考年级第一，为你梳头发系鞋带，明知道你游戏渣还带着你玩，给你讲题跟你一起备考，不然你以为我那么好心，还听你的话考上庆应义塾？"

见苏桃张了张嘴，祁凉不给她机会，继续往下说："为了个交换生名额写论文差点累到猝死，我还为你戒烟，那破薄荷糖难吃死了，你知不知道！"

苏桃腹诽道：所以你就骗我吃？

想到那个雪夜里从头到脚的透心凉，苏桃打了个冷战。

祁凉这口气大概是憋了太久，喋喋不休细数过往种种。

听着他气急败坏数着他为她做的事情，苏桃眼里笑意渐盛，也渐渐含了水光。

他到底在她不知道的时候做了多少事情？他到底有多么喜欢她？以前和现在，她都不曾，也不敢想过。

"我为你做了这么多事情，你现在特别得意是吧……你是笑是哭？"

祁凉古怪地看着苏桃嘴角翘着，明明表情是笑的却泪眼汪汪，不知道是不是自己控诉得有些过分了。

苏桃摇了摇头，泪花在空中划出小小弧线，落在祁凉手背上，烫到他心底。

"你想不想知道，我为什么非要推开你？"

"不想！"祁凉狠狠瞪她一眼。

"哦。"

不到一分钟，某人气冲冲地问："为什么？"

苏桃敛了眼里的笑意，认真地望着他的眼睛，说道："你近一点，我告诉你。"

苏桃一直以为，祁凉是因为她回来后的改变和接触才喜欢她的，她的存在改变了祁凉原本的命运，甚至让他喜欢的人都改变了，会牵连他之后的人生也出现意外。

但是那个梦让她知道，不是这样的。

他喜欢的人自始至终都是她。

这个发现让苏桃欢喜又悲伤。

她的自怜自艾让她错过了前世的祁凉，她绝不能再让今生的祁凉也遭受同样的痛苦。

苏桃把事情都告诉了祁凉，包括自己离奇的经历和自己的担忧。

她希望通过自己的坦白能让祁凉明白，他是她最重要的那个人。如果他还是不愿意原谅和相信，也没关系，她有时间也有耐心，会让他相信的。

苏桃讲完这样离奇古怪的事情后，天边已经泛出微微光亮。

祁凉一直沉默听着，也没有什么反应。

苏桃知道他需要时间接受和整理，也默默地等着，小心观察他的表情。

不知道过了多久，他忽然别扭地问："以前的我，喜欢你吗？"

苏桃眨了眨眼，她明明没有提到以前的他，他怎么这么敏锐就捕捉了这个问题？

她还是老实回答道："应该是喜欢的吧。不过前世我们几乎没有接触，我都是从北北嘴里知道的你。昏迷的时候我做了个梦，梦见我死后，你来签了我的死亡通知书，还……还很难过。"

哪里是难过，分明就是撕心裂肺。

祁凉紧抿着嘴，所以她醒来以后才哭成那个样子？因为以前的他？

他应该高兴还是苦恼？

"那你是喜欢现在的我，还是那个我？"

苏桃被气笑了，伸手拍他："你怎么还吃上自己的醋了？我说了以前我不认识你。"

"那个我太贱了，你还是喜欢现在的我比较好。"

"祁凉！"

眼看苏桃要生气，祁凉连忙把人捞进怀里，刮了下她的鼻子："你看你那个表情，更心疼他，你找他去吧。"

苏桃觉得他无理取闹，谁跟他开玩笑了，这人一点都不正经。她扭过头不想理他。

祁凉看着她，眼神一点点温柔起来，捉起她的双手握在自己掌心，声音诚挚："桃桃，我很了解我自己，如果你没有回来，我一定不会喜欢上别人，宁愿守着你和回忆孤独过一生。"

苏桃蓦然抬起头，心疼极了。

祁凉安抚地笑笑，轻声而坚定地说："你并不会连累我，是我要谢谢你拯救了我，让我不孤独，带着我去一点点触碰世界的温暖和美好，让我

想要变得更加优秀站在你身边，让我不像以前那么可怜。"

苏桃泪光闪闪，窝在他怀里拼命摇头。

才不是，她差点就失去他了。

祁凉知道苏桃在想什么，抱紧了些安慰道："因为你我才洗心革面，才会考上庆应义塾。就算你后来那么狠心离开，我也想着日本不是很大，总有遇到你的一天。到时候你一定会后悔，重新回到我身边。

"我还拿到了全额奖学金，得到了我父亲的认可。他以前总觉得我烂泥扶不上墙，没有任何价值，我都怀疑他是不是在偷偷跟我妈要二胎。"

苏桃翻了个白眼，这个时候不提这个不好吗？多破坏气氛。

祁凉接收到她怨念的眼神，笑了笑。

"没有你，我就是注定孤独的。不只是我，还有白北北。你说她以前可能没死，我觉得很有可能。她向来福大命大，不然怎么会遇上你这么好的闺蜜，还有我这么厉害的大哥？

"你有再来一次的机会不是让你赎罪，而是让你知道这个世界上有很多人都爱着你，不只是我。希望你通过这个机会，能看清那些被误会的情感。"

"我知道。"苏桃连连点头，泪水簌簌而落。她看清了她曾以为冷漠的父母，还有她压根不敢奢望的爱情。

苏桃整个人埋在他怀里，用手臂环抱的力量告诉他，她真的知道自己错了。

"我以后一定不会再做傻事，也不推开你了，我一定对你超级好，努力比你喜欢我还喜欢你，把以前错失的都补回来！"

祁凉也紧紧回抱她，她瘦削柔软的身体真真实实地在他怀里，他忽然有一阵强烈的后怕感。

"当时在山上，搜救队问我要不要放弃的时候，我想都没想就否定了。我不想成为第二个旅馆老板，就算是废了我这双手，我也要带你回家。"

那种灭顶的绝望祁凉至今想来都觉得窒息，当时他真的怕极了，从不信神明的他祈求上天，只要苏桃能够平安，要他用什么换都可以。

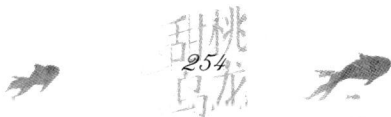

祁凉顿了顿，问道："桃桃，你想过放弃吗？"

苏桃在他怀里摇头，头发蹭着他的胸口。

"没有。"她那个时候想的都是祁凉，她不能让他一个人留在世间，不能让他难过。

"你看，你也舍不得我。那你那个时候怎么能说出那么伤害我的话呢？你知道我有多难过吗？"

"对不起……"苏桃从他怀里转过身，搂住他的脖子，"以后都不会了，你赶我都不走。"

"我不想再听对不起，"祁凉低头凑近，嘴唇相触，他蹭了蹭她粉嫩的嘴唇，"以后道歉用这个。

苏桃瞬间红了脸颊，她本能地想低头，祁凉不许，逼她与他直视，他漆黑的眼瞳里闪着细碎的光。苏桃揪着他的衣服将他拉近，凑了上去，吻在他嘴角。

祁凉摸摸她的头发："乖。"

苏桃乖顺地趴在他怀里，之前的怅然若失一扫而空，内心只有一股满足，却听他话音一转："事情说清楚了，我们就来算个账吧。"

苏桃：？

祁凉微微挑眉："你骗了我这么久，想凭着一个吻就一笔勾销？你想得美。"

苏桃："你个骗子！"

祁凉嘴角带着坏笑，凑近她，不怀好意地说："从现在开始，你追我，追到我同意为止。

"别怪我没提醒你，喜欢我的人还挺多，你上点心，让我看到你的诚意……"

祁凉的话没有说完，就被跳起来的苏桃用"诚意"把嘴给堵上了。

日本的假期和国内不太一样，苏桃和祁凉好不容易找了一个能够撞上

255

的假期回了趟国。白北北知道他们在一起以后特别兴奋，拼了命地想要打听细节。苏桃一边应付着她，一边看祁凉细心地给自己的肉串一点点挑去辣椒粉。

白北北都看不下去，抱怨道："凉哥，你这秀恩爱能不能等把我送走以后再开始啊？"

"那慢走不送。"祁凉眼皮都没抬一下，顺手把挑得差不多的肉串放到苏桃盘子里，"你快生理期了，少吃辣。"

一直被忽视的白北北掩面而泣："凉哥，你太过分了！"

烧烤摊上烟火气十足，邻桌是一群学生，穿着校服吃着烤串，聊着学校里的八卦，吐槽老师和家长。

白北北竖着耳朵听，乐不可支，她笑得太猖狂，苏桃好奇，也跟着听了听。

女生A："你们知道吗？刘老铁最近又开始抽风了，拿着前几年的优秀学生事迹开始讲，烦死了！"

苏桃和白北北对视一眼，还真是久违了的名字。

女生B："我听了，老师还在班里宣传。你知道当年传闻中的祁凉吧？那是多厉害一风云人物啊！咱们这里第一个考上庆应义塾的！听说高考完就被'始乱终弃'，伤得可惨，最后也没去，现在在家继承家业呢！"

苏桃：……

白北北："哈哈……"

祁凉挑了挑眉毛，把苏桃拉到身边坐，问道："怎么了？"

苏桃靠在祁凉胳膊上，抠抠他的衣服，可怜委屈又内疚地说："想起了一些往事，觉得对不起你。"

祁凉疑惑地看向白北北，成功让看好戏的白北北被自己的口水呛到，默默低头吃肉不敢言语。

笑该笑，屁该屁，能屈能伸。

祁凉大概也知道就是那点事，摸摸苏桃的脑袋说："对，所以你要好好补偿我。"

"嗯！"苏桃牵住他的手，"还让你多了那么多传闻……怎么现在的孩子还这么爱传八卦，夸大其词啊！"

"听听算了。"

祁凉撸猫一样顺着她后面的头发，不知不觉她的头发长度已经过了肩。

苏桃还竖着耳朵听隔壁那桌八卦，偶尔和白北北对视一笑，眼睛弯弯，忽闪忽闪的睫毛像在跳舞。

祁凉的喉结上下滚动几次，忽然说："桃桃，等你长发及腰，我们结婚吧。"

那时候，应该恰好是毕业那年。

苏桃随口"嗯"了一声，过了几秒才反应过来，抬头愣愣看他。

祁凉目光温柔地问："好不好？"

苏桃哪里还会说不好，乖巧地点了点头。

白北北在对面看着，心里直发酸，嘴里的肉串都不香了。前几天连陆天那货都不知道从哪儿找了一个女朋友，这么下去她就要成为小群体里唯一的单身狗了！这也太悲催了！

祁凉在北海道的交换学习结束就回了庆应义塾，和苏桃变成了异地恋。

一向乖巧懂事连醋都不怎么吃的苏桃忽然变得黏人起来，保持每天一个电话，祁凉每次接的时候都一脸幸福，让恋爱多年的贺垣都感受到恋爱的浓浓的酸臭味，嫉妒不已。

热恋啊，就是好。

祁凉不知道的是，苏桃在新学期选修了经济学类课程，是八神教授建议她修的，一是和祁凉以后也能有些共同话题，二是能够锻炼她的思维能力。

苏桃每天给祁凉打电话除了日常问候，就是在问他各种问题。

祁凉又不好拒绝给她讲解，连着好几天，实在是有回到高中课堂时的感觉。

某天，他终于受不了，开门见山问苏桃："你除了学习的问题没有其他话想跟我说吗？"

对面沉默了几秒后，苏桃的声音轻轻传来："祁凉，我喜欢你。"

祁凉摸着红透的耳尖，心跳像装了马达一样，嘴角都要扬到宇宙外去了，还要装作一本正经地说："我发现你最近学得油嘴滑舌了。"

"没有啊，我就是想着把以前亏欠你的都补上。你想听什么，都说给你听；你想要的，也都给你。"

"我想要的？"祁凉的声音轻轻扬起，随即笑了声，"桃桃，不用取悦我，你在我身边，就是我最满足的事情。"

"可是北北说，受过伤的男人更加脆弱，要好好护着才可以。"

祁凉磨了磨牙："少跟她讲这些事，她自己的烂摊子还没解决，跑你这里支什么招。"

"她的什么事？"苏桃没想到白北北还有自己不知道的事情。

祁凉也没多说，三言两语带过去，话题又回到了学习上。

两个人就伴着清风，讲了一晚上的题。

贺垣听说后，再也不羡慕祁凉了。

异地恋不谈风月谈经济，这两个人也是够奇葩。

这样过了大半年，到了平安夜，H大组织了圣诞晚会。

苏桃是有表演的，提前告诉了祁凉，他却说学校有事来不了，苏桃也不疑有他，还安慰他没关系。

当天晚上，苏桃正戴上发饰，祁凉打来了电话——

"在干什么？"

他那边有些吵，苏桃听得不是很清楚。

"换衣服，一会儿要上台表演。"苏桃走出后台到安静的地方，祁凉那边也稍微安静了一些，她戏谑地问，"你呢？是不是有很多女孩子送你圣诞礼物啊？"

对面传来沉沉的笑声："这么担心啊，不如你亲自监督？"

苏桃踢着地砖的缝隙，懊恼地嘟囔着："我后悔了，祁凉，我当初不该放弃庆应义塾的。"

祁凉受欢迎她不是不知道，贺垣整天在他们俩打电话的时候嚷嚷今天祁凉收了什么礼物，明天有谁来给祁凉告白。苏桃本来不担心，也让贺垣搅和得生了几分醋意。

这一定是她之前太过分，神明为了惩罚她！

祁凉失笑："你别听贺垣瞎说。没有追求者，只有你。"

苏桃接受了他的情话，并欢快地换了话题："你过年要回家吗？"

祁凉却说："桃桃，回个身。"

苏桃应声转过去，看到身后挺拔的身影后没有一丝犹豫，大步跑着扑向他。

在他怀里蹭了蹭，苏桃抬起头，任祁凉帮她整理好凌乱的刘海。

"你怎么来了？"苏桃太兴奋了。

"来看看我魅力无穷的小仙女，在有男朋友的情况下能收获多少追求者。"

这醋味可真大。

苏桃掰着手指头，语调上扬："还真不少呢，要我给你数一数吗？"

祁凉握住她的手指，眼里都是威胁："呵，你试试。"

苏桃唱的歌是日语版《花样男子》主题曲，适合冬季恋爱的歌，也是祁凉当初送给她的水晶球音乐盒的音乐。

音乐欢快浪漫，女孩声音甜软，舞姿轻盈可爱，笑容更是俘获了很多人的心，别说男生，连女生都喊着"苏桃我爱你"，让坐在观众席的祁凉哭笑不得。

他的女朋友魅力可真是太大了。

舞台上的苏桃闪闪发光，祁凉想起了他们的初见。

当时祁凉在重点高中上高二，陆天刚升到三中的高一，拽着他去新生

典礼。

他本来是没打算去的，是白北北说自己有个节目才勉强答应捧场。

三中的保安比重点高中严格，他听信了陆天的鬼话，翻墙进去的时候被抓个正着，慌忙逃跑拐到学校后面。

那里还没有坏学生聚集，只有成堆的木材和废料，还有一个练舞的女孩。

女孩戴着耳机蹦蹦跳跳，嘴里哼着不知名的歌曲，灵巧可爱，脸上的笑容灿烂，在阳光下晃花了祁凉的眼。

她每一根发丝都柔顺跳跃，披着金色的光芒，下身穿着百褶裙和帆布鞋，笔直的一双腿就在他眼前。

他像一个误闯入仙女藏身之处的凡人，一时之间眼睛不知道该放在哪里，连自己在做什么都忘记了。

后来苏桃带着不明身份的他藏了起来，还好心指了一条他不会被抓到的路，从此，那个说话都带着一股甜味的女孩，住进了他心里。

这件事情白北北、陆天他们都不知道，苏桃也早都不记得了。

最后成了祁凉一个人的秘密。

再次相遇，她再也没有那样幸福地笑过，眼中却仍有未熄灭的光。

祁凉看着台上对着他 wink 笑容甜美的苏桃，心中庆幸。

幸好，幸好她回来了。

不然，他真的要错过一辈子。

"祁凉，我好看吗？"

苏桃在众目睽睽下朝祁凉跑来，在一片喝彩声中扑入他为她张开的怀抱。

祁凉搂着她，故意不让她得意，"嘶"了一声，像是被迫回答："嗯，还行吧。"

"哼，那我问别人去。"

她还没转身就被祁凉拽进怀里，耳边的嗓音扰得她心里发麻，只听到：

"好看，特别好看。"

苏桃轻扬秀眉，显然很高兴。

祁凉宠溺地笑着给她披上外套，自然地牵过她的手，问道："想吃什么？"

"大阪烧！"

"好。"

全场单身狗被强塞一拨狗粮，不是单身狗的贺垣也啧啧称奇，爱情真是令人性格大变。

新年伊始，苏桃去樱井神社还愿，顺便感谢赵怜塞给她的那块恋爱御守。

穿着新衣的女孩虔诚地站在神社面前闭目合手，祁凉站在院里看着她，周身浸满温柔。

还完愿，苏桃跳下台阶，几步跑到他身边，被他牵住手，理了围巾。

两人手牵手往外走，苏桃想起上次来的事情。

"我上次来，听到有人叫你，但好像是我搞错了。"

"没错，"祁凉偏头看她，点了点她的额头，"那次是修学旅行，我后来进神社，看到了你写的御守。"

"啊……"苏桃一脸惊讶，"我那时候不知道你曾经喜欢的人也是我，还以为是我的出现扰乱了你的姻缘。"

"也只有你会这么傻。"

苏桃小声责怪自己："还好没错过。"

祁凉牵着她的手，放进了兜里。

两个人也不着急找车，缓慢在街头漫步。苏桃忽然想起一件在医院就想问，却一直被祁凉岔开的事情。

"你什么时候喜欢上我的？"

街道两边的树披着银装，天空缓缓落着雪，女孩眸光清亮，拽着他的手不允许他躲开目光。

祁凉轻笑一声，揶揄地看她一眼："你不记得了吧？"

苏桃在自己的记忆里搜寻不到，她摇摇头，很有诚意地踮脚亲了他一口，以示道歉。

祁凉忍笑，将她拉在身前，俯身在耳边说："自己想。"

苏桃：……

又占她便宜！

她瞪着祁凉，化了妆的小脸更加精致，口红是正红色，阳光下泛着微光，衬得皮肤如雪般白嫩。

祁凉盯着她，嘴角微勾，把她拉到树下亲了上去。苏桃反应不及，只能踮着脚配合他，紧张兮兮抓着他的衣领，手指逐渐绵软无力。

辗转厮磨，温柔缱绻。

苏桃轻喘着，别过去的脸颊泛红，害羞地抬脚轻踢了一下他。

祁凉笑了声，摸了摸她的头发，老实地回答："第一次见你的时候，就很喜欢你。"

"哦？你见色起意啊？"

"嗯，你好看。"祁凉并不觉得这有什么不对，如果他没有一见钟情，之后又遇不到她，缘分大概就断掉了。

苏桃已经能够心平气和面对他偶尔的情话了，还能在心里欢喜的间隙思考他话语里的漏洞："不对啊，那时候你就吃薄荷糖了，你还骗我是因为我才戒烟！"

"谁说那是第一次？"

祁凉的话让苏桃意识到问题的严重性，她到底是忘记多少事情，又对多少事情不知情？

苏桃惊讶地问："那是什么时候？"

祁凉笑着，并不打算告诉她。

在苏桃之前，祁凉从来都没有喜欢过谁。他觉得爱情无聊又麻烦，还不如打几局游戏过瘾。

那时候，吏遥还在他大放厥词的时候教他做人："你那是还没遇到喜欢的，年轻人话不要说得太早，有你打脸的时候！"

一语成谶。

他的传闻太多太多，传得神乎其神，不能再可怕。

遇到苏桃，是他第一次心动。

没有觉得自己条件多好，反而自知劣迹斑斑配不上那样明亮柔软的女孩，即使收敛了太多脾气，却仍旧未敢出现在她面前，只敢暗示白北北多照顾一下她。

后来知道她被欺负，心里着急才骑车"路过"，谁想到就撞到了她，当时真的恨不得去收拾高程一顿。

苏桃不知道这些，祁凉也不会和她讲。已经过去了的事情以及那些不干净的心思和经历都被他埋在了心底，反正现在人是他的，谁都没办法再把她夺走。

苏桃歪着头想了很久，知道祁凉不想说，于是换了个问题："怎么又转学过来了呢？"

明明以前都没有。

因为以前没有，才和如今不同。

说到这个，祁凉揪了揪她脑后的小丸子，语气很是无奈："还不是打架被某个小盲人遇到，怕她告状，得仔细看着。"

实话说，他那时候真的很怕吓到她，好在她还机智，用拙劣的演技让两人都下得了台。

"我就剪了个头发，谁知道你……"苏桃想起巷子里的冰冷少年，一身血污，眼神却干净，握着她的那只手微凉，现在想起来，她手心还带了薄汗。

不可怕，很温柔。

只是她当初不了解，以为是他在试探，没想到是真的怕她沾到。

命运从那个时候就暗中牵了线，是她自己迟钝，一直都没有发现，误会了神明的好意，还差点第二次错失了他。

祁凉假装听不出苏桃略有埋怨的语气，脸上始终带有温柔的笑："是啊，就是那天。"

那天小巷阴冷，女孩披着明媚阳光而来，误闯进他的禁地，将阳光倾洒进来，再次照亮了他的世界。

慌乱无措，眼神清澈。

只一眼，薄荷糖也压抑不住他躁动的心。

苏桃小半张脸埋在围巾里，对上他漆黑的眸子，是前所未有的温柔，祁凉嗓音很淡，风一吹就能消散掉，雪落了他满头，苏桃却一点没挨到。

她抬手帮他摘掉雪花，听到他缓缓的告白："那天一时贪心握住了你的手，从此以后都不想再放开。"

—正文完—

番外一

1

听老婆的

Sweet peach

　　毕业了两个人都选择回国，临走前八神教授恋恋不舍的样子，让苏桃想起了陶元亮。回去的飞机上，她拉着祁凉的手，想了想，决定打探他家里的情报。

　　"说起来，你是陶老师的外甥对吧？"

　　"嗯。"

　　"你怎么不早告诉我？那次被他知道我借你作业抄，吓得半死！"

　　"他那么喜欢你，怎么舍得怪你？再说了，不还有我顶着吗？"祁凉跟空姐要来毯子给苏桃盖上，拉下她的眼罩想让她睡觉。苏桃却不愿，又把眼罩拉了上去。

　　"所以你就是故意的对不对？"

　　"我哪有那么大度，允许你问别人题？"祁凉扯了扯她的脸颊。

　　苏桃嫌他总动手动脚的，离得远了点，又问道："你舅舅和陶渊明同名，那你妈妈呢？叫什么啊？"

　　"子由……"祁凉对她忽然问起自己家里的事感到奇怪，好笑地问她，"这么积极打听，是不是迫不及待想要嫁给我了？"

　　苏桃哼了一声："才不是，我大学四年都没怎么回国，这次回去当然

265

要去看看老师了。"

"那你问我妈名字干什么？"

"好奇啊！书香门第，儿子和陶渊明一个名字，当然好奇女儿了。子由，是苏辙的字吧？"

……

祁凉暗自磨了磨牙，知道她是故意的，偏偏苏桃还挑衅地笑了笑后，拉下眼罩安然睡觉了。祁凉气得舔了舔唇，一把拉过她把她按在怀里。

"祁凉你干吗？"

"睡觉！"

过了一会儿。

"祁凉，你父亲是不是很凶啊？"

"不凶，有我呢，而且我妈很好的，有她在不怕。"

"哦……"

"你果然是着急见家长了吧。"

"没有，我就是问问。"

"行，回去就带你去见。"

"不要！"

不要也把你绑回去！

祁凉一下飞机就被叫回了家，要等一会儿才会来，苏桃先到了学校。

毕业季回学校的人不少，还遇到了以前的几个同学，最让苏桃头疼的是，高程也在。

她本来想等一会儿，等他们走了她再去，没想到会被他们叫住。

他们一开始还没有认出苏桃，是徐婧觉得她眼熟，怀疑地喊了句，没想到苏桃真的答应了，才兴高采烈跑过去。

不只是徐婧，其他人都惊住了。

苏桃高中时变化已经很大了，如果说以前是小仙女，现在就是女神。

半长的头发编了这么可爱的发型，一袭浅粉色国风连衣裙配着低跟凉鞋，风轻轻吹起衣料上的薄纱，真的仿佛仙女下凡。

"女大十八变，你也太漂亮了！"徐婧打量着她，惊叹道。

苏桃腼腆地笑笑："没有，你也很漂亮啊。"

徐婧褪去了少女的青涩，抽芽一般成熟起来，再也不是以前戴着眼镜的书呆子。她不好意思地摸摸头发，觉得苏桃更加亲近可人。

"谁以后娶了你真的是前世修来的福气！"

苏桃微微一笑："是我的福气才对。"

高程没说话，从一开始的惊讶到视线默默放在苏桃身上，一直都没移开，听到徐婧的话，他目光闪了闪，忽然问了句："苏桃，你知道祁凉继承家业了吗？"

苏桃微愣。

她和祁凉在一起的事情没有特意大张旗鼓全世界宣扬，所以只有白北北、陆天他们知道。

班里大部分人只知道她当初出国的时候和祁凉闹得不太开心，高程忽然问起他，明显是要打探以前情敌的情报。

想到之前听到了一些乱七八糟的传闻，苏桃眨了眨眼睛。

她也曾问过祁凉以后要怎么办，也无非是继承公司，但祁凉自己的意思是想要凭自己打出一片天再回来。祁凉怎么样苏桃都是支持的，没有确定的消息，她只能含糊地应了一句："是吗？"

她这么说，高程自然以为她和祁凉没有联系，他不知道从哪里来的信心，走到她身边说："是吧，我也是听说。你毕业以后有想好去哪儿吗？"

"还没有……"

"我本来面试了一个世界五百强的公司，不过我想从基层干起，就没去，以你的条件找一家外企也是绰绰有余吧。"

世界五百强？是没去成才换了公司吧。

苏桃没拆穿高程，她只是微微点头，随便和他搭着话，心不在焉。

徐婧眼睁睁看着高程把自己挤走，又看着他跟苏桃并肩前行，奇怪苏桃的态度，却发现她故意拉开了距离，徐婧心如明镜，跑过去帮苏桃应付。

苏桃本来想最后一个见陶元亮的，还想跟他聊聊祁凉小时候，掌握一下祁凉的黑料，没想到陶元亮听说以前的学生回来了，闻风就钻了过来，看到苏桃更是感动得不行。

"哎呀，苏桃同学你真是有心了，还知道回来看老师！"

政治老师在一边冷冷地说："他们是来看我的。"

"去去去，那之后不是也要看我！"陶元亮硬生生把政治老师挤走，搞得苏桃和其他人哭笑不得。

有的学生在一边打趣。

"老师你着什么急？"

"就是啊，一会儿就去看你了！"

"感觉像是来见儿媳妇一样！"

……

陶元亮心说：那可不，这不赶着过来见外甥媳妇。

陶元亮也不知道是不是故意的，没怎么理高程，一屁股坐到苏桃身边，瞧着她万分感慨："你说你怎么就让那个浑小子给坑了去呢！"

苏桃瞥了眼和别的老师说话的同学，小声提醒陶元亮："老师，您小点声。"

"叫什么老师，叫舅舅！"

……

一场见面和老师相谈甚欢。

语文老师最近喜欢给别人牵线搭桥，瞧着自己学生里这几个俊男靓女，很是满意，又开始问这个有没有男朋友，问那个有没有结婚。

问到苏桃，她还没说话，徐婧就先开口了："苏桃这么漂亮一定有很多人追，还没选好，是不是？"

"其实……"

"我看也是，苏桃这么优秀，有谁能配得上啊！"

"我……"

"对对对，苏桃，让语文老师给你介绍一个吧！"

苏桃几次说话都被打断，也不知道这帮人是不是故意要先把她推出来挡枪，她向陶元亮投去求救的目光，陶元亮低头摆弄着手机没有看到。

看到苏桃这么为难，高程站了出来："你们别乱点鸳鸯谱，说不定苏桃已经有喜欢的人了。"

他的话一出，仿佛带了什么节奏，有人打趣他道："高程，你该不会还惦记着咱们小班花吧？"

"我看他们俩也挺配的。"

"是啊，苏桃以前不是还和高程告白过？"

提起往事，高程心里得意，面上明显带了点喜色，他往苏桃的方向看去，却发现她站在窗口发呆，他走过去问道："怎么了？"

苏桃吓了一跳，猛地转过身，和他错开一些距离，尴尬地摇摇头："没事。"

高程奇怪地往下望了一眼，什么都没有。

陶元亮看着高程故意接近苏桃，心里这个急啊！他打字飞快，拿出了中年人不具备的打字速度："你个臭小子怎么还没到，一会儿老婆没了！"

一分钟过去，祁凉悠然回了两个字："马上。"

祁凉说马上，还真的就到了。

他站在教师办公室门口收了手机，整理下衣服，敲了敲门，一时间所有人的目光都集中在了他的身上。

见祁凉从容走进来，高程的脸马上就黑了几分，他转头去看苏桃，只见苏桃已经先一步跑到祁凉身边了，和刚才的文静温婉不同，而是带了小女人的雀跃。

苏桃以为他还要一会儿才能来，有些惊喜地问："这么快？"

祁凉不动声色牵住她的手捏了捏，说道："再慢媳妇就没了。"

苏桃瞪了他一眼："别乱说。"

祁凉笑而不语，对着高程挑了挑眉毛。

他们旁若无人亲密的样子让在场的人都有些反应不过来。

高程带了点怒气和不甘，质问道："苏桃，你不是说你和祁凉没有联系的吗？"

苏桃歪着头，无辜地眨眨眼睛："我有说吗？我只是不知道他继承家业而已。"

祁凉忍着笑点点头，一本正经："我也刚知道，本来打算从基层开始，可惜我爸不让，非让我直接进公司。"

祁凉那个欠揍的样子生怕别人不知道他是祁家独子，集万千宠爱于一身，现在还和苏桃在一起，高程捏紧了拳头，咬着牙努力保持着成年人的体面。

祁凉拿出准备好的礼物一个个送给老师："我当初给老师们添了不少麻烦，辛苦各位那么照顾我和苏桃。我们有今天都是仰仗各位老师的教导。"

拿人手短，语文老师也不好意思地笑笑："哎，没什么，你们过得好老师就放心了，什么时候结婚啊？"

"看她，"祁凉成熟有礼地站在苏桃身边，两人晃瞎众人的眼，还撒狗粮，"苏桃什么时候愿意嫁，我就立刻发请柬，到时候老师们一定要来。"

"好好好。"

苏桃：推锅给我可还行。

陶元亮看着其他老师都有礼物就他没有，心里吃味："浑蛋小子，我怎么没有？"

祁凉正和其他老师客套，随口回了他一句："自己找我妈要去！"

陶元亮拉着苏桃的手诉苦："外甥媳妇啊，你管管他！"

众人都呆住了。

瞧着昔日的叛逆少年如今这么沉稳，老师们也很有感慨，尤其是数学老师，她当初知道祁凉的成绩那么好，就很看重他，知道他本性不坏，就是缺少人引导。

她拉过祁凉，拍了拍手："祁凉，你可不能辜负了苏桃啊！"

"当然，我绝对不会辜负桃桃对我的心。"

祁凉说这话的时候意味深长，摆明就是说给高程听。眼见高程就要暴走，苏桃也不知道他怎么这么幼稚，踮了踮脚小声咬耳朵："你差不多行了！"

"心疼了？"

"瞎说什么！"苏桃瞪他，"在老师面前你还搞事情，我都是你的人了，你还担心什么。"

苏桃的话明显取悦到了祁凉，他轻舒眉毛，抿了笑："听老婆的。"

苏桃：……

谁说他沉稳来着？

出了学校，同学们还有点反应不过来，视线时不时往两人身上飘，还是徐婧按捺不住好奇，问了苏桃："你们两个什么时候和好的？"

"大学啊。"

"祁凉又追了你一次？"

这个问题让苏桃犹豫了一下，她似乎是想明白什么，笑了声，摇头道："是我重新把他追回来的。"

祁凉挑了下眉毛，很是满意。

徐婧惊讶地捂住嘴，羡慕地祝福他们两个。高程原本还以为祁凉是和以前一样缠着苏桃才追到手的，没想到是苏桃主动，他眼神暗了暗，终究是松开了紧握的拳头。

本来还想让苏桃他俩参加同学聚会，但是苏桃说舟车劳顿，还是下次再聚。

和同学分别后，苏桃坐上车，祁凉自然倾过来给她系上安全带。

"你干什么？"苏桃对他的绅士行为有点不适应。

祁凉在她脸上亲了一下："表扬你。"

"得了吧，你一定得意坏了。"苏桃轻轻捶了他一下，把他的心思看得清清楚楚，"你就是等着他们问这个才让我追你的吧？"

"哪有，那是给你的惩罚。"

"信你才怪！"

祁凉轻笑两声，发动了车子。

兴城不大，一脚油门就能走完半条街。苏桃看着变化不小的街道，心里由衷感叹时间和发展的迅速，她望着窗外的风景，看着身边的人，翘起了嘴角。

她以前从来没想过，有一天会被人如此深爱；也没有想过，她会这么爱他。

当她拥有后，她也有过患得患失，也曾单方面放开了手。幸运的是，他从来没有放弃过她，过去到现在，他一直在。

等红灯的时候，祁凉问："怎么不想去同学聚会？白北北还说要给你找回场子。"

"就知道她会闹，"苏桃眼睛弯弯，"比起见到那些连名字都不记得的人，还不如跟你多待一会儿。"

见她这么会说话，祁凉心情明显不错："想去哪里？"

"哪里都好啊。"

只要有你在，哪里都是一样美好。

祁凉和苏桃感情再好，也有吵架的时候。

苏桃的工作出现了一点变动，需要去国外进修一年，祁凉却不希望她走，想让她留在国内。两个人的意见发生分歧，谁都不让谁，苏桃一气之下，离家出走去了白北北那里住。

好不容易哄好了苏桃，白北北打电话叫来了祁凉。

"凉哥，你俩吵架不能牵连我啊，本来我还打算出去约会的。"

祁凉嫌弃地瞅了她一眼："就穿这身？赵洋怎么忍受你的？"

"他当然……"白北北剩下的话被惊讶吞没，结结巴巴，"你……你怎么知道的？我连桃子都没告诉！"

祁凉难道还能说他高中时就看出来了？要不然赵洋一个学习好的怎么那么喜欢给你抄作业？

祁凉懒得理她，走进卧室摆摆手："跪安吧。"

白北北：……

苏桃发现自己做了一个梦，她飘浮在空中，好像又成了幽魂。

为了确认自己是在做梦，她特意掐了自己一下，手指穿过虚影的胳

膊——现在连自己都碰不到自己了。

一定是在做梦。

她认出这是三中的门口，默默期待着能够看到祁凉。

吵架归吵架，她还是挺想念高中时候的祁凉。

不过她的期盼注定要落空。苏桃没有看到祁凉，她看到了自己，看到被陆婷佳她们硬拽着拉出校门的自己。

她猛然意识到这是在前世。

如果她没记错，这个时候，白北北会出现帮忙。

上一次苏桃被拉到校外的角落被陆婷佳她们欺负，正如苏桃的记忆，白北北出现把她救了下来，还带她去吃了饭，送她回家。

苏桃以为这就结束了。

她却看到白北北蹦蹦跳跳地出了小区门，对站在小区门口的少年说着什么，苏桃心有所感飘了过去，看到了男生的脸。

果然是祁凉。

"凉哥，我已经把苏桃送回去了。"白北北挠挠头，不太理解，"不过……英雄救美这么好的机会你为什么不自己去啊？"

祁凉身上裹着寒气，让游魂一般的苏桃都打了个冷战，他淡淡地说："你去就可以。"

这是和苏桃所熟悉的祁凉完全不一样的气质。

他平时阴郁、冷戾、寒气逼人，却在提到苏桃名字的时候眼神柔和下来。

苏桃看着，开始后悔和祁凉吵架了。

还是现在的祁凉好，以前的他太可怕了。

画面一转，苏桃眼前出现一张大脸，吓得她后退几步，穿过了冰冷的身躯。

是方平成和祁凉。

苏桃瞧着方平成一身的伤，恐惧地看着祁凉的样子，十分能理解，心

里又很解恨。

方平成并不是什么好人，他对前世的苏桃做的事情，何止校园暴力这么简单，要不是有人及时出现……现在想想，那个人应该就是祁凉了。

原来他在前世还是做了很多事情的，只是她当时完全沉浸在自己的世界里，没有意识到有人在保护她。

苏桃叹了口气。

祁凉说得对，这样煞神一般的他，她心里会有本能的恐惧和抗拒，怎么都无法喜欢得起来。

也怪不得他没有主动追求了。

起风了，方平成吓得腿肚子发抖，惊恐地说："凉哥，凉哥你饶了我吧，我知道错了。"

祁凉恍若未闻，他声音淡淡的，夹在风里听不太清。

"她转学了。"他一句话仿佛定了方平成死罪，方平成盯着他面无表情的脸，吓得转头就跑。

这时，有一辆迎面而来的车，方平成没有注意到。

苏桃想要提醒却发不出声音，只听见"砰"的一声，方平成倒在了地上。

祁凉似乎也没反应过来，好一会儿他才上前，看着方平成在地上抽搐，拿出手机拨了120。苏桃松了口气，还好他没有因为自己的原因见死不救。

他自然是有良知的，只是没那么善良。

后来的一段时间，苏桃一直跟着祁凉飘荡。

曾经的苏桃转学以后，只跟白北北联系过，白北北就每天跟祁凉报告她收到了什么样的消息，苏桃过得怎么样。

祁凉只有在这种时候会偶尔带了点笑意。

苏桃渐渐发现了他的温柔。

他会偷偷地给苏桃留下最后一份关东煮，也会威胁想要欺负她的人让他们离远点，还会默默跟在她身后，送她回家，然后再骑车往相反的方向走。

他做了男朋友该做的事情，却始终没有出现在她面前。

苏桃轻飘飘地趴在他肩头，心疼得难受。

她想要伸出手去碰碰他，安慰一下，却仍旧穿了过去。祁凉却忽然回过头看着苏桃的方向，吓得她差点摔下去。

白北北疑惑地看着他奇怪的行为，问道："凉哥，怎么了？"

祁凉愣了半天神，摇摇头："没事。"

他刚刚好像感觉有人在触碰他，很轻很轻，似乎带着一点点的甜香气，很像苏桃的味道。

大概是他过于想她了吧。

苏桃捂着嘴，吓得半死。

知道他看不到，还是很惊险。那双眼睛仿佛浸了冰碴，一个眼神就能戳死她，温柔下来却像是冰川融化，万物复苏。

苏桃瞧着祁凉这样两极分化，心里有一股说不出的滋味。

一直到她和白北北出事。

前世的祁凉如传闻所说，没有去上大学，而是直接继承了公司，反正他成绩本来就好，管理经营稍微学一下就会，学历什么的都是粉饰的东西，在自己家不需要。

祁凉当时在公司开会，苏桃趴在他肩头昏昏欲睡，祁凉的手机突兀地响了起来，打断了这场会议。

祁凉接了电话，脸色一变，头也不回地冲了出去。

员工们面面相觑，都不知所措。

苏桃再次看到这个场面，她忍受不了，转身过去，不想再看一遍。

实在是太令人心碎了。

走廊里回荡着祁凉的哭声，苏桃感受不到眼泪流下却知道自己哭了。

她还是没有忍住，飘到他面前，伸出手轻轻碰了碰他的头。

他才二十岁出头，就已经长出了白头发。

苏桃想说，别哭了，你再哭我也没办法给你擦眼泪。

祁凉好像真的可以感受到那么微弱的触碰，他抬起头，和苏桃遥遥对视，声音哑得不像话："苏桃，是你吗？"

苏桃在这里猛点头，他也看不到。

她只好伸出手碰了碰他的脸。

祁凉忽然就笑了，那么苍凉悲伤，眼里通红，满满的绝望。他幽幽地说："你乖乖的，等我去找你好不好？"

苏桃听出他的意思，吓得连忙摇头，又知道他看不到，急得团团转，情急之下，她快速飘过，带来一阵风。

"你希望我活着？"祁凉皱着眉，不是很想答应，半晌，他才擦干了眼泪，站起来，"你希望的事情我都会做到。"

祁凉晃了晃身子，吓得苏桃差点就要心脏跳出来——虽然并不会。

他放弃了随苏桃而去的想法，带着她的骨灰回了国。

苏桃的父母离了婚，又没有什么亲戚朋友，连个葬礼都没举办，祁凉用她的骨灰做了一枚戒指，戴在了无名指上。

此后但凡有人想给他介绍结婚对象或者问他是否已婚，他说的都是已婚。

可是这个人连签死亡通知书的时候都不敢说出他爱她。

他的爱从来未宣之于口，却会在每年她的忌日去看她，带一束她最喜欢的向日葵，和她讲其他人最近过得怎么样。

唯独不说自己。

好像他只是一个陪伴她的老友，而非一个暗恋很久的人。

苏桃陪了祁凉很久很久，时间又好像很短。她看着他日渐苍老，孤独一生。那枚戒指他一直都没有摘下来过，仿佛和他成为一体，每次看到的时候他都会轻轻吻一下，眉眼里都是温柔。

苏桃知道祁凉不信神佛，前世的她死后，祁凉开始信了。他也一直在做慈善，别人都叫他大善人，但是他却摇摇头，说这些都是完成别人的心愿。

苏桃猜着，他可能是在为她积善。

祁凉四十几岁的时候身体就已经很差了。

不需要医生说，就连苏桃都看得出祁凉没有多少时间了，有时候他咯血、头疼。苏桃急得团团转，却帮不上任何忙。

他太透支自己的身体了。

他答应苏桃要活着，但就只是活着，没有生气地、机械地活着，拼命工作应酬，烟酒不戒，在醉到不省人事时唤着她的名字。

他用了一种最痛苦的方式活着，拼命想要快点去找她。

苏桃不知道这个梦还要多久，大概是快要结束了。

祁凉在一个很好的天气去了鹿取寺。

栀子树依旧繁盛，白色的栀子花灿烂，散发着淡淡清香。他站在树下，被阳光晃了眼睛，恍惚间好像看到了一个穿着白色衣裙的女孩朝他跑过来，笑颜如花，乖巧听话。

他有多久没有见到她这样笑过了？

却只是一个恍神，眼前其实是摇摆的花枝。

祁凉走进了殿内。苏桃想跟着，却进不去，仿佛有一道屏障阻挡着她。她没办法只好默默等在外面，蹲在地上看蚂蚁搬家。

祁凉在满是香火的大殿内跪下，面朝神佛，叩首三下。

"如果有来生，愿佛祖保佑我能够早些遇到苏桃，伴她长久，护她一生，再无人可欺她。"

院里起风了，吹得栀子树摇曳，花香扑鼻。

苏桃眯了眯眼睛，知道自己要醒了，她往殿内望了望，心说：他怎么还不出来？

祁凉诚心跪拜完每一位神佛，跨出了殿门，忽然一阵带着花香的风扑面而来，他愣了半晌，才抬手摸了摸额头。

风停树止，寺院方丈看着祁凉怔怔站在原地，摇摇头叹了口气。

窗帘遮挡了大片的阳光，窗户开着，楼下的狗吠吵醒了苏桃。

她不耐烦地翻了个身，手触摸到热源，自觉钻了进去，意识到不对劲，她睁开眼睛，揉了揉。

白北北是自己租的房子，一室一厅，房间并不大。

苏桃看了看周围，以及床上躺着的人，掐了掐自己的脸。

"嘶——"还挺疼。

祁凉还睡着，手揽在她的腰上，衬衫解了两颗扣子，领带和外套随便丢在了椅子上。

一看就是从公司过来的。

苏桃抿抿嘴，凑近去看他。

说起来，他们两个也好久没有这样安静地相处过了。

两个人的工作都很忙，苏桃上学的时候就一心学习，工作了更加专心。祁凉最开始还会和她庆祝纪念日和节日，后来见她也没心思没时间，索性也放弃了。

可是礼物从来没有少过。

苏桃戳了戳他的脸，好像瘦了。

他眼圈也是青黑色，估计又是好几日没休息好。

她小心牵过祁凉的手，两只手交握在一起，苏桃心里被填得满满的，也有些酸涩。

苏桃凑过去，亲了亲他的嘴角。

祁凉被她各种打扰，终于醒了过来，眼睛还没睁开，一手就将人揽进怀里，抱得紧了些，低沉慵懒的声音轻拂过苏桃的耳畔："别闹。"

苏桃乖乖待在祁凉怀里，也抱紧了他："祁凉，我好想你。"

"嗯？"祁凉这回是真醒了，他低头看她，苏桃红着眼睛，像是刚刚哭过，眼角还有泪痕，祁凉吓得蹭了蹭，"怎么了？是不是还生我的气呢？我知道错了，别气了啊。我想好了，你想去就去，反正别人也抢不走你。只是你要记得照顾好自己，别忙起来就忘记吃饭。"

见祁凉一副老父亲的样子嘱咐她，苏桃破涕而笑："知道啦，祁总。"

祁凉摸了摸鼻子，女孩刚起床的声音娇糯……

"想什么呢？"苏桃瞧他发愣，凑上去。

祁凉笑了笑："想你怎么突然这么乖？"

"你不在，就很想你。"

苏桃埋在他怀里，想起以前的他，万分庆幸她能够陪在祁凉身边。她无法想象现在的祁凉经历了那些，会变成什么样子。

"做噩梦了？"

"不是噩梦，大概是……神明的指引吧。"

小姑娘的心思他搞不懂，祁凉拥着苏桃躺着，不想起来。

"机票我已经买好了，陪你一起去。"

"公司怎么办啊？"

"就把你送过去安稳下来，不然我不放心，"祁凉说，"老婆在哪儿我在哪儿，没你我才活不了。"

苏桃本来心里暖暖的，听到最后一句，反而担心起来，一句一句嘱咐他："我永远在你身边，所以你一定要好好的，也要照顾好自己，不要再随便吃点什么填肚子，要好好吃饭。烟戒了，还要戒酒，至少要少喝。晚上不能熬夜，十二点之前必须睡，也不许离其他女生太近！"

"最后一句才是重点吧。"

"才不是，都很重要。身体健康，我们两个才能白头偕老啊。"

女孩仰着脸，眼里都是零星的泪光和爱意。

祁凉在她额头印下一个轻吻："好，都答应你。"

和你一起白头偕老，一生都护在你身边，陪着你。

这是我永远的承诺。

苏桃怎么都没想到白北北比她还快结婚。

接到请柬的时候，她刚下飞机，还来不及和祁凉叙旧就拉着他的衣袖问他怎么回事。

祁凉瞧着她一脸紧张的模样笑出了声："你是对赵洋不放心，还是对白北北不放心？"

两相比较之下，还是白北北……

"你别闹，我问你呢，他们两个什么时候在一起的？"

祁凉把她的手握在手心，一边拿过她的行李往外走，一边说："毕业那段时间吧。大学的时候他们一直有联系，白北北追起别人来起劲，别人追她一点感觉都没有，不过也是赵洋太含蓄了。"

显然祁凉知道不少的事情。

自己闺蜜的八卦，苏桃还是很感兴趣的，她拽着祁凉不放手，非要他讲一讲。祁凉被她磨得没招，将她按在副驾驶收拾好一阵才罢休。

苏桃双眸含水，生气地瞪他："你怎么这么讨厌！"

祁凉低笑："别撩我。"

祁凉开着车，时不时偏头看一眼苏桃，等她睡着了，拿过外套给她盖上。

苏桃倒了一天的时差，第二天跟着祁凉去了婚礼。

白北北一生中最女人的一天大概就在此时，苏桃和她一见面就抱在一起，两个男人板着脸，又无奈对视一眼，随她们去了。

看得出赵洋很用心，白北北的性子洒脱，苏桃猜得到她连婚纱都不会自己选，婚礼的每一个细节都是赵洋负责，和白北北所期待的一点不差。

他给了她一个没有那么盛大却很完美的婚礼。

把白北北托付给赵洋，苏桃自然是很放心的。苏桃偷偷指了指会场的粉玫瑰，跟祁凉小声讲："我也想要这样的花。"

"嗯，都给你。"

婚礼开始后，看着白北北一步步走向赵洋，苏桃红了眼睛。

她扑在祁凉怀里偷偷抹眼泪。

"北北这么幸福，真好。"

祁凉明白她的意思，温柔地拍着她的脊背，在她耳边低声说："你也

很幸福。"

苏桃点头，和他的手牵得更紧。

旁边的同学们：……

一对不行，两对来虐，单身狗没人权啊！

到了扔捧花的时候，女孩们都很兴奋，白北北穿着仿若星空一般的婚纱，拎着裙摆走到高处，给苏桃丢了个眼神。

苏桃心领神会，丢下祁凉跑过去。

祁凉：……

他扫了一眼旁边带女朋友来的男生，瞬间平衡了。

主持人数着三二一，白北北丢下捧花，苏桃凭着身高优势成功抢到了。

粉白的玫瑰交错，上面撒着金粉和金线，苏桃拿着捧花和转过来比她还兴奋的白北北对视一眼后，朝着祁凉走过去。

祁凉眼皮跳了跳，觉得她没有什么好事。

苏桃穿着精致的小礼服，一步一步走到祁凉面前，拿着捧花眼里都是星星点点的光，她微微开口："祁凉……"

祁凉用手指堵住她的嘴："不许说。"

女孩委屈地眨了眨眼睛，只好换了句话："我喜欢你。"

祁凉松了口气，把她揽进怀里，叹息一般地说道："苏桃，我爱你。"

从第一次见你开始，始终没变过。